[redacted]

[redacted]

吃瓜時代的兒女們

[redacted]

劉震雲——著

[redacted]

[redacted]

[redacted]

[redacted]

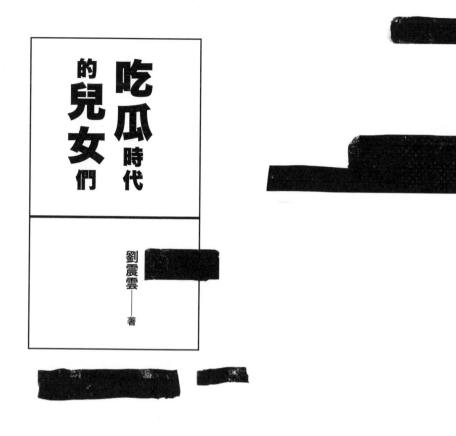

如有巧合，別當巧合。

——我三舅的話

目次

第一部分

前言：幾個素不相識的人

第一章　牛小麗

一

當初見過她的人，都說值。丹鳳眼；左眼比右眼大一圈，但不仔細端詳，覺不出來。小骨頭架；可從西南省分來的女人，沒有誰人高馬大；牛小麗的哥哥牛小實，一米五九，牛小實找了她，兩人走到街上，倒般配；弄一人高馬大的，牛小實倒顯出矮的毛病來了。她唯一的毛病，說起話來，喉嚨有些沙啞，乍一聽像個男的；也許正因為這樣，她不愛說話；別人說一句，她笑一下；非答不可的話，能一個字說清楚，不費第二個字，倒顯得不囉唆。

問：

「你叫個啥？」

答：

「宋彩霞。」

問：

「家是哪兒的？」

答：

「××省。」

××省是西南一個偏遠省分。
問：
「××省大得很，哪個縣呀？」
答：
「沁汗。」
沁汗在哪兒，問的人就不知道了；又問：
「家裡幾口人？」
答：
「七口。」
問：
「都有誰？」
答：
「爺，奶，爸，媽，弟，妹，我。」
問：
「為啥要嫁到俺這兒？」
答：
「窮。」
問：

「窮就跑幾千里呀？」

答：

「俺爹病了。」

再問，不答了，淚在眼裡打轉。

問的人倒說：

「想家了。」

人是牛小麗從辛家莊老辛家領來的。老辛的老婆也是××省人。老辛的老婆說，這是她娘家姪女。老辛老婆替她姪女喊價，張口就是十五萬。這錢不說是買人，說成彩禮，並不犯法。牛小麗抓住宋彩霞喉嚨沙啞的短處，與老辛老婆討價還價：七萬。老辛的老婆急了，拍著巴掌說，古家寨老古家老三，前年找了個××省的媳婦，還是兔唇——雖然補過，但一笑能看出來，一哭也能看出來，十二萬；吳家莊的老吳家老二，去年找了西南另一個省的媳婦，這女子在老家離過婚，帶一孩子，還十一萬；再少不能少於十三萬；十三萬急於出手，還是因為宋彩霞的爹患了腎病，一個月要透析三四回，急等錢用；又說，不要就算了，你們家不要，司家寨的老司還等著呢，出價十四萬，無非想著老司五十多了，姪女二十一歲，一個黃花大閨女，不忍心被一個五十多歲的老頭子給糟蹋了。牛小麗又抓住宋彩霞個頭低矮的短處，與老辛老婆繼續壓價。最後在九萬與十一萬上頂上了牛。牛小麗做出轉身要走的樣子，這時宋彩霞一把拉住她：

「多大了？」

牛小麗一楞：

「誰？」
宋彩霞：
「你哥。」
牛小麗：
「三十一。」
宋彩霞：
「你？」
牛小麗一愣：
「二十二。」
宋彩霞：
「你有沒有對象？」
牛小麗：
「下個月出嫁。」
宋彩霞：
「家裡還有……」
牛小麗明白了宋彩霞的意思，說：
「爹娘八年前就死了，到家裡沒人難為你。」
宋彩霞：

「你哥三十一……」

牛小麗又明白了宋彩霞的意思：

「結過一回婚，離了，留下一個女孩，四歲。」

老辛老婆這時拍著巴掌：

「看看，我還忘了，你哥是二婚，還拖一油瓶。」

宋彩霞：

「你哥跟你嫂，當初誰甩的誰？」

牛小麗怔了一下，如實說：

「出門打工，嫂子跟了別人。」

沒想到宋彩霞拉拉牛小麗的衣襟：

「十萬，我跟你走。」

老辛老婆攔住宋彩霞：

「錢太少了，不去。」

這時宋彩霞說，牛小麗的家庭，又值一萬。老辛老婆問為啥，宋彩霞慢聲細語地說：一是牛家家裡沒有父母，牛小麗下個月出嫁，她進門就能做主；二是牛小麗她哥被人甩了，證明脾氣不大；三是留下一個女孩四歲，還不到降住自己的年齡；四是她不想嫁給五十多歲的老頭子——司家寨那個老司。聽宋彩霞說完，牛小麗怔在那裡，一是覺得這些話有理，這些道理牛小麗沒有想到，宋彩霞想到了，證明她是個有頭腦的人；同時，對今後日子的方方面面都想到了，證明她是個出心過日子的人；牛小麗的哥哥牛小實做事沒有主意，牛小麗下個月出嫁，家裡正缺一個這樣的人。

牛小麗把宋彩霞領回牛家莊家裡，讓哥哥牛小實相看。牛小實看了，村裡的人擁了一院子也看了。待看熱鬧的人散去，牛小麗讓宋彩霞一個人在東屋喝水，領牛小實去堂屋商議。

牛小麗：

「咋樣？」

牛小實：

「就一眼，能看出啥毛病？」

牛小麗：

「既然看不出毛病，就是她吧。」

牛小實：

「不能再看看嗎？我不急呀。」

牛小麗：

「我下個月就出嫁了，沒人給你和斑鳩做飯了。」

斑鳩是牛小實四歲的女兒。牛小實還猶豫：

「一說話，像個男的。」

牛小麗不耐煩了：

「好嗓子十五萬，咱買得起嗎？」

牛小實低下頭不說話了；半天又說：

「弄了半天，買了個老婆，又是外省的，讓人咋看？」

牛小麗：

「不買也行啊，你出門談一個去。」

牛小實又不說話了。半天又說：

「就算願意，十萬塊錢，也不是個小數。」

去年剛翻蓋完堂屋，家裡就剩兩萬塊錢，兄妹倆心裡都清楚。

牛小麗：

「這你甭管。」

牛小麗回到東屋，與宋彩霞把事說定，宋彩霞回辛家莊等錢，牛小麗騎車去了鎮上，找到自己的未婚夫馮錦華。牛小麗跟馮錦華是中學同學，馮錦華在鎮上開著一家摩托車修理舖。牛小麗：

「借我八萬塊錢。」

馮錦華正在修摩托，一手油：

「不是小數，舖子也值不了這麼多錢。」

又說：

「修一個摩托，才幾十塊錢。」

牛小麗：

「借去。」

馮錦華：

「幹啥用？」

牛小麗：

「給俺哥娶老婆。」

馮錦華一愣，接著問：

「借錢時人家問，啥時候還，我咋說？」

牛小麗：

「有錢的時候。」

馮錦華：

「啥時候有錢？」

牛小麗急了：

「錢還沒借，你就替人刁難上了，安的什麼心？」

又說：

「他不還，我還，行了吧？」

又說：

「不算給我哥借，算我的彩禮，行了吧？」

轉身走了。

下午，馮錦華騎著摩托，來到牛家莊，給牛小麗送來七千塊錢。馮錦華：

「這是去俺舅家、俺姑家、俺二姨家借的……急手現抓，誰家也沒錢在那兒閒著。」

看著七千塊錢，牛小麗：

「我找對象不該找你，該找個有錢人。」

馮錦華臉憋得通紅：

「事情有些突然呀。」

牛小麗不再囉唆，轉身出門，騎車又來到鎮上，找到地下錢莊的莊主屠小銳。牛小麗跟屠小銳的妹妹屠小榮也是中學同學。當年牛小麗來鎮上找屠小榮玩，被屠小銳看上過，屠小銳對牛小麗死纏爛打過大半年；當時牛小麗覺得屠小銳身上有股匪氣，選擇了另一個同學馮錦華；當年找馮錦華是看中他的人品，誰知幾年之後，人品無法當錢花。屠小銳開的是地下錢莊，門頭上卻寫著「蘭亭茶室」四個字。牛小麗進了「蘭亭茶室」，屠小銳正仰在太師椅上發呆，牛小麗開門見山：

「小銳哥，借我八萬塊錢。」

屠小銳：

「做的就是錢生意，進門的全是上帝。幹啥用？」

牛小麗：

「你甭管。」

屠小銳：

「醜話說前頭，三分利，一年起步啊。」

牛小麗：

「我跟小榮是同學。」

屠小銳：

「不要利息也行，有個條件。」

牛小麗：

「啥條件？」

屠小銳：

「讓我弄一下。」

牛小麗：

「弄你妹。」

屠小銳：

「換個條件也行。」

牛小麗：

「啥條件？」

屠小銳：

「二分利，讓我親一下。」

牛小麗把臉伸了過去。屠小銳親臉的時候，突然雙手抱緊牛小麗的頭，把舌頭伸到了她嘴裡。牛小麗掙脫後，照地上啐了一口：

「×你媽。」

當天下午，牛小麗來到辛家莊老辛家，當著老辛老婆的面，把十萬塊錢，給了宋彩霞。三人來到鎮上，牛小麗在銀行門外等著，宋彩霞和老辛老婆進去，把錢匯給了宋彩霞老家。離開銀行，老辛老婆回辛家莊，牛小麗領宋彩霞回到牛家莊。當晚，牛小實和宋彩霞在堂屋入了洞房。牛小麗和姪女斑鳩睡在東屋。

第二天吃早飯的時候，牛小麗看到哥哥牛小實偷偷在笑，長出了一口氣。

沒想到五天後，嫂子宋彩霞失蹤了。

二

牛小麗嘴大，眼大，鼻梁高，個頭也高——一母同胞，她哥牛小實一米五九，她卻一米七六；二十二歲時高，六歲時也高；自她上小學起，有一堆外號；大嘴、大眼賊、大象、大洋馬……但同學都是背後叫，無人敢當面叫；因牛小麗從小就敢跟男孩子打架，而且下得去手，一掌下去，能把對方鼻子拍得滿臉花；牛小麗聽到那些外號，不知同學在叫誰。

牛小麗十四歲死了爸，肺癌。自一歲到十四歲，牛小麗知道的爸媽，整天都在吵架。爸死的那天，牛小麗倒鬆了一口氣。這年牛小麗上初中二年級。爸死後兩個月，這天上午，上物理課，老師講到瓦特看到爐上的壺蓋會動，發明了蒸汽機，牛小麗的偏頭痛犯了——牛小麗從小有偏頭痛的毛病；牛小麗向老師請假，丟下瓦特，一個人背著書包往家走。回到家門口，家裡的頭門反插著。牛小麗有些疑惑，扒上院牆，跳到院子裡，聽到她媽在堂屋大呼小叫。牛小麗以為媽也犯了偏頭痛；牛小麗的偏頭痛，就是她媽給遺傳的；但到了屋門口，又聽到有男的也開始號叫；知道屋裡發生了另外一件事。牛小麗一動不動，在門口站了十分鐘，頭倒不疼了。屋裡終於不叫了，牛小麗一腳踹開門，看到屋裡床上，疊著一對赤裸的男女：男的在下邊，女的倒在上邊；接著認出，男的是鎮上的廚子張來福，牛小麗她媽，坐在張來福身上。張來福，是牛小麗同班同學張大進的爸。張大進他媽，就在牛小麗和張大進的學校掃地。赤裸的男女楞在那裡，牛小麗尖叫起來，聲音比剛才她媽和張大進他爸的喊聲還大。赤裸的男女慌了。牛小麗她媽顧不上從張來福身上下來，急著說：

「小麗，別喊！」

牛小麗用更高的聲音喊：

「滾！」

牛小麗她媽又說：

「小麗，別喊！」

牛小麗高喊：

「我爸才死了兩個月！」

張大進他爸忙將牛小麗她媽從身上推下來，胡亂穿上衣服，提著褲子，跑了出去。

牛小麗他媽：

「小麗，你聽我說。」

牛小麗喊：

「滾！」

牛小麗她媽楞在那裡，接著怒了：

「我是你媽，看我抽你！」

牛小麗跑到院子：

「再不滾，我到街上喊去！」

這時已經有人，從牆頭扒頭往院裡看。

牛小麗她媽忙說：

「小麗，你等等！」

忙穿上衣服，越過牛小麗，從家裡跑了出去。牛小麗又對她媽的背影喊：

「別再回來，回來我殺了你！」

牛小麗她媽沒有再回來。沒回來不是怕牛小麗殺她，而是張大進他媽知道這件事後，瘋了，放下學校的掃帚，整天拿把刀，滿世界找張大進他爸和牛小麗她媽，要殺了他們。牛小麗她媽和張大進他爸就此失蹤了；八年過去，沒有音信。有人說，曾在西安夜市見過他們，兩人在賣胡辣湯和吊爐火燒——張大進他爸是個廚子。但在牛小麗心裡，她媽像她爸一樣，也已經死了。

爹死了，媽跑了，牛小麗還有一個哥；本來應該哥哥帶著妹妹一起過，但牛小麗的哥哥牛小實打小是個窩囊廢。哥窩囊也不怪哥；自你生下來，爸媽天天在吵架；你學說話時他們在吵架，你學走路時他們也在吵架——牛小麗長大以後明白，這樣的人家，會出兩種人，一是啥也不怕，像牛小麗，認為吵架是正常的；二是啥都怕，像牛小麗她哥牛小實，一吵架就受欺負，認為吵架受欺負是正常的。牛小實二十六歲那年娶了老婆，老婆細腳細手，是個慢性子，不跟人吵架，牛小實倒不知怎麼跟人相處，反倒處處找碴，與老婆吵架。兩人去城裡打工，終於，有一天，老婆與他大吵一架，跟別人跑了，連女兒也不要了。老婆跑了，牛小實又沒了脾氣，背著行李，領著女兒，從城裡回到村裡。這時牛小麗不怪哥哥不爭氣，又怪已經死去的爸和已經「死」去的媽。哥哥窩囊，姪女斑鳩還小，家裡一千條事，全由牛小麗做主；這時妹妹不是妹妹，成了另外一個媽。這時牛小麗後悔，當年她犯偏頭痛那天，從學校回到家裡，聽到堂屋有聲音，她不該踹門進去，把她媽喊跑了；她該默不作聲，當作世界上沒有這回事；她把媽喊跑了，也把自己喊成了另外一個媽。同時她也佩服她媽，走了八年，音信全無。接著又能理解，一個女人，讓女兒看到她的裸體，坐在另一個人身上，也許希望女兒當她已經死了。過去不明白這一點，有了男朋友之後明白了。想通這一點，牛小麗也很少想起媽。久而久之，她對在家當媽也習慣了。牛小麗下個月就要出嫁，出嫁之前，得給哥哥張羅一個老婆；給他張羅一個老婆，就等於給他張羅另外一個媽。牛小實和宋彩霞在堂屋入洞房那晚，牛小麗和姪女斑鳩睡在東屋；兩人躺了一個鐘頭，牛小麗以為斑鳩已經睡著了，誰知斑鳩突然喊：

「姑。」

牛小麗：

「咋？」

斑鳩：

「明天他們會生孩子嗎？」

牛小麗明白斑鳩指的是堂屋，便說：

「不會。生孩子，至少要十個月。」

斑鳩：

「後娘對我不好咋辦？」

牛小麗：

「有姑。」

斑鳩：

「姑出嫁了咋辦？」

牛小麗：

「她要對你不好，你跟姑走。」

斑鳩：

「跟你走，你男人對我不好咋辦？」

牛小麗睡意全無：

「×他媽，他敢！」

斑鳩「咯咯」笑了，摟著牛小麗的脖子：

「姑。」

牛小麗：

「咋？」

斑鳩：

「我長大要當你。」

接著，摟著牛小麗睡著了。斑鳩睡著之後，牛小麗開始留意堂屋的動靜。但堂屋一直沒有動靜，沒有喊聲，也沒有說話聲。牛小麗倒有些著急。第二天吃早飯時，看到牛小實偷偷在笑，牛小麗才長出了一口氣。她以為一樁事已經落停，但她萬沒想到，宋彩霞五天後會跑，他們遇到一個騙子。當初在辛家莊老辛家，看她對牛家的情況問得那麼詳細，認為她是個過日子的人，能接過牛小麗的擔子；為給她張羅錢，牛小麗還讓屠小銳把舌頭伸到了自己嘴裡；現在看，當初在辛家莊老辛家，這個喉嚨沙啞的女人，就看出牛小麗是個傻×吧？

牛小麗罵道。

「宋彩霞，我×你媽！」

三

牛小麗帶著未婚夫馮錦華，來到辛家莊，找老辛和老辛老婆算帳。事件的當事人是牛小實，按說牛小麗應該帶牛小實來；一是牛小實窩囊，帶他來沒用，二是宋彩霞跑了之後，牛小實說了一句話，惹惱了牛小麗。發現宋彩霞跑了，牛小實不責怪宋彩霞，開始埋怨牛小麗：

「當初我就說，事情不能急，你猴急著要辦，看看，出岔子了吧？」

發現宋彩霞跑了牛小麗沒急，現在對牛小實急了：

「算我故意敗壞你，好了吧？」

牛小實接著又嘟囔一句，更把牛小麗惹惱了。牛小實：

「十萬塊錢呢。」

牛小麗：

「這錢是我借的，都算我頭上，和你沒關係，好了吧？」

牛小實才不敢再說話。

牛小麗和馮錦華騎著摩托，來到辛家莊老辛家，老辛和老辛老婆不在。鄰居說，他們到村後窯上背磚去了。辛家莊後河灘有一個磚廠，用河灘的沙子，天天燒沙磚；沙磚在窯裡燒五天，用水去洇；洇後，從窯裡背出來。去年夏天，牛小實也來辛家莊磚廠打過工。背一天磚，八十塊錢。但牛小實背了三天，就回家了。回家不是說吃不了這苦，而是他不抗高溫，後背上被燙出許多大泡。剛從窯裡出來的磚，六七十度呢，牛小實說。可別人背的磚也是六七十度，人家背上沒起泡，他背上就起泡了——別看窩囊，他還是丫鬟的命，小姐的身子，牛小麗感嘆。牛小麗和馮錦華騎著摩托，來到辛家莊村後的河灘上。牛小實去年在這裡打工時，牛小麗來給他送過棉鞋——大夏天，也得穿棉鞋，因為窯裡的地也是燙的，也六七十度呢，當時牛小實在電話裡說。燒磚挖沙，一年過去，河灘又往下陷去許多。一河水也顯得低了，浩浩蕩蕩向東流著。牛小麗和馮錦華來到磚窯前，扎下摩托，在窯口等著。終於，從背磚的人流裡，轉出來老辛和他老婆。老辛和他老婆一身一臉的磚末子，磚用水洇過，老辛和老辛老婆背上的磚冒著煙，他們全身也冒著煙。老辛和老辛老婆個頭都矮，手裡各拄著一根棍子。馮錦華上前攔住他們：

「別背了。」

老辛站定，喘著氣：

「咋了？」

馮錦華：

「出大事了。」

老辛老婆：

「咋了？」

牛小麗：

「宋彩霞跑了！」

老辛老婆一屁股蹲到地上，背上的磚撒了一地。

四人離開磚窯，來到河邊一棵柳樹下。

老辛：

「啥時候的事？」

牛小麗：

「昨天早上。」

老辛老婆：

「不會趕集去了吧？」

牛小麗：

「趕集，不會趕一天一夜，鎮上、縣城都找了，沒有。」

老辛吸口氣：

「這可咋辦？」

馮錦華：

「好辦。她是你們家姪女，她咋跑的，你們給咋弄回來。」

老辛不說話了，開始蹲在河邊吸菸。老辛老婆帶著哭腔：

「可她不是俺姪女呀。」

牛小麗吃了一驚：

「那她是誰？」

老辛老婆：

「不認識。」

牛小麗急著問：

「不認識咋到你家？」

老辛老婆：

「她打聽出來，我也是××省沁汗人，來認個老鄉。她說想嫁人，人生地不熟的，讓我認下這個姪女，她就有了依靠，也好幫她找個人家。」

牛小麗的腦袋，「轟」的一聲炸了。原來老辛老婆跟他們一樣，也被宋彩霞騙了。接著又懷疑老辛老婆話的真假，便說：

「不管她是不是你姪女，人是從你們那兒領的，你們就得還人。」

又說：

「不還人也行，還十萬塊錢。」

馮錦華：

「不是十萬，在鎮上借的高利貸，三分的利，一年就是十三萬六。」

老辛老婆哭了：

「你就是把我賣了，也賣不出這麼多錢呀。」

這時老辛扔掉菸頭，站起來：

「我覺得這理兒不對。不管宋彩霞是不是從我們這兒領的，六天前，我們是不是把活人交給了你們？她是不是在你們家過了五天？」

牛小麗：

「過了五天是不假。」

老辛：

「只要跟你們過上了，就成了你們的人。人從誰那兒跑的，責任就是誰的。如果說找人，該我們找你們要人，你們咋倒打一耙，反倒找我們了呢？」

牛小麗和馮錦華楞在那裡。看著老辛個頭矮，誰知腦子裡也藏著彎彎繞呢。馮錦華急了，上去揪住老辛的脖領子：

「她是個騙子，你們就是她的同夥，再胡攪蠻纏，我把你扔河裡，讓你騙王八去。」

又說：

「你天天背磚，絕不會讓一個不認識的人，白待在你們家，你老婆又幫她騙人講價，你們從中間使了多少錢？」

馮錦華一米八五，老辛一米五五；如果老辛長得人高馬大，整天不靠背磚過活，也不會找一個外地媳婦；馮錦華拎起老辛，像提溜一隻小雞；老辛老婆撲上來，抱住馮錦華的腿：

「大兄弟，俺就是認個老鄉，真沒從中間使錢。」

馮錦華一腳踢開老辛老婆，拎著老辛的脖領子蕩悠兩下，「撲通」一聲，把老辛扔到了河裡：

「再不說實話！」

春天了，河中間的水還很深，也很涼，老辛在河裡像落湯雞一樣撲騰兩下，突然沒影了；半天鑽出頭來，一邊拚命咳嗽，一邊哆嗦著身子，拚命往岸邊游。待他游到岸邊，馮錦華抄起老辛背磚時拄的棗木棍子，往水裡的老辛身上打，又將他打回河中間。六天前牛小麗給牛小實找老婆時，讓馮錦華借錢，馮錦華借不來錢，牛小麗還埋怨馮錦華窩囊；現在找老辛家要錢，馮錦華倒動了勁兒；也許正是因為借不來錢，十萬塊錢打了水漂，他才著急呢。老辛老婆又撲上來抱住馮錦華的腿：

「我說實話，我們從中間使了三千塊錢。咱們現在回家，俺把三千塊錢還給你們。」

馮錦華又一腳踢開老辛老婆，往水裡的老辛身上抽打：

「十萬塊錢，你們還我三千，我傻呀？」

又說：

「十萬塊錢的買賣，你們就使三千塊錢，你們傻呀？」

老辛老婆：

「就是個名義費呀。大兄弟，我要說瞎話，天打五雷轟。」

這時牛小麗止住馮錦華：

「三千塊錢夠了。」

馮錦華的棍子停在空中：

「啥意思？」

牛小麗：

「承認從中間使了錢，就證明是同夥。」

又抓住老辛老婆的前胸衣襟：

「宋彩霞是你老鄉對吧？」

老辛老婆點點頭。

牛小麗：

「她跑哪兒了？」

老辛老婆結結巴巴：

「看這樣子，是回××省老家了。」

牛小麗：

「三千塊錢，夠咱倆的路費了，她回××省，你跟我到××省把她抓回來！」

老辛老婆楞在那裡。

水裡的老辛也楞在水裡，不再撲騰。

四

牛小麗在鎮上製衣廠打工。製衣廠有四百多工人，兩班倒，人停，機器不停；或是白班，或是夜班，一天上十二個小時的工；一個月一千八百塊錢。去鎮上製衣廠請假的路上，牛小麗在肚子裡算了一筆帳：她在製衣廠沒明沒夜地幹，一年才掙兩萬一千六百塊錢；被宋彩霞騙走十萬塊錢，兩萬是自己的，八萬是借屠小銳的高利貸；高利貸三分的利息，屠小銳實要了二分，被牛小麗瞞住馮錦華沒說；八萬加上二分的利息，一年下來，就是九萬九千二百塊錢，加上自家的兩萬，共十一萬九千二百塊錢；宋彩霞要在製衣廠幹五年零五個月，不吃不喝，才夠這麼多錢。盤算過，牛小麗心頭的火又被拱了起來：

「宋彩霞，我×你媽！」

又罵：

「宋彩霞，你就是跑到天邊，我也要把你抓回來！」

從製衣廠請假出來，牛小麗看到了屠小銳。製衣廠門口右側，開著一家洗浴中心，裡面有東北的小姐，招得客人像蒼蠅似的。洗浴中心前是個停車場，屠小銳拉開車門，正往他的小轎車裡鑽；他沒看到牛小麗，牛小麗看到了他；牛小麗突然想起借他八萬塊錢時，為了降到二分利，屠小銳把舌頭伸到了她嘴裡；牛小麗喊：

「小銳哥。」

屠小銳扭頭，看到了牛小麗，身子從車子裡又抽出來；他看看牛小麗，看看製衣廠：

「上班呀，還是下班呀？」

牛小麗：

「問你句話。」

屠小銳：

「啥話？」

牛小麗來到屠小銳車前：

「幾天前借錢時，你說過一句話，還記得嗎？」
屠小銳：
「啥話？」
牛小麗：
「你想弄我。」
屠小銳打量牛小麗，點點頭。
牛小麗：
「我要讓你弄一下，你能不能把八萬塊錢給我免了？」
屠小銳一楞。接著打量牛小麗。牛小麗仰起脖子讓他看。屠小銳看了半天，伸手摸牛小麗的頭：
「沒病呀。」
牛小麗：
「啥意思？」
屠小銳：
「我當時的意思是，弄一下，只免利息，沒說免本金呀。」
牛小麗：
「我讓你弄十回。」
屠小銳指指洗浴中心：
「一個哈爾濱的小姐，剛滿十八，弄一回二百，你算一算，八萬塊錢加利息，一年下來，能弄多少回？」

牛小麗：

「我是良家婦女，她是雞。」

屠小銳：

「什麼良家不良家，到了床上都一樣。」

突然想起什麼：

「除非你是處女，我連著弄十回，還值當。」

又打量牛小麗：

「你敢說，你是處女嗎？」

牛小麗結巴了。因為上中學時她就與馮錦華談戀愛，十六歲就跟馮錦華發生了關係，哪裡還是處女？也許屠小銳正因為知道這一點，才故意這麼說。看牛小麗楞在那裡，屠小銳笑了一下，上車，碰車門，發動車，一加油門，車一溜煙跑了。牛小麗看著跑走的汽車，罵道：

「屠小銳，我×你媽！」

接著按屠小銳的邏輯，牛小麗又在肚子裡算了一筆帳：洗浴中心的小姐，弄一回二百，她欠屠小銳九萬九千二百塊錢，等於能弄四百九十六回，或能弄四百九十六個小姐；牛小麗說讓屠小銳弄十回，等於弄一回九千九百二十塊錢；從性價比講，屠小銳說得也有道理。接著又嘆息，如果她仍是處女，就讓屠小銳弄十回了；能免去九萬九千二百塊錢的債務，她就不去西南××省了；賭氣的時候，說到天邊也要把宋彩霞抓回來，靜下心思量，××省人生地不熟，她對去那裡找人有些發怵；現在看，其他路行不通，××省不去也得去了。

牛小麗在家裡收拾行裝，牛小實、馮錦華和斑鳩在旁邊看著。

牛小實：

「要不別去了。」

牛小麗：

「不去，欠屠小銳的十萬八千八百塊錢你還呀？」

有馮錦華在，她說的是三分利的錢數。牛小實不說話了。

馮錦華：

「要不別去了，這錢，咱另想辦法。」

牛小麗：

「你要能想出辦法，當初咱也不借高利貸了。」

馮錦華也不說話了。這時牛小麗說：

「其實，我去××省找宋彩霞，不光為了錢。」

馮錦華：

「還為啥？」

牛小麗：

「想當面問她一句話。」

馮錦華：

「啥話？」

牛小麗：

「跟她頭一回見面，我把她當成老實人，她從哪裡看出，我是個傻×？」

又說：

「我把她當成個老實人，她冒充個老實人就能騙我，我不是傻×是什麼？」

說著，哭了。這時馮錦華嘬牙花子：

「可是，下個月咱就該結婚了，喜事的日子都定了，不會因為找宋彩霞，耽誤咱的婚期吧？」

牛小麗急了：

「這樁噁心事不了結，我不結婚。」

又說：

「這樁噁心事不了結，喜也喜不起來。」

馮錦華不說話了。這時斑鳩說：

「姑，我想跟你去××省。」

牛小麗一楞：

「為啥？」

斑鳩：

「我沒坐過火車，我想跟你去坐火車。」

牛小麗倒「噗嗤」笑了：

「這是去找仇人，不是去旅遊，火車以後再坐吧。」

馮錦華：

「要不我跟你去。找到宋彩霞，也有個幫手。」

牛小麗搖搖頭：

「有老辛老婆跟我去就夠了，她在那邊熟，你留下另有用處。」

馮錦華：

「啥意思？」

牛小麗：

「××省是老辛老婆的娘家，我在那裡兩眼一抹黑，如果老辛老婆在××省跟我搗蛋，我就打電話告訴你，你再把老辛丟到河裡。」

五

牛小麗跟老辛老婆約定，第二天早上八點，在鎮上汽車站會合，兩人一塊兒去××省沁汗縣找宋彩霞。昨天，在辛家莊，老辛從河裡爬上來，牛小麗和馮錦華又跟老辛和老辛老婆去了老辛家。去老辛家是為了拿回老辛和老辛老婆介紹宋彩霞從中使的三千塊錢好處費，當作牛小麗和老辛老婆去××省的盤纏；但到了老辛家，老辛卻說那三千塊錢六天前已經存了銀行，定期，取不出來，這錢還得到親戚家去借；又說，既然當盤纏，等第二天老辛老婆與牛小麗見面時，再給牛小麗不遲。馮錦華認為老辛又在玩彎彎繞，又要打老辛，卻被牛小麗攔下了，說第二天見不著錢，就不是打老辛的問題了，他們過來把老辛家砸了。老辛忙點頭稱是，說下午就去借錢。牛小麗又與老辛老婆打聽宋彩霞的情況。老辛老婆說，宋彩霞在嫁牛小麗她哥牛小實之前，在老辛家住過三天；晚上兩人擺龍門陣，宋彩霞說她是沁汗縣衛津鄉佑堂村人——牛小麗看過宋彩霞的身分證，身分證上也是這麼寫的，老辛老婆娘家是沁汗縣嵩岱鄉茗超村人，兩村相距不過五十里；如果說老鄉，這老鄉真不算遠。牛小麗、馮錦華、老辛和老辛老婆接著在一起分析，宋彩霞騙走牛家十萬塊錢，當然去掉老辛家抽取的三千塊錢，是九萬七千塊錢，能到哪裡去？大家想的跟老辛老婆在河灘上講的一樣，她肯定會回老家；就算她沒回老家去了別的地方，她不在她老家在，找著她家和她家裡的人，她家裡的人總能找著她；就算她家裡人找不著她，她家裡總有房子；一座房子，總值十萬塊錢。於是決定去沁汗。牛小麗和老辛老婆商議，從鎮上坐鄉村客車到縣城，從縣城坐客車到市裡，從市裡坐火車到××省城，從省城坐客車到沁汗縣城，再從縣城坐鄉村客車到衛津鄉，從衛津鄉到佑堂村。

早上七點半，牛小麗就到了鎮上汽車站。等到八點，不見老辛老婆到來，牛小麗有些著急，擔心老辛老婆說話不算話；到了八點一刻，去縣城的班車已經開走一班，老辛老婆仍沒來；到了九點，汽車站內外，還不見老辛老婆的蹤影；牛小麗掏出手機，給馮錦華撥電話，想讓他騎摩托到辛家莊去，把老辛的家砸了，同時把老辛和老辛老婆都扔到河裡；剛把電話撥通，突然看到老辛老婆肩上背個大編織袋，手裡提個大提包，搖搖晃晃來了。牛小麗鬆了一口氣，對著手機說：

「沒事了。」

老辛老婆氣喘吁吁來到牛小麗面前：

「沒誤車吧？」

牛小麗沒好氣地：

「咋沒誤，都走了一班，下一班，還得等大半個鐘頭。」

這時發現，老辛老婆身後，跟著一個毛蛋球似的小男孩，跑得滿頭汗，臉上掛著鼻涕，左手拿著一個風車，右手拉著老辛老婆的衣襟，正仰臉打量牛小麗。牛小麗一楞，指著小男孩問：

「這是誰？」

老辛老婆：

「我兒子。既然去俺老家，也帶他回一趟姥娘家；三年了，沒見過姥爺姥娘。」

牛小麗哭笑不得：

「這是去找人，不是去旅遊，咋能帶一個孩子呢？」

老辛老婆：

「兩不耽誤。」

牛小麗想說什麼，老辛老婆忙解釋：

「還不到一米二，不用買火車票，花不著咱倆的路費。」

牛小麗又哭笑不得，就算花不著路費，帶一孩子，走動起來多不方便呀；這是去找仇人，關鍵時候，不定發生什麼事，哪裡顧得上他？姪女斑鳩想跟牛小麗來坐火車，讓她給阻住了，沒想到老辛老婆倒帶個孩子。再說，除了不方便，也跟路費有關係，孩子坐火車不要票，但他路上不吃東西呀？這吃喝算誰的？不還得從三千塊錢的路費裡出。當初，這三千塊錢是宋彩霞給老辛老婆的中介費，但現在，它已經屬於牛小麗。老辛老婆似乎看穿了牛小麗的心思，拉開自己的大提包，露出一提包白花花的烙餅：

「我算了，從這裡到沁汗，得倒六回車，滿打滿算，花五天工夫，這一提包大餅，夠咱仨吃了。」

接著掏出一張餅，遞給牛小麗：

「你嘗嘗。」

牛小麗又哭笑不得。事到如今，只好撕下一塊，往嘴裡送。餅還有些熱，一吃，有麵的甜味兒；裡面加了蔥花和芝麻鹽，噴香。老辛老婆：

「咋樣？」

牛小麗：

「不錯。你烙的呀？」

老辛老婆點點頭：

「我半夜就起來了。」

又拍拍自己的編織袋：

「還帶了十幾根大蔥。」

這時牛小麗知道老辛老婆是個能幹的人；個頭雖矮，人卻賣力；除了賣力，還是個有心人。老辛老婆的兒子見她們在這裡說話，吸溜著鼻涕，拿著風車，滿汽車站瘋跑，嘴裡「嘟嘟」叫著，似乎在開摩托車。牛小麗：

「我去過你家一趟，咋沒見過他呀？」

老辛老婆：

「他在家裡哪待得住呀，整天到村頭爬樹，掏老鴰窩。」

牛小麗突然想起什麼，問：

「你叫個啥呀？」

老辛老婆：

「人家都叫我老辛他老婆。」

牛小麗：

「你沒名呀？」

這回老辛老婆明白了牛小麗的意思，不好意思一笑：

「我叫朱菊花。」

牛小麗指著小男孩：

「他呢？」

朱菊花：

「他爸給他起了個名字叫『學文』，人家都叫他『小猴』。」

牛小麗「噗嗤」笑了，看「小猴」在汽車站裡瘋跑，真像個猴子。牛小麗突然想起什麼，問：

「路費帶來了吧？」

朱菊花見問路費的事，忙放下編織袋和提包，去解自己的褲帶，把手往褲襠裡伸。牛小麗一楞：

「幹麼？」

朱菊花：

「三千塊錢，不是個小數，我怕丟了，在褲襠裡縫了個口袋，把它裝在了裡面。」

牛小麗倒笑了，又覺得朱菊花是個有心人，忙用手止住她：

「既然在裡面裝著，就別動了，到時候花多少，取多少。」

朱菊花把手停在襠裡：

「信得過我？」

牛小麗：

「你還能跑了呀？你跑了，還有老辛呢，再把他扔到河裡，接著把你們家砸了。」

朱菊花「噗嗤」笑了，接著伸出大拇指：

「大妹子，你聰明。」

牛小麗不解：

「啥意思？」

朱菊花：

「誰拿錢，誰有責任呀。」

牛小麗也「噗嗤」笑了，更覺得朱菊花是有心人。

坐上去縣城的鄉村客車，看著鎮上的製衣廠和洗浴中心越退越遠，牛小麗又恨起宋彩霞。在這之前，牛小麗連省城都沒去過，這一去，橫跨好幾個省，四千多里路；路遠倒沒有什麼，關鍵是××省人生地不熟，尋起仇人，還不知會發生什麼，心裡又開始發怵；也怪自己命苦，爹死得早，娘跟人跑了，哥是個窩囊廢，出了事情，全由她——一個姑娘家扛著。正在那裡感嘆，朱菊花把腦袋伸過來說：

「大妹子，我還得謝謝你呀。」

牛小麗一怔：

「啥意思？」

朱菊花：

「多虧這件事，讓我離開老辛幾天。」

牛小麗吃了一驚，忙放下自己的感嘆，問：

「你不喜歡老辛呀？」

朱菊花點點頭。

牛小麗：

「昨天看你們在窯上背磚，兩人挺好的呀。」

朱菊花：

「我從心裡煩他。」

牛小麗：

「為啥？」

朱菊花：

「他太矮，三寸丁穀樹皮，像武大郎，要不在當地找不著老婆呢。」

牛小麗想樂，但沒好意思笑出來，說：

「看他還能幹。」

朱菊花又說：

「再說，他也信不過我。」

牛小麗：

「啥意思？」

朱菊花：

「家裡的錢，他全把著，每個月，只給我和小猴二十塊零花錢。二十塊錢夠幹啥？趕上那幾天，連買紙也不夠。這不把我當牲口使了？」

牛小麗感嘆：

「這麼個矮子，想不到還這麼彎。」

朱菊花：

「知道他為啥彎？」

牛小麗：

「為啥？」

朱菊花看懷裡的小猴——小猴沒買車票，一直坐在朱菊花腿上；他在汽車站瘋玩，一上車倒睡著了；朱菊花將嘴湊到牛小麗耳邊：

「知道你有男朋友，我才跟你說。」

牛小麗一楞：

「啥意思？」

朱菊花悄聲說：

「他夜裡不行。」

牛小麗一時沒明白：

「啥意思？」

朱菊花：

「男的夜裡不行，白天才這麼變態。」

牛小麗又楞在那裡。一是覺得朱菊花嘴大，什麼都給外人說；同時覺得朱菊花自來熟，很快就不把牛小麗當外人。牛小麗指指小猴：

「他不行，咋會有他？」

朱菊花：

「我來時帶過來的。」

牛小麗明白了，又問：

「那昨天把老辛扔到河裡，你還拚命救他。」

朱菊花拍著巴掌：

「我要當時沒個態度，你們走了，他不把我扔河裡呀？」

也是各人有各人的難處，牛小麗感嘆：

「真沒想到。」

朱菊花以為說的還是老辛，答：

「這就叫知人知面不知心。」

牛小麗突然想起什麼，問：

「有一件事，這兩天我一直沒想明白。」

朱菊花：

「啥事？」

牛小麗：

「宋彩霞騙婚時，我們家給了她十萬，司家寨的老司，說要給她十四萬，她為啥不去騙老司，還要騙我們？」

朱菊花：

「老司答應給十四萬，但要分期付款，宋彩霞不答應。」

牛小麗點點頭，明白了，宋彩霞這個騙子，事先把啥都想好了。

六

牛小麗一行三人，從鎮上趕到縣汽車站，在汽車站沒停，接著換客車往市裡趕。剛出縣城十多里，趕上修路，各種車輛排成長龍。小猴坐在朱菊花腿上，張眼往車窗外看；看了一陣，開始喊餓，朱菊花從提包裡掏出大餅讓他吃。小猴吃過餅，又歪在朱菊花懷裡睡著了。車走走停停，待趕到市裡，已是傍晚。從汽車站換乘市內公交車趕到火車站，火車站已燈火通明。牛小麗讓朱菊花從褲襠裡掏出四百塊錢，留在車站廣場看行李，她拿著這錢，趕到售票廳排隊買票。去××省城的火車有高鐵，有動車，有特快，有普通快車；為了省錢，牛小麗決定買普通快車。排到售票窗口，售票員說，當天去××省城的普通快車票已經售罄；第二天去××省城的普通快車票倒是有，但是站票；有座位的票，得等到後天；時間不等人，站票就站票吧，牛小麗買了兩張第二天上午十點去××省城的普通快車的站票。從售票廳出來，找到朱菊花，牛小麗覺得肚子餓了。也是急著趕路，從縣裡到市裡，又趕上堵車，大家有些著急，中午竟忘了吃飯。牛小麗問朱菊花餓不餓，朱菊花也說餓了。這時小猴也喊餓。牛小麗：

「你在路上吃餅了，還餓？」

兩人帶著小猴，來到廣場臺階前，放下行李，坐到臺階上，朱菊花從提包裡掏出三張大餅，又從編織袋裡摸出一根蔥，一撅三段，三人就著蔥，一人一張大餅啃起來。牛小麗嚼在嘴裡，發現一天下來，餅已經乾巴了，上午吃的時候鬆軟噴香，現在像牛皮筋一樣，在嘴裡打轉。牛小麗打量四周，火車站南側有一溜賣小吃的攤子，攤主在大聲叫賣。牛小麗指著小吃攤說：

「咱喝碗熱湯去。」

朱菊花還猶豫：

「喝湯不花錢呀？」

牛小麗：

「俗話說得好，窮家富路。」

又說：

「路上虧了自個兒，等生了病，花錢倒更多了。」

朱菊花向牛小麗伸大拇指：

「大妹子，你懂事理。」

又說：

「我願意跟你一塊兒出門。」

牛小麗領著朱菊花和小猴，來到大排檔前。一溜排檔，有賣餛飩的，有賣餃子的，有賣炒麵的，有賣包子的，有賣稀粥的，有賣胡辣湯的，有賣羊肉湯的……三人在排檔前轉了一圈，主要看湯，分別問了價錢，牛小麗做主，在羊肉湯的攤位前坐下來。羊肉湯三塊錢一碗，牛小麗拿出買火車票餘下的錢，買了三碗羊肉湯。滾燙的羊肉湯端上來，牛小麗將烙餅泡到羊肉湯裡，餅立馬就酥軟了。就著自個兒的大蔥，連湯帶餅吃下去，牛小麗吃得滿頭大汗。回頭看朱菊花和小猴，兩人也吃得滿頭大汗。小猴剩下個碗底沒吃完，朱菊花連忙端起，仰脖子倒到了自己嘴裡。吃過飯，接下來是到哪裡睡覺。原想著今天能坐上火車，夜裡就在火車上待著了，如今耽擱在這裡，就有到哪裡睡覺的事。住旅館得花錢，不住店，難道睡到大街上？朱菊花看穿牛小麗的心思，馬上說：

「咱們睡候車室去。」

牛小麗：

「讓睡嗎？」

朱菊花：

「幾年前從××省來這裡，我跟著人販子，就是這麼過來的。」

又說：

「候車室裡還有熱水喝，不用花錢。」

牛小麗笑了。這個朱菊花，路途上倒比牛小麗有經驗。兩人提著行李，領著小猴，來到候車室。誰知如今的候車室，不同於幾年前，規定變了：只限有當日車票的乘客進入。朱菊花嘬了一下牙花子：

「真沒想到。」

見牛小麗在那裡為難，又說：

「那也難不住誰，咱就挨著候車室牆根睡，避風。」

這時牛小麗發現，挨著候車室牆根，已橫七豎八躺著些旅客。三人來到牆根，找個空位坐下，這時朱菊花從編織袋裡掏出一條破被子，又讓牛小麗驚奇。三人蜷縮在一起，將被子搭在三人身上，歪躺下歇息。春天了，三人擠著，身上又蓋條被子，倒也不覺得太冷。也是一天乏了，牛小麗很快就睡著了。不知睡了多長時間，夢裡，覺得臉上痲酥酥的；強掙著醒來，發現有手在摸自己的臉；牛小麗一驚，以為遇到了流氓，一把抓住這手；抬頭一看，原來這手是小猴的。昨天在車上，小猴睡了一路，現在半夜倒醒了，從被窩裡鑽出頭，在摸牛小麗的臉；一邊摸，還一邊端詳。牛小麗「噗哧」笑了：

「啥意思？耍流氓啊？」

這時朱菊花也醒了，看到這情形，也笑了。小猴端詳著牛小麗，突然照她臉上親了一口：

「好看。」

牛小麗又樂了：

「你才四歲，知道不？」

朱菊花：

「不是說小猴說你好看，我也說你好看。」

牛小麗有些不好意思：

「我哪兒好看了？」

朱菊花：

「我也說不好，只是覺得，你的好法跟別人不一樣。」

牛小麗：

「哪兒不一樣了？」

朱菊花突然想起什麼，拍著巴掌說：

「你眼大，嘴大，鼻梁高，像個外國人。」

接著三人又睡下。一夜無話。天剛麻麻亮，牛小麗還在夢裡，被人戳醒。牛小麗睜眼看，原來是車站打掃衛生的，一個胖女人，戴著口罩，在用掃帚把戳人，將睡在牆根下的人挨個戳醒；一個人剛起，她就用掃帚掃這空地，蕩起一團灰；倒是人起得快了。三人隨著眾人起來，拿起行李，躲開牆根和灰塵，來到廣場中央。牛小麗和朱菊花分別看著行李，倒換著去廣場北側上公共廁所；又到廣場東側的水池前漱了口，洗了把臉；然後到廣場南側的小吃攤前，牛小麗要了三碗小米粥。小米粥一塊錢一碗，醃蘿蔔條白吃。朱菊花掏出烙餅，三人就著醃蘿蔔條，吃起早飯。滾燙的小米粥，吃到肚子裡倒熨貼。吃過早飯，三人又到廣場臺階上閒坐看人。等到車站鐘樓的大鐘八點響起，兩人提著行李，帶著小猴，便去車站入站口排隊。提前兩個鐘頭排隊，是為了排到隊伍前頭；因他們是站票，盼著到了火車上，有人下車，能搶占一個座位。排了一個多小時，九點四十，入站口放行了。驗過票，擠過入站口，兩人拉著小猴跑起來，上天橋，過天橋，下天橋，又在站臺上跑起來，終於又排到站臺隊伍的最前邊。牛小麗和朱菊花跑得氣喘吁吁，小猴倒臉不改色心不跳，跟沒事兒人似的。朱菊花說，他每天在村裡瘋跑，爬樹掏老鴰窩，練就的功夫，現在派上了用場。牛小麗笑了。又等了十分鐘，火車終於露頭了。看著火車進來，看著火車停下，牛小麗又知道這隊白排了。因為從車窗往裡看，車廂裡塞滿了人；車廂門打開，下的人少，上的人多。三人被人擠上車，人和行李，便被夾在車廂連接處動彈不得。牛小麗感嘆，哪兒來這麼多人，走南闖北，大家四處奔忙，都為什麼事？這時朱菊花說，幸虧剛才排隊早了，他們又跑得快，不然連車也擠不上來。牛小麗往車下張望，車下果然有許多乘客還沒擠上來，被乘務員往外推，推搡中，生生把車門關上，火車就開動了。牛小麗一方面覺得世上窮人多了不是好事，都擠著坐便宜的車次，同時也覺得剛才的隊沒有白排。上路前，斑鳩要跟她來坐火車，幸虧沒讓她來，如果把她帶來，不把她擠扁才怪呢。

火車一路走走停停，從白天走到晚上，不見車廂裡鬆動。幸虧朱菊花提包裡帶著烙餅，不然連飯也吃不上。剛開始覺得在火車上擠著難受，後來覺得最大的難題是上廁所。一個人帶小猴留下看行李，另一個人擠過人山人海上廁所；小猴上廁所，朱菊花再帶他去；因大家都要上廁所，到了廁所門口，憋上個把鐘頭，還不一定能輪上你。在車上擠了兩天一夜，三人的肚子，也斷斷續續憋了兩天一夜，火車終於到了終點站××省城。下了火車，出了站，三人都往廁所跑。從廁所出來，牛小麗看自己的腿，已經腫了一圈，一摁一個坑；又看朱菊花的腿，倒沒腫起來；又看小猴，小猴不但腿沒腫，又拿著風車，在車站廣場「嘟嘟」地瘋跑起來；看來他們娘兒倆，都比牛小麗禁得住折騰。省城剛下過雨，風一吹有些冷，牛小麗和朱菊花忙給身上加了一件衣服，朱菊花也給小猴加了一件衣服。三人挨著火車站牆根，又睡了一宿。第二天一早，坐省城市內的公交車，到了省城汽車站。去沁汗縣城的長途汽車上人倒不擠，車上的座位空了一大半；小猴沒有買票，也坐在牛小麗和朱菊花中間的空位上；比起昨天在火車上，抬手動腳都顯得寬敞。牛小麗也知道，沁汗是個偏僻的地方，沒有多少人到那裡去。待汽車開出省城，山川地貌，和四千多里外的老家大為不同，老家是平原，這裡一座山連一座山，山後邊還是山；汽車鑽過一個山洞，又是一個山洞。這時小猴發起燒來。剛才在省城還沒事，離開省城，倒發起燒來。牛小麗跟朱菊花說，看似這燒是在汽車上發起來的，根子還是在火車上種下的；因為他們在火車上一直擠在車廂連接處，車底透風；雖然有風也不顯得冷，人人還擠出一頭汗，可小猴擠著擠著睡著了，一路上連睡七八回，醒時一頭汗，睡時被風吹，折騰一路，哪有不發燒的道理？朱菊花卻說，如果說傷風是在火車上引起的，昨天晚上就應該發燒，怎麼耽擱到現在？還是昨天省城剛下過雨，他們夜裡睡在火車站牆根前，雖然身上蓋條被子，地上卻涼，小猴讓凍著了。牛小麗覺得朱菊花說得也有道理。小猴一開始是腦袋發燒，到了中午，身子也變得滾燙。這時路過一個叫大清的縣城，牛小麗說，要不咱們下車，帶小猴去大清的醫院看看吧。朱菊花沒答話，而是照小猴臉上甩了一巴掌：

「媽拉個×，知道這，就不帶你來了。」

小猴「哇」的一聲哭起來。牛小麗哭笑不得，說小猴發燒也不是故意的，他才四歲；站起便要拿行李下車。誰知朱菊花坐著不動：

「不看病，看病不得花錢呀？」

牛小麗：

「那也不能讓他把小命丟了呀。」

朱菊花：

「他自生下來，沒看過病，到了沁汗就好了。」

牛小麗只好又坐下來。又走了四五個鐘頭，到了半下午，長途汽車終於到了沁汗縣城汽車站。這時，小猴睜開了眼睛。牛小麗摸了摸小猴的頭，果然不燒了。下了車，小猴又活蹦亂跳。牛小麗暗暗稱奇，也哭笑不得。這時朱菊花說，讓牛小麗看著行李，她帶小猴上個廁所。牛小麗點點頭，朱菊花拉著小猴往廣場西側的廁所走去。牛小麗渴了，拖著自己和朱菊花的行李，來到旁邊的小賣舖，買了一瓶水，邊喝邊等。但半個鐘頭過去，朱菊花和小猴沒有回來；一個鐘頭過去，還沒有回來；兩個鐘頭過去，仍不見蹤影。這時牛小麗慌了，扛起自己和朱菊花的行李，往廣場西側的廁所跑去。進了女廁所，一個蹲坑一個蹲坑查看，哪裡還有朱菊花和小猴的蹤影？從廁所出來，牛小麗知道事情壞了，朱菊花帶著小猴跑了，連他們的行李都不要了。

七

牛小麗打開朱菊花的提包，裡面還剩下三四張烙餅；打開朱菊花的編織袋，掏出朱菊花一條頭巾，小猴的幾件破衣服，還有他們一起蓋過的那條破被子。牛小麗看著這些東西，先有些困惑，一路上挺說得著呀，由不熟到熟，由不知根柢到無話不談，夜裡還合蓋一條被子，咋說跑就跑了呢？接著明白這正是朱菊花的狡猾。一路上甜言蜜語，是給牛小麗灌迷魂湯；捨下行李，帶著小猴隻身逃跑，是給牛小麗擺下的迷魂陣。牛小麗又突然想起，行李是留下了，但路費卻在朱菊花褲襠裡藏著；從四千多里外的老家到這個省的沁汗縣，三人省吃儉用，只花了六百來塊錢，還剩兩千四百塊錢；路上見朱菊花處處節省，連小猴病了都不去醫院，牛小麗以為她為了牛小麗，是個厚道人，現在才知道，她是為了她自個兒。牛小麗從老家到沁汗縣長途跋涉四千多里是來尋人的，沒想到人沒尋到，又跑了兩個。十天前給哥哥娶老婆讓宋彩霞騙了，這次來××省又讓朱菊花騙了；上次上了宋彩霞的當當了一回傻×，這次上了朱菊花的當又當了一回傻×。牛小麗突然意識到，老家辛家莊的老辛對朱菊花的做法還是對的，每個月只給朱菊花二十塊零花錢；二十塊錢，無法從老家跑到沁汗；老辛日常對朱菊花蠻橫也是對的，你不蠻橫，她就成了騙子；平日她在老辛身邊不跑，現在藉著牛小麗和這三千塊錢倒是跑了。突然又想，如果她想跑，路費在她身上，一上路她就能跑，為何她在別的地方不跑，非來到沁汗才跑？接著又明白了，別的地方她不熟，沁汗她熟，而牛小麗不熟，這是用熟欺負不熟。接著牛小麗弄不明白的是，朱菊花是因為牛小麗的事跑的，還是因為老家辛家莊老辛跑的？是短跑，還是長跑？如果是因為牛小麗的事，就是短跑；如果是要徹底擺脫老辛，就是長跑了；短跑只牽涉到牛小麗；如果是長跑，人是從牛小麗手裡跑的，等牛小麗回到老家，如何向老辛交代？不管是短跑還是長跑，牛小麗決定在尋找宋彩霞之前，先找到朱菊花。在辛家莊朱菊花說過，她娘家是沁汗縣嵩岱鄉茗超村的；牛小麗扛起行李，遂在汽車站僱了一輛摩的，將行李扔到車上，扒上車，坐在行李上，讓摩的往嵩岱鄉茗超村開去。這時牛小麗又覺得朱菊花有些傻，明明知道你娘家是哪個鄉哪個村的，你還能跑到哪裡去呢？跑了和尚跑不了寺。就算找不到你，總能找到你娘家人；找到你娘家人，接著就能找到你。沁汗縣也是山連山，一出縣城，摩的就上了山路，山路曲曲彎彎，路又坑坑窪窪，車有些顛簸。顛簸中，牛小麗再一次為朱菊花的欺騙憤怒起來。待到嵩岱鄉茗超村朱菊花家裡堵住朱菊花，牛小麗問她的第一句話是，她從什麼時候開始，看出牛小麗是個傻×？就像牛小麗尋到宋彩霞，問宋彩霞的第一句話一樣；接著撲上去，抓住這矮女人的頭髮，猛抽她的耳光，問她長沒長心肝；如果不是在家裡，而是在河邊，就把她扔到河裡，接著抄起棍子，不斷把她往河裡打，像幾天前在辛家莊，馮錦華把老辛扔到河裡，接著用棍子把他往河中間打一樣；不同的是，牛小麗和馮錦華最後讓老辛上了岸，這回不讓朱菊花上岸，讓河裡的浪嗆死她、淹死她；如果不在河邊，正好手上有一瓶硫酸，她會兜頭照朱菊花臉上潑去，尖叫聲中，看硫酸在她臉上冒煙，她臉上的肉化成血水一縷縷往下滴。牛小麗突然又想起小猴，那天半夜，在老家火車站，小猴用小手摸她的臉，說她「好看」，他也是朱菊花的幫凶，在幫著朱菊花一起騙牛小麗嗎？這孩子才四歲，如果他從頭至尾也在演戲，他不成精了？孩子一定對整個陰謀渾然不知，罪大惡極者，也就朱菊花一個人。突然又想起，正是事先知道朱菊花帶著三千塊錢路費，牛小麗出門的時候，身上只帶了五百塊錢；忙往她胸前內衣的口袋裡摸，錢倒還在；但大頭的錢，卻被朱菊花拐跑了；又想起三天前在老家鎮上汽車站，朱菊花要從褲襠裡把三千塊錢路費掏出來，交給牛小麗，牛小麗當時沒有懷疑朱菊花，也感到褲襠裡安全，就讓朱菊花把錢留下了；如果當時把錢拿過來，現在也不至於這麼被動。突然又明白，朱菊花來××省帶上小猴，就不是因為牛小麗短跑；母子倆一塊兒跑，看來是要徹底擺脫老辛，連辛家莊也不回了；朱菊花說過，小猴並不是老辛親生的，是她嫁老辛時帶過去的；看來，朱菊花來××省帶上小猴，也是整個陰謀的一部分。但她長跑的原因是什麼呢？牛小麗又想起，朱菊花在路上跟她說，她討厭老辛，除了討厭他蠻橫，還因為老辛夜裡不行；正是因為夜裡不行，才有了白天的蠻橫。如果是這樣，牛小麗又想起宋彩霞的跑，是不是也有哥哥牛小實夜裡不行的原因呢？牛小實像老辛一樣，也個頭低矮，三寸丁穀樹皮，在當地談不著對象，才給他尋了個外省老婆。新婚入洞房那晚，牛小麗一直留意洞房的動靜。到了半夜，洞房還鴉雀無聲，牛小麗就有些擔心；第二天吃早飯時，又見牛小實偷笑，才鬆了一口氣；現在看，這是行的笑，還是傻笑呢？就是行，到底行到啥程度呢？由老辛和哥哥牛小實，牛小麗又想到馮錦華。牛小麗和馮錦華好了之後，得著空閒和地方，兩人最愛一起讀《水滸》。讀《水滸》不讀別的篇章，單挑潘金蓮一節。讀著讀著，兩人性起，一起做愛，能大呼小叫一個小時。馮錦華不行，也是牛小麗找馮錦華的另一個原因。馮錦華當時說，《水滸》中的武大郎，個頭低矮，肯定是夜裡不行，才出了西門慶。是不是因為哥跟老辛和武大郎一樣，夜裡不行，才導致宋彩霞跑呢？如果牛小實夜裡行，是不是就不會出現從老家到××省、從宋彩霞到朱菊花一連串麻煩呢？接著又想，宋彩霞是個騙子，她當初找牛小實就是為了騙錢，不管牛小實夜裡行不行，她都會跑。宋彩霞跑是為了錢，老辛家的錢老辛藏著，朱菊花手裡並沒有錢，她帶著小猴跑又是為了啥呢？僅僅是為了擺脫老辛，還是另有隱情？一路想著，沒個頭緒，只是在路上胡思亂想罷了。

從沁汗縣城到嵩岱鄉三十來里，從嵩岱鄉到茗超村十七八里；待摩的到了茗超村，已是傍晚。牛小麗在村裡一打聽，徹底傻了，村裡根本沒有朱菊花這個人；不但沒有朱菊花這個人，也沒有朱菊花這戶人家；不但沒有朱菊花這戶人家，村裡有姓張的、姓洪的、姓范的、姓白的、姓荀的……乾脆連姓朱的都沒有。牛小麗知道自己徹底上了當；或者，朱菊花說的徹底是假話；她不但騙了牛小麗，也騙了辛家莊的老辛——而且不是騙一天，她和老辛過了三年，整整騙了他三年。騙老辛老辛現在還不知道，牛小麗站在茗超村街頭，不知道下一步該怎麼辦。茗超村沒有朱菊花，哪個村有朱菊花？如果朱菊花是沁汗人，沁汗縣這麼大，牛小麗兩眼一抹黑，一個人都不認識，又該到哪裡去找朱菊花？由朱菊花說了三年假話，牛小麗又懷疑朱菊花是不是沁汗人；如果她不是沁汗人，她又是哪裡的人？聽她的口音倒是該省人，但該省人口有幾千萬，村莊星羅棋布，又該到哪裡去把她找出來呢？牛小麗正兀自發愁，拉牛小麗來茗超村的摩的司機問：

「咋辦呀？」

牛小麗抬頭，天已徹底黑了，村裡各家的燈都亮了，既然這裡沒有朱菊花，待在這裡也無用，想著還是先回縣城，再慢慢想主意；便說：

「咱們回縣城吧。」

摩的司機說：

「不好回。」

牛小麗吃了一驚：

「啥意思，要住在這裡呀？」

摩的司機：

「不住這裡，就是不好回。」

牛小麗：

「啥意思？」

摩的司機：

「山路，走夜裡，很危險呀。」

牛小麗：

「咱走得慢些。」

摩的司機：

「和快慢沒關係。」

牛小麗：

「啥意思？」
摩的司機：
「走明路和走夜路不一樣，得加錢。」
牛小麗明白了，摩的司機在敲竹槓；來時講好的價錢，從縣城到茗超村，來回八十塊錢；牛小麗問：
「你想加多少錢呢？」
摩的司機：
「八十。」
牛小麗嚇了一跳，八十加八十，不是一百六嗎？一百六十塊錢放到平日倒沒什麼，現在牛小麗身上只有五百塊錢，還要靠這五百塊錢找到朱菊花和宋彩霞，一百六十塊錢就是大數了。牛小麗說：
「你這不是劫路嗎？我只能給你加二十塊錢。」
摩的司機：
「二十塊錢我把你扔這兒。」
牛小麗：
「你把我扔這兒，我就一個人走回去。」
摩的司機急了：
「給我來時的錢。」
牛小麗：
「說好來回是八十，光來四十。」

掏出四十塊錢，扔給摩的司機。摩的司機也是賭氣，撿起錢，將牛小麗的行李從摩的上扔下來，開著摩的，一溜煙下山去了。牛小麗拾起行李，扛在肩上，出村，一個人向山下走去。走了二里路，來到轉彎處，發現摩的竟停在山腳下，摩的司機蹲在路邊抽菸。牛小麗沒理他，越過摩的繼續往前走。摩的司機跳上摩的，開動趕上來，問牛小麗：

「加六十成不成？」

牛小麗：

「說二十，就是二十。」

摩的司機：

「加四十成不成？」

牛小麗沒理他。

摩的司機吐了一口痰：

「沒見過像你這麼小氣的人。」

牛小麗仍不理他。又走了一里路，摩的司機終於熬不住了，拍了一下巴掌：

「好男不跟女鬥，上來吧。」

又嘟囔：

「二十加白天的四十，再給六十啊。」

又嘟囔：

「六十，也比放空回去強呀。」

這時牛小麗又覺得摩的司機是個老實人。牛小麗將行李扔上摩的，扒上去，坐到行李上。摩的司機加大油門，向山下衝去，倒是比白天開的速度還快，把牛小麗嚇了一跳。

摩的開到沁汗縣城，已是夜裡十二點多。牛小麗跳下摩的，給了司機六十塊錢，扛起行李，卻不知道往何處去。整個縣城都是陌生的，唯一熟悉的是縣城汽車站；上午從省城過來，第一個落腳處是那裡。於是扛著行李，走向汽車站。到了汽車站，候車室早已關門。牛小麗突然覺得肚子餓了，這才想起從上午到現在，還沒有吃飯。但先後付過摩的司機一百塊錢，身上就剩四百，這四百還有更急的用處，哪裡敢進飯館吃飯？想起朱菊花留下的提包裡，還有幾張烙餅，便在廣場臺階上坐下，從提包裡掏出一張餅，又從朱菊花留下的編織袋裡摸出一根蔥，就著蔥，嚼起餅來。也許是餓了，用上牙勁，也不覺得餅硬。倒是邊吃餅，邊想起在老家火車站，與朱菊花和小猴一起吃餅的情形。當時就著滾燙的羊肉湯，三人吃得滿頭大汗。現在牛小麗吃過乾餅，到汽車站東側，就著水龍頭喝了一肚子水。接著提溜著行李，找睡覺的地方；旅館住不起，看車站對面，有一家二十四小時店，想著汽車站還安全，便像路途上在火車站一樣，來到汽車站屋簷下，靠牆坐下，從編織袋裡掏出朱菊花留下的破被子，蓋在身上。一個撿破爛的女人，用鐵絲扎著飄落的破紙，從眼前走過。待走過，牛小麗突然覺得這女人有些眼熟。仔細看，個頭、模樣，竟像八年前跑掉的她媽。她媽自跑掉，再無音信；有人說在西安夜市見過她，咋又跑到這裡來了？牛小麗渾身一激靈，踢開被子，攆上那女人，轉身打量，這女人又不是她失蹤的媽。這女人看牛小麗跑過來，倒楞著頭看牛小麗。牛小麗回來，蓋上被子，靠著牆歇息。這時再一次後悔，她十四歲那年，不該把一個活生生的媽趕走。媽就是破鞋，也是一個媽呀。或者，媽是不是破鞋，重要嗎？如果媽還在，家裡的擔子，就不會落到牛小麗肩上；八年之後，也不會一個人露宿在四千多里外的沁汗縣汽車站。想到這裡，牛小麗流下淚來。邊哭邊罵：

「牛小麗，我×你媽！」

八

也是幾天乏了，牛小麗躺下，一覺睡到天明。第二天早上醒來，突然覺得肚子疼；一開始以為身上來事兒了，接著聽到肚子裡「咕嚕」「咕嚕」響，馬上又感到下邊很急，便知道是要拉肚子；牛小麗忙抄起被子和行李，往廣場西側的廁所跑。昨天下午，朱菊花帶著小猴，就是從這個廁所逃跑的。待到了廁所，把被子和行李扔到洗手臺上，脫下褲子，往蹲坑一蹲，「嘩」的一聲，下邊就下去了。這時想，一是幾天乏了，在汽車站屋簷下睡得太死，山區夜裡寒，雖然身上蓋條被子，身下地上卻涼，像小猴在路上發燒一樣，一夜受了風寒；二是昨天晚上圖省錢，就著大蔥啃了張乾餅，又就著水龍頭喝了一肚子涼水，肚子也受涼了。如果昨天晚上喝碗熱湯，肚子裡熱乎，也許就扛過去了。這時後悔出門在外，不該省這些小錢，嘴上虧了自己，身體就鬧毛病。接著又想，「窮家富路」的道理她不是不懂，只是身上只剩四百塊錢，還要靠這四百塊錢尋到兩個人，沁汗縣又人生地不熟，才不敢大手大腳。肚子拉空，身上暫時鬆快許多。出了廁所，把被子裝到編織袋裡，忙去藥店買治拉肚子的藥；問過賣藥的店員，花了四塊錢，買了一盒黃連素；討了藥店一杯熱水，吃下四片藥。出了藥店，馬上又覺得肚子餓了。牛小麗不敢再啃乾餅，來到廣場南側的小吃攤前，花了三塊錢，買了一碗餛飩。一碗熱餛飩吃下去，肚子感覺好受許多。這時腦子也清醒了，開始理自己找人的思路。一理思路，明白在找人這件事上，昨天她犯了本末倒置的毛病。為啥千里迢迢從老家到××省來？是為了找到宋彩霞；為啥找宋彩霞？是為了找錢；

問題是宋彩霞沒找到，又跑了朱菊花；昨天一怒之下，放下宋彩霞，去找朱菊花；朱菊花所說的娘家村莊是假的，又撲了個空；現在想，朱菊花和宋彩霞比起來，還是宋彩霞重要；因為朱菊花只騙走她兩千四百塊錢，宋彩霞卻騙走她十萬塊錢；因為朱菊花的逃跑，放下宋彩霞去找朱菊花，不是丟了西瓜去撿芝麻嗎？當然，昨天也擔心朱菊花跑了，回去向辛家莊的老辛不好交代；但事到如今，只能放下老辛，先顧自己。於是決定從今天起，撇開朱菊花，先找宋彩霞。宋彩霞的娘家，在沁汗縣衛津鄉佑堂村；牛小麗看過她的身分證，朱菊花也這麼說過。牛小麗向賣餛飩的老漢打聽，衛津鄉佑堂村，距縣城四十多里，比朱菊花騙她昨天去的嵩岱鄉茗超村，還近五里路；於是一不做二不休，離開餛飩攤，找到一輛摩的，講好來回七十的車價，把行李扔到車上，扒上車，坐在行李上，去了衛津鄉佑堂村。

從縣城去衛津鄉佑堂村雖然也是山路，但柏油路是新修的，跑起來倒平坦。兩個鐘頭之後，牛小麗到了佑堂村。這是一個百十戶人家的小村，但從東頭打聽到西頭，根本沒有宋彩霞這個人；村裡倒是有姓宋的，但都跟她要找的宋彩霞不沾邊。這時牛小麗知道，她跟上了朱菊花的當一樣，又上了宋彩霞的當。牛小麗來時曾有預感，朱菊花把她娘家的村莊說成假的，宋彩霞能把她娘家的村莊說成真的嗎？但因為看過她的身分證，想著地址不會假；現在看，身分證也是假的。雖然又上了當，牛小麗又想，一個人對這個鄉和這個村這麼熟悉，出門把自己編成這個鄉這個村的，她一定對這個鄉這個村不陌生；陌生地方的陌生人，編不出這個謊；事情可以編，但這麼偏僻的地名無法編；既然對這個村莊這麼熟悉，她真正的娘家村莊，一定離這裡不遠。不是這個村的，說不定是這個鄉別的村的。雖然是一個迷魂陣，但這個迷魂陣，一定離狐狸藏身的洞穴不遠。牛小麗又打定主意，在這個鄉繼續尋找；便坐上摩的，去了這個鄉政府的所在地衛津。到了衛津，又去了鄉派出所。一個年輕民警坐在櫃檯後值班。牛小麗把宋彩霞到她老家騙婚的事從頭至尾說了，讓民警幫她在這個鄉找到這個騙子。沒想到年輕民警聽完這件事，盯著牛小麗：

「你們這是非法婚姻，知道不？」

牛小麗猶豫一下說：

「知道。」

年輕民警：

「非法婚姻不受法律保護，知道不？」

牛小麗：

「知道。」

年輕民警：

「從法律的角度，這個女子在你們家待了五天，等於你們拘禁了她五天；拘禁是犯法的知道不？如果她報案，我們應該去解救她；如今她從你們家跑了，等於自救，怎麼你還要找人家？還想繼續拘禁她嗎？這不是知法犯法嗎？」

牛小麗楞在那裡；待反應過來，馬上說：

「大哥，她從我們家騙走十萬塊錢呢，這是詐騙，詐騙是不是犯罪？」

年輕民警點頭：

「詐騙是犯罪，但你有證據嗎？你說她收了你們家十萬塊錢，她給你們打收條了嗎？把收條給我看一看。」

牛小麗身上，沒有宋彩霞打給他們家的收條；當時只想著交錢之後，宋彩霞就成了牛小實的女人，接著就能入洞房，誰想到她會跑，事先讓她打個收條呢？牛小麗渾身癱軟：

「大哥，我從老家幾千里趕過來呀。」

年輕民警：

「法律不論遠近，只講事實和證據。」

牛小麗：

「大哥，十萬塊錢，對我們家不是小數呀。」

年輕民警：

「但你空口無憑，讓我咋相信你呢？」

牛小麗：

「大哥，求你了。」

年輕民警不再理她，低頭玩起手機。牛小麗出了派出所，看著街上熙熙攘攘的人，不知道接下來怎麼辦。也是急中生智，她從口袋掏出錢，把摩的打發走，自個兒走到派出所斜對面一棵槐樹下，放下行李，坐在上面，盯著派出所門口。突然想起自己的肚子，清早拉過，擔心路上再拉；誰知一路上沒拉，甚至忘了肚子，知道清早吃的藥管用；為肚子的事，牛小麗放下一頭心。到了中午，上午值班的年輕民警從派出所走出來。待他走遠，牛小麗又走進派出所。這時坐在櫃檯後值班的是個中年民警，手裡捧著飯盆，邊看手機，邊用勺子往嘴裡送飯。牛小麗：

「大哥，幫我個忙唄。」

中年民警抬頭：

「啥事？」

牛小麗：

「我從深圳趕過來，參加一個姊妹的婚禮，活該倒楣，包包和手機在長途車上被偷了，只知道她是這個鄉的，忘了她是哪個村的，你幫我查一下好嗎？」

中年民警：

「去找公用電話，打她的手機。」

牛小麗：

「現在手機裡輸的都是名字，哪裡還記得號碼？」

中年民警看牛小麗：

「你跟她什麼關係？」

牛小麗：

「好姊妹呀，在深圳一起打工。要是別的事，我就不麻煩你了，這是她的婚禮。」

中年民警放下飯盆：

「她叫什麼名字？」

牛小麗：

「宋彩霞。」

中年民警看了牛小麗一眼，用屁股把轉椅挪到電腦前，開始幫牛小麗查找。五分鐘後，告訴牛小麗，戶口資料顯示，衛津鄉有五個叫「宋彩霞」的，分別在花梨村、田坪村、許家壩村、漁河村和沙子坡村。牛小麗忙從包裡掏出一桿筆，又借了桌上一張廢報紙，把五個村的名字，記在了報紙的空白處。接著千恩萬謝，走出派出所。

接下來，牛小麗又僱了一輛摩的，拿著報紙，花了半天時間，把這五個村走了一遍。五個村，有三個宋彩霞在村裡，但都不是她要找的宋彩霞；其中一個宋彩霞是個老婆婆，都八十多歲了；另外兩個宋彩霞不在村裡，出外打工去了，牛小麗到她們家看了她們的照片，也不是牛小麗要找的宋彩霞。宋彩霞說是這個鄉的，看來也不是這個鄉的；就像她說自個兒是佑堂村的，而不是佑堂村的一樣。看來她撒謊的範圍，比牛小麗想的要大。但照她對這個地方地名的熟悉程度，她雖不是這個鄉的，也可能是附近一個鄉的。牛小麗打問，沁汗縣一共有十二個鄉鎮。牛小麗已經跑了一個鄉，還剩十一個鄉鎮；牛小麗又下定決心，大不了再花上半個月工夫，把剩下的十一個鄉鎮跑遍，把沁汗縣翻個底朝天，也要把真正的宋彩霞從地縫裡找出來。牛小麗便換了附近一個鄉，照在衛津鄉的辦法，先去鄉派出所說參加婚禮，民警幫她在這個鄉搜出八個宋彩霞。這八個宋彩霞找過，也不是牛小麗要找的宋彩霞。這時牛小麗身上就剩二十塊錢了。牛小麗便給老家的馮錦華打電話，讓他往牛小麗銀行卡上再打三千塊錢。馮錦華接到電話，先問宋彩霞找到沒有，又說昨天辛家莊的老辛來找他一趟，說朱菊花和小猴自跟牛小麗去了××省，一直沒來電話，打朱菊花的手機又關機，問是怎麼回事；接著又問出門的時候，朱菊花帶著三千塊錢路費，一個禮拜就花光了嗎？為何又讓打錢？所有這些問題，牛小麗都一時難於解釋，或者不想讓馮錦華或老辛知道；他們一知道，又會節外生枝；這也是朱菊花和小猴逃跑時，牛小麗身上只剩五百塊錢，都沒讓馮錦華知道的原因；如今實在支撐不下去了，才給馮錦華打電話；於是不耐煩地說：

「找一個人，哪那麼容易？」

又說：

「讓你打錢就打錢，哪那麼多廢話。」

就把手機掛了。馮錦華倒沒敢執拗，當天晚上，三千塊錢，就到了牛小麗卡上。為了安全，牛小麗沒有將錢從銀行提款機裡全部取出來，只取了五百；想等這五百塊錢花過，接著再取。有了錢，牛小麗又馬不停蹄，挨鄉挨村跑起來。雖然手裡有了錢，牛小麗仍做好打持久戰的準備，不敢浪費每一分錢。但在吃上不敢過於節省，也是接受上次拉稀的教訓，害怕身子吃虧再生起病來，看病更費錢不說，也耽誤找人；一天三頓飯，都買個熱湯。因天天露宿在汽車站，與在汽車站廣場擺攤的小販倒熟了。吃早飯時，人問她為何天天早去晚歸，夜裡露宿在汽車站，牛小麗便把她尋人的煩惱說了。擺攤的小販和路人，倒同情牛小麗的遭遇，罵宋彩霞和朱菊花不是東西，丟了當地的人。但同情幫不了牛小麗尋人，也不能當錢花；人一天沒找著，就得繼續找，錢就得照常花出去；每天除了吃飯，光僱摩的的費用，或七十，或八十，有時路遠的地方，得一百出頭；三天前取了五百塊錢，轉眼間就花光了，又該去銀行提錢了。為了省錢，每天天剛麻麻亮，牛小麗就從汽車站起身，害怕出門晚了，回來趕上天黑，摩的司機再額外加夜路費。各村路有遠近，大體算起來，平均一天能跑六個村。轉眼三天又過去了。這天跑完六個村，太陽還有老高，看看手機上的時間，也就下午三點半，牛小麗一時貪功，又讓摩的司機去了一個叫「一道梁」的村子。一道梁村有兩個宋彩霞。一個看了真人，一個看了照片，都不是。待看過，不知不覺天就黑了。回縣城的時候，牛小麗擔心摩的司機加夜路費；但摩的司機啥也沒說，拉上牛小麗就走。這個摩的司機左臉上，長巴掌大一片青痣，牛小麗讀過《水滸》，便在心裡叫他青面獸楊志。牛小麗坐在車上想，這楊志雖然相貌醜陋，但心眼還不錯，到底是梁山泊英雄。想著走著，轉過一個山窩，楊志突然開著摩的下了道，開始往莊稼地的小道上開。牛小麗吃了一驚：

「大哥，哪裡去？」

說話工夫，莊稼已經遮蔽了他們。牛小麗意識到情況不妙，慌忙從摩的上跳下來。這時楊志熄了車，也跳下摩的。牛小麗：

「大哥，要幹麼？」

楊志看著牛小麗：

「妹子，咱們在一起也一天了，跟你商量個事。」

牛小麗：

「啥事？」

楊志：

「我喜歡上你了。」

牛小麗：

「大哥，別胡來。」

楊志：

「今天的路費我不要了，你讓我弄一下唄。」

牛小麗：

「大哥，這可不行，俺丈夫還在縣城等著我哩。」

楊志開始往前湊：

「這山窪裡，方圓二十里沒有人家，哪裡還有你丈夫？」

接著撲上來，把牛小麗捺到田埂上，脫下自己的褲子，就要扒牛小麗的褲子。牛小麗掙扎著：

「大哥，你知不知道，這是犯法。」

楊志：

「荒無人煙的地方，天知地知，你知我知，犯個法？」

牛小麗掙扎：

「那也得改天。」

楊志：

「為啥？」

牛小麗：

「我身上來事了。」

楊志：

「讓我檢查檢查。」

手就往牛小麗褲襠裡伸。牛小麗慌忙掏出手機：

「告訴你，我可有紀錄。」

楊志倒住了手：

「啥意思？」

牛小麗：

「就是害怕出事，今天上午，我就把你和你摩的的照片，發到了俺丈夫手機上，要是出了事，他肯定報警。」

接著打開手機的頁面，一張照片，楊志坐在摩的上抽菸，人臉清清楚楚；摩的的車牌號，也在畫面中。也是七八天跑下來，跑出經驗；因為討價還價，每天僱的摩的司機不同，每天牛小麗都趁摩的司機不注意時，用手機把他和他的摩的拍下來；當然她並沒有把這照片傳給馮錦華；傳給馮錦華，又會節外生枝；而是傳到另一個她已經不用的手機號上，以防萬一。果然，楊志從手機上看到自己的臉和車牌號，立馬頹了，從牛小麗身上爬起來，提上自己的褲子，照地上啐了一口唾沫：

「晦氣！」

又罵：

「臭不要臉的。」

接著生氣地將牛小麗的行李扔下摩的，開上車，一溜煙跑了，倒是連一天的摩的費都不要了。牛小麗長出一口氣，從田埂上爬起來，拍拍身上的土，扛起自己的行李，往沁汗縣城走去。這山窪距縣城有五十多里。路上走著走著，附近村莊的雞叫了。待看到縣城的燈光，牛小麗一屁股蹲到地上，哭了。

半個月過去，牛小麗將沁汗縣十二個鄉鎮全跑遍了。在十二個鄉鎮派出所，她讓宋彩霞舉行了十二次婚禮。半個月下來，見了百十個宋彩霞；宋彩霞有年輕的，也有老的，還有一個是男的；天天見宋彩霞，都見噁心了；但百十個宋彩霞中，沒有一個是她要找的宋彩霞。也不知是牛小麗找得不仔細，讓宋彩霞漏網了，或十二個鄉鎮派出所統計得不精確，讓宋彩霞成了黑人；或宋彩霞乾脆不是沁汗縣的，家在另外一個縣；但不是沁汗縣的，又是哪個縣的？牛小麗分析，看她對沁汗縣鄉村的地名這麼熟悉，就算不是沁汗縣的，也不會跑得太遠，也會是沁汗鄰縣的；牛小麗買了一張地圖，與沁汗相鄰的有四個縣：方化縣、六節縣、富臨縣和松印縣。但四個縣中，她又是哪個縣的？牛小麗猶豫，是在沁汗縣繼續尋找漏網之魚，還是乾脆轉移戰場，到相鄰的四個縣去尋找呢？就算去其他四個縣尋找，四個縣中，又從哪個縣先入手呢？半個月的尋人過程，受罪不說，也有危險，對於重新尋找，牛小麗心裡有些發怵。當然她也可以就此打住，不再找人，打道回府；馮錦華十天前匯過來的三千塊錢，又花去兩千多，身上就剩三百多塊錢了；重新上路尋找，還得再讓馮錦華打錢；重新打錢，又得重新囉唆；但打道回府，被宋彩霞騙走的十萬塊錢就等於徹底打了水漂；尋找宋彩霞前後又花出三千一百多塊錢，也等於打了水漂；前後打水漂的錢，加上利息，共十二萬兩千三百多塊錢；跟錢一樣煩心的是，半個月前來××省尋人時是三個人，如今朱菊花和小猴跑了，回去如何向辛家莊的老辛交代？這些天只顧尋找宋彩霞，把朱菊花和小猴的事忘到了腦後，現在重新想起，也讓人煩躁；或者說，牛小麗在××省找人，已經不單是找到宋彩霞，接著還要找到朱菊花和小猴。牛小麗坐在沁汗縣汽車站廣場的臺階上，越想越煩，不知接下來該怎麼辦。牛小麗進廁所，無意中看到鏡子中的她，在××省高原上跑了半個月，兩腮上，竟跑出了高原紅。摸摸臉，又嘆了一口氣。出廁所，坐回廣場的臺階上，這時一個婦女坐到她身邊，與她搭訕：

「從內地來的吧？」

牛小麗扭頭，看這婦女三十多歲，齊耳短髮，渾身上下打扮得倒利索；牛小麗不知這婦女的來路，也不知她要幹麼，只是點點頭。這三十多歲的婦女：

「在找宋彩霞吧？」

牛小麗吃了一驚：
「大姊，你咋知道？」
這婦女一笑：
「你在汽車站住了這麼長時間，你的事，車站上的人都知道了。」
牛小麗嘆了一口氣：
「找了半個月，也沒找到，不知接下來該咋辦。」
這婦女：
「我知道宋彩霞在哪兒。」
牛小麗大吃一驚，一把拉住這婦女：
「你咋知道，她在哪兒？」
這婦女：
「她又去了××省，又嫁人了。」
牛小麗拍了一下腦門，恍然大悟，要不在沁汗找不到她呢，她接著又去騙人了。接著又有些懷疑：
「就算她又去了××省，可她娘家應該在沁汗呀，我在沁汗找了半個月，咋連她娘家也沒找到呢？」
這婦女：
「她不是沁汗人。」
牛小麗：
「那她是哪裡人？」

這婦女：

「跟沁汗挨著的一個縣。」

牛小麗恍然大悟，要不在沁汗找不到宋彩霞和她娘家呢；牛小麗也懷疑過，宋彩霞不是沁汗縣的，而是沁汗鄰縣的；出門騙人，假話說得大出了縣，也算有氣魄。但牛小麗這時對她娘家是哪個縣的已不感興趣，既然知道她又嫁到了××省，直接去那個省找她不就完了？過去是因為找不到她，才開始找她的娘家。牛小麗：

「你知道她又去××省哪個縣哪個村騙人了嗎？」

這婦女：

「知道。」

牛小麗一把拉住這婦女的胳膊：

「大姊，快告訴我地方，我去找她。」

又趕忙說：

「你幫我這個大忙，我一輩子忘不了你的大恩大德。」

沒想到這婦女笑了：

「沒這麼容易。」

牛小麗一楞：

「啥意思？」

這婦女：

「如今是信息社會，信息能白提供嗎？」
牛小麗明白了她的意思，覺得也合理，便說：
「你說，得多少錢，是一百，還是二百，我馬上給你。」
這婦女：
「聽賣餛飩的人嘮嗑，宋彩霞拿走你十萬塊錢，你只給我一百或二百，我傻呀？」
牛小麗：
「你打算要多少呢？」
這婦女：
「販小蔥小蒜，還有百分之二十的利潤呢；十萬的百分之二十，是兩萬。」
牛小麗愣在那裡：
「你這不是乘人之危嗎？」
誰知這婦女起身就走：
「說不攏就算了，買賣不成仁義在。」
牛小麗又一把拉住她：
「大姊，咱再商量。」
接著說：
「大姊，兩萬，不是個小數，我身上沒這麼多呀，能不能便宜一點？」
這婦女：

「給你便宜五千，一萬五，再不能少了。」

牛小麗：

「一萬五，也不是小數，我身上只有三百多塊錢。」

這婦女：

「讓你家裡人往你卡上打錢，不費勁。」

牛小麗這時又懷疑這女人是個騙子，問：

「你咋知道宋彩霞娘家是鄰縣的呢，你咋知道她又嫁到了××省呢？」

這婦女：

「我姑家的表妹，嫁到了鄰縣，恰好和宋彩霞家一個村，昨天我表妹回沁汗串親戚。」

牛小麗明白了，想想又說：

「大姊，能不能這樣，你不告訴我宋彩霞現在嫁到了哪裡，只告訴我她娘家是哪個縣哪個村的，這信息拐彎，價錢上，你再給便宜一些。」

這婦女又笑了：

「這小心眼就別轉了，告訴她娘家在哪兒，不等於告訴她在哪兒了嗎？」

牛小麗開始犯倔：

「你不告訴我，我就去沁汗附近的縣一個村一個村打聽，本來我也想這麼做。」

這婦女：

「可以。宋彩霞的娘家不在沁汗在鄰縣，這信息我白送你。但沁汗鄰著好幾個縣，你一個村一個村打聽，人吃馬餵，還得僱車，又得花多少錢？你在心裡算一算，一趟人找下來，肯定會超過一萬五。」

牛小麗查過，與沁汗挨著的，分別是方化縣、六節縣、富臨縣和松印縣。又在心裡盤算，在沁汗半個月，已花去三千一百多塊錢；沁汗臨著四個縣，照在沁汗找人的速度，一個縣按半個月算，全部跑下來，又得花去兩個月；去四個縣的路費，加上兩個月找人的花費，肯定會超過一萬五；看來牛小麗想到的，這婦女都事先想到了；同時還不光是錢的事，在沁汗半個月，曾經歷些意想不到的事，再找兩個月，還不知會遇到什麼；想起未來兩個月的尋找，也讓牛小麗發怵；倒是跟這婦女合作，在時間和錢的成本上更划算一些，你可以直接去找宋彩霞，不用再花兩個月去找她的娘家。突然又想起一個問題：

「如果我給了你錢，你給了我宋彩霞的地址，我去××省沒找到宋彩霞，我這錢不是白花了嗎？」

這婦女：

「如果你有誠意，辦法還可以變通，我跟你去××省，等找到宋彩霞，把錢要回來，你再把我的提成給我，好不好？」

原來還可以先找人，後給提成，等於不見兔子不撒鷹，牛小麗想了一下，也覺得這辦法公平；同時，能很快找到宋彩霞拿到錢，也省去讓老家馮錦華再給她打錢的煩惱；打三千塊錢他都問東問西，讓他一下打來一萬五去找宋彩霞的娘家，他還不把牛小麗囉唆死；於是下定決心，看著這婦女說：

「咱啥時候動身？」

這婦女笑了：

「我就喜歡痛快人，我回家收拾一下行李，咱下午就出發。」

九

當天下午，牛小麗跟這個三十多歲的女子，坐上由沁汗縣城開往省城的長途客車。傍晚，汽車到了省城。兩人從汽車站，又坐市內公交車，到了火車站。兩人去售票廳買票，剛好還有這個省城到另一個省城的車票，而且離開車只剩半個小時。兩人一邊慶幸趕得早不如趕得巧，一邊急忙買了車票。剛進站，火車就來了。上了火車，火車上竟還有座位，兩人又感嘆今天運氣好。不管是坐長途汽車，還是坐市內的公交車，接著上火車，聽到火車的鳴笛聲，牛小麗都恍惚回到了半個月前。當時由老家往沁汗縣去的時候，牛小麗和朱菊花與小猴，就是這麼趕路的。路途經歷相似，周邊的景物相似，各種聲音也相似，只是身邊的人換了，由朱菊花和小猴換成了這個三十多歲的女子。一方面，牛小麗覺得半個月前的經歷就像發生在昨天；另一方面，半個月發生的事情太多了，又恍若隔世。突然又想起，她現在找人，不單是尋找宋彩霞，還要尋找朱菊花和小猴；現在跟這個女子去另一個省尋找宋彩霞，倒是把朱菊花和小猴落在了這裡。但兩撥尋找，對牛小麗來講，還是先找到宋彩霞要緊，只能先放下朱菊花和小猴不說；當然，這樣做有些對不住老家辛家莊的老辛，但牛小麗一人劈不成兩半，剩下的事，也只能回頭再說。因要重新上路，在沁汗縣城汽車站，牛小麗把朱菊花落下的破提包、破編織袋和那條破被子都扔了。編織袋裡還剩一棵蔥，半個月過去，已經乾巴了，拿起這棵蔥，牛小麗又感慨一番，接著也把它扔進了垃圾桶。路上與這個三十多歲的女子聊天，這女子說她叫蘇爽，老家是沁汗縣的，平日做些服裝生意，全國各地都跑，哪裡能賺錢，就到哪裡去；這次去另一個省，除了去幫牛小麗尋人，在那邊也有些生意要照顧，算是兩相兼顧；如果單去幫牛小麗尋人，為掙那一萬五千塊錢，還不夠耽誤工夫錢呢；而順路捎帶，圖的是一箭雙鵰。聽蘇爽這麼說，牛小麗一方面覺得她心直口快，有一說一，啥事都不掖著藏著，同時也放下一條心來：正因為是順路捎帶，才證明蘇爽帶她去另一個省尋人是真的，否則她仍懷疑蘇爽的動機；同時蘇爽去另一個省不單是幫牛小麗尋人，還有她自己的事情，也就不用承她那麼多人情了。按說蘇爽幫牛小麗到另一個省尋人，她的汽車票和火車票該牛小麗買；上路之前，蘇爽與她商量，各人出各人的路費；當時牛小麗還有些不好意思，現在也就心安理得了。

火車走了十五個小時，第二天下午，兩人到了另一座省城。到了省城，牛小麗想著又要換車，到宋彩霞新嫁的縣上去，蘇爽卻說，她在省城有一單生意，先要去照顧一下。因路上已經說清楚了，蘇爽來這裡是兩相兼顧，人家不是專門來幫牛小麗尋人的，從××省到這個省的路費又是人家自己出的，牛小麗便不好硬催著人上路。自己有事，人家也有事；只是自己這事比生意急些；但正因為路上談清楚了，牛小麗不好強人所難，只好跟著蘇爽，先去她談生意的地方。這時牛小麗又覺出蘇爽的聰明，路上把事情說明白，不只是心直口快，也是有言在先。蘇爽叫了輛出租車，牛小麗以為蘇爽談生意會去服裝廠或商場，因她做的是服裝生意，誰知出租車在省城走了四十多分鐘，停在一家酒店門前。進了酒店，蘇爽就去前臺開房，並跟牛小麗要身分證。牛小麗忙說：

「蘇姊，別給我開房，這酒店我住不起。」

蘇爽倒笑了：

「我開的是雙人間，不讓你出錢，只是得登記一下。」

牛小麗掏出身分證，交給蘇爽；前臺登記完，蘇爽又把身分證還給牛小麗。兩人拎包進了房間，蘇爽先去衛生間洗澡。洗完澡，包著頭出來，對牛小麗說：

「你也去洗一下吧，洗個澡，身上就鬆快了。」

牛小麗進了衛生間，脫個精光，開始洗澡。她也該洗個澡了。自半個月前離開老家，她一直沒有洗過身子。半個月皆是露宿在火車站或汽車站，清早都是借著廣場水龍頭的涼水洗個臉，哪裡敢進洗澡堂子？牛小麗抬起把手，一股熱水噴下來，牛小麗站在噴頭下，大舒了一口氣，身子從裡到外，所有的毛孔都張開了。噴頭的水還很熱，兩分鐘後，渾身開始出汗，她稍微一搓身子，幾個大泥捲子，落到了馬桶沿上。牛小麗往門口看一眼，衛生間的門確實關嚴了，也上鎖了，才放心大膽地搓起來。搓過，沖過，又用洗髮液洗了頭髮，用沐浴液洗了身子，似乎身子輕了幾斤，從裡到外換了一個人。牛小麗又將馬桶和地面擦抹乾淨，才裹著浴巾，從衛生間出來。床對面是一面鏡子，牛小麗看著鏡中的自己，竟容光煥發；容光煥發中，臉上晒出的高原紅像打的胭脂。這時發現蘇爽在打量她，倒不好意思笑了，忙從提包裡掏出一身乾淨衣服，跑回衛生間換上。兩人收拾停當，已是傍晚。這時蘇爽說，這裡的朋友請她吃晚飯，讓牛小麗跟她一起去。但牛小麗關心的不是吃飯，而是蘇爽何時談生意；談過生意，就能上路去找宋彩霞了。蘇爽說，吃飯就是談生意；今晚吃過飯談過生意，明天就可以上路。牛小麗放下心來，但說：

「姊，吃飯你一個人去吧，我就在酒店等你。」

蘇爽：

「為啥？」

牛小麗：

「你跟朋友談生意，我坐在旁邊多不好。」

蘇爽：

「我們就是倒賣個服裝，又不是倒賣毒品，不背人。」

牛小麗遲疑一下又說：

「我是個鄉下人，不會說話，別再說得不是地方，丟了你的人。」

蘇爽「噗嗤」笑了：

「倒賣服裝的人，也都不是皇親國戚。」

見蘇爽這麼說，牛小麗不好再推辭，跟蘇爽出了酒店。蘇爽又打了一輛出租車。半個小時後，到了省城一條江邊。當出租車在江邊一個飯店前停下，蘇爽帶牛小麗下車，馬上有兩個姑娘喊著「姊」撲上來。原來蘇爽的朋友是兩個姑娘；兩個姑娘看上去二十出頭，和牛小麗的年齡差不多，一個剪著短髮，一個紮著馬尾松，都衣著樸素；蘇爽給牛小麗介紹，剪短髮的叫王京紅，紮馬尾松的叫李柏琴；接著給兩個姑娘介紹牛小麗，兩人忙拉著牛小麗的手說話，看上去為人也熱情，牛小麗又放下心來。四人進了飯店，進了一個包間，一個銅火鍋，已經點著；火鍋周圍，擺滿一盤盤羊肉、牛肉、魚丸、百葉、豆腐、粉條、大白菜等。這時王京紅問牛小麗是哪裡人，多大了，在老家做什麼；牛小麗說自己在鎮上製衣廠打工，王京紅和李柏琴驚呼：

「原來咱們是同行。」

坐下涮肉，李柏琴又問牛小麗為何到這裡來；牛小麗便把自己尋找宋彩霞、接著又丟了朱菊花和小猴的事，接著如何在××省沁汗縣尋找，又如何碰到蘇爽，跟她來到這裡的經過，根根葉葉講了，王京紅和李柏琴停下吃肉，唏噓感嘆一番。說過這些，大家又開始涮鍋，這時王京紅和李柏琴開始跟蘇爽說些當地的趣聞。牛小麗邊聽邊吃。火鍋有些辣，也有些麻，一會兒工夫，牛小麗吃出一頭汗。這時王京紅打量牛小麗：

「臉蛋紅撲撲的，真好看。」

牛小麗指著自己臉上的高原紅，不好意思地說：

「看我的臉晒的。」

又說：

「我哪裡好看，還是你們好看。」

李柏琴說：

「晒的不要緊，不再到風地裡亂跑，漸漸就下去了。」

王京紅說：

「你的好看，跟別人不一樣。」

牛小麗：

「哪裡不一樣？」

王京紅和李柏琴異口同聲地說：

「你長得像個外國人。」

這時蘇爽也笑了：

「我頭一回見她，就發現她不像中國人。」

牛小麗突然想起，半個月前從老家去××省的路上，夜裡宿在火車站屋簷下，半夜小猴摸她的臉，朱菊花也說過同樣的話。這時又進到包間一個中年男人，驢臉，禿頂，蘇爽給牛小麗介紹，這是服裝廠的老闆傅總。傅總衝牛小麗笑笑，脫下外衣，也坐下吃火鍋。王京紅和李柏琴，便開始與傅總鬥嘴，拿他的驢臉和禿頂開玩笑；傅總想反駁，但有些口吃，話還沒出口，兩個姑娘下一波狠話又說了出來；傅總只有招架之勢，沒有還手之力，最後無奈地笑笑，乾脆不說話了。看著傅總狼狽的樣子，牛小麗也偷偷笑了。如果是在老家製衣廠，沒有一個工人，敢跟老闆這麼開玩笑。這個傅總也是好脾氣。傅總吃了一陣，蘇爽說要跟他談些生意上的事，傅總忙放下筷子，兩人走出包間。十分鐘後，蘇爽回來了，手裡拎著一個紙袋，傅總卻沒有回來。王京紅：

「傅總呢？」

蘇爽：

「被你們欺負怕了，生氣了，跑了。」

王京紅和李柏琴又「哈哈」笑起來。這時服務生端上來扯麵，下到火鍋裡，四人又圍著火鍋吃麵。吃間，李柏琴接到一個電話；掛上電話，說自己有事，要提前離開。王京紅也要一起走。蘇爽問牛小麗吃好沒有，牛小麗忙說吃好了，四人站起身，也就散了。回酒店的出租車上，牛小麗問蘇爽生意談完沒有，蘇爽說談完了，牛小麗放下心來。到了酒店，兩人洗漱過，躺在床上，牛小麗又問明天早上幾點起床，接著去尋找宋彩霞；這時蘇爽說：

「其實咱們不用去找宋彩霞了。」

牛小麗大吃一驚：

「不找咋行，不找，誰還我十萬塊錢？」

又說：

「不找，你也得不到那一萬五千塊錢提成呀。」

蘇爽：

「就是找到，她也不一定還得了你錢。」

又說：

「就是找到，我也不一定能得到那提成。」

牛小麗：

「為啥？」

蘇爽：

「我問你，這個宋彩霞，是窮人還是富人？」

牛小麗：

「不管窮富，她不該這麼詐騙。」

蘇爽：

「我說的不是這個意思，我是說，能把自己身子賣出去的人，一定是窮人；億萬富翁的女兒，不會自賣自身；正因為是窮人，她家一定是無底洞，錢一到手，早不知花到哪兒去了；就像一個石子投到海裡，『撲通』一聲就沒了。」

牛小麗帶著哭腔：

「照你這麼說，我在沁汗的半個月不是白找了？跟你來這兒也是白來了？」

蘇爽：

「正是因為這樣，我才說找她沒用。」

牛小麗：

「當初在沁汗的時候，你可不是這麼說的。」

蘇爽：

「我也是想了一路，才想明白這個道理。」

牛小麗：

「那我怎麼辦呀，就這樣空手回老家呀？」

蘇爽：

「我又想了一路，給你想出另外一個辦法。」

牛小麗：

「啥辦法？」

蘇爽：

「跟王京紅和李柏琴學，跟她們一樣掙錢。」

牛小麗：

「跟她們去製衣廠當女工啊？那一個月才能掙多少錢？我在老家製衣廠幹過，一個月一千八，啥時候才能掙夠宋彩霞騙我的錢？十萬呢。」

蘇爽：

「她們不是製衣廠的女工，那是對外人說的。」

說著，從床邊拿起一個紙袋。這紙袋牛小麗見過，剛才吃火鍋時，蘇爽跟傅總出去談生意，回來時拎的就是這個紙袋；蘇爽從紙袋裡掏出一摞一摞的錢，碼在床頭櫃上：

「這是十萬，也就十夜的工夫。」

牛小麗吃了一驚，不明白其中的含義。突然明白了，從床上跳起來：

「啥意思，讓我當雞呀？」

蘇爽撇嘴：

「當雞一夜能掙一萬嗎？這裡的雞，一夜也就四百塊錢。」

牛小麗不解：

「那讓我幹啥呀？」

蘇爽：

「和王京紅和李柏琴一樣，當良家婦女。」

牛小麗：

「當良家婦女，整天幹啥呀？」

蘇爽：

「白天沒事，夜裡跟人睡覺。」

牛小麗不解：

「這不還是雞嗎？」

蘇爽：

「有身分的人，都不找雞，找雞危險，也不乾淨，他們找的是良家婦女。」

牛小麗：

「哪些有身分的人？」

蘇爽：

「有權的，有錢的。」

牛小麗覺得，這十萬塊錢，是吃火鍋時候，蘇爽和傅總離開房間，蘇爽從傅總手裡拿回來的，便問：

「是傅總那樣的人嗎？他不就是個服裝廠的小老闆嗎？」

蘇爽：

「他不是服裝廠老闆，那也是對外人說的。」

牛小麗吃了一驚：

「他是幹麼的？」

蘇爽：

「他是個房地產開發商，別看貌不驚人，身價上百個億，這個省城，有許多房子，都是他蓋的。」

牛小麗：

「是要跟他睡嗎？」

蘇爽：

「他不喜歡這個，錢是他出，但他是給別人找的。」

牛小麗：

「誰？」

蘇爽：

「比他更有權的、更有錢的。」

牛小麗：

「誰比他更有權、更有錢呢？」

蘇爽：

「他蓋房子就要拿地，誰掌握著地呢？當官的；蓋房子就要花錢，誰比他更有錢呢？銀行。」

牛小麗明白了，突然想起什麼：

「原來你什麼都清楚，在沁汗的時候，你什麼都想好了吧？說來這個省找宋彩霞，是騙我呢吧？」

蘇爽點點頭。

牛小麗急了：

「我找人的事兒這麼急，你咋能騙我呢？當時咋不跟我說清楚呢？」

蘇爽：

「那也得過來，讓人家看你一下呀；也不是所有人，都夠格當『良家婦女』的。」

牛小麗哭笑不得：

「你們看上我個啥？」

蘇爽：

「傅總也覺得，你的好看，和別人不一樣，你長得像個外國人。」
牛小麗又問：
「王京紅和李柏琴，幹了多長時間？」
蘇爽點點頭：
「只幹了五個月，手裡都有七八十萬了。」
牛小麗將身子慢慢躺下來，不再說話。這彎也拐得太陡了。說是良家婦女，不還是賣自己的身子嗎？從××省到這個省是來尋找宋彩霞，宋彩霞就是一個賣身子的人，無非用了騙婚的手段，沒想到來到這個省，有人讓牛小麗賣身子；尋找宋彩霞是因為一個騙局，沒想到跟蘇爽到這裡來是另一個騙局。
牛小麗霍地起身：
「我不能上當受騙，我要回沁汗，接著找宋彩霞。」
蘇爽又點點頭：
「可以，沒人強迫你，姊只是給你另一個選擇罷了。」
指指床頭櫃上的錢：
「有錢，人不難找。」
牛小麗：
「耽誤我好幾天工夫，你們得賠我。」
蘇爽馬上從床頭櫃上拿起一萬塊錢，從中查出五千：
「從沁汗到這裡，來回四天，一天補你一千，再給你一千路費，行了吧？」

牛小麗倒沒接這錢，將身子又慢慢放回床上。一方面覺得頃刻之間，蘇爽變成了另外一個人，一路上覺得她心直口快，原來她心思藏得這麼深；一路上，兩人各出各的路費，在火車上，蘇爽跟牛小麗一起坐硬座、吃盒飯，一直以為她是個倒賣服裝的小生意人；跟牛小麗到這個省來找宋彩霞，也是為了那一萬五千塊提成，做生意和找人兩相兼顧；正因為兩相兼顧，才覺得她是小生意人；沒想到她整天跟有權有錢的人打交道；換句話，她本人也是個有錢人；有錢人裝作沒錢人，只是怕打草驚蛇，牛小麗在路上懷疑罷了。這時又覺得自己在蘇爽的擺布之中，又想跟她發火，但看蘇爽已經把五千塊錢放到了床頭櫃上，並沒有逼她的意思，牛小麗不同意當「良家婦女」，明天一早，拿起五千塊錢就可以回沁汗，繼續尋找宋彩霞；牛小麗囫圇著身子來，還可以囫圇著身子走；來回四天，拿到五千塊錢賠償，也不算吃虧；等於牛小麗在老家製衣廠幹兩個多月呢；前些天在沁汗缺錢的時候，讓馮錦華打來三千塊錢，馮錦華還囉唆半天；有了這五千塊錢，倒不用跟馮錦華再囉唆了；宋彩霞找了半個月沒找見，說起來也不差這四天；又把火給壓下去了。幹和不幹就是一句話，並不拖泥帶水，牛小麗又覺得蘇爽是個痛快人。

蘇爽說過那些話，將她的床頭燈「啪」地關滅，很快就睡著了，響起了輕微的鼾聲；牛小麗在床上翻來覆去，再睡不著。明天可以回沁汗找人，但回沁汗之後如何尋找，牛小麗又發起愁來。蘇爽曾經說過，她知道宋彩霞的娘家是沁汗縣附近一個縣的，現在看，蘇爽那話也是假話；宋彩霞藏在哪裡，還得牛小麗一個村莊一個村莊去尋找。回到沁汗之後，是在沁汗縣繼續尋找漏網之魚，還是乾脆轉移陣地，到相鄰的四個縣去尋找？就算去其他四個縣尋找，四個縣中，又從哪個縣先入手呢？前半個月的尋找，牛小麗已經身心疲憊，尋找中遇到過許多危險，接下來尋找，還不知會發生什麼；再花上兩個月，人也不一定能找到；於是越想越慌。接著又想，蘇爽說得也對，就算經過千辛萬苦，終於找到宋彩霞的家，接著找到宋彩霞，宋彩霞或宋彩霞家裡的人也不一定能馬上還她十萬塊錢；富人家的女兒，不會出去騙婚；窮人家都是無底洞，到手的錢，早不知花到哪裡去了；她和她家沒錢，家裡總有房子，可以把她家的房子賣了；但正如上回沁汗縣衛津鄉派出所的年輕民警說的，你說宋彩霞詐騙你家十萬塊錢，有證據嗎？有收條嗎？沒有證據，就算打官司，橫豎也說不清楚。去也是白去，找也是白找。接著又想起晚上吃火鍋的情形，王京紅和李柏琴兩個姑娘，咋就那麼想得開呢？以良家婦女的身分，幹著夜裡跟人睡覺的勾當，咋還那麼高興呢？她們也都長得好看，也都長得如花似玉，人家怎麼就豁得出去，去拚了這如花似玉身呢？突然又想起，這樣的想法，其實她以前也曾有過；不過不是在這裡，而是在老家。在老家鎮上洗浴中心前，牛小麗曾經堵住地下錢莊的屠小銳，說讓他弄十回，能不能免去她連本帶息九萬九千二百塊的債務；屠小銳倒不幹，說洗浴中心的小姐弄一回才二百，弄牛小麗一回等於九千九百二十塊錢，還嫌貴了。如果當時屠小銳同意了，說不定牛小麗真這麼幹了。現在蘇爽說弄一回一萬，從買賣的角度，倒比跟屠小銳做這件事合算了。再說，與屠小銳做這件事是在老家，要想人不知，除非己莫為，牛小麗不說，屠小銳哪天喝醉了，說不定就說出去了，接著全鎮的人都知道了；這裡距老家幾千里，幹這事倒是神不知鬼不覺。這樣思來想去，牛小麗一夜沒有入睡。窗外矇矇亮的時候，蘇爽醒了，看牛小麗在輾轉反側，她看看手腕上的表，倒催牛小麗：

「小麗，你不是要回沁汗嗎？我記得回××省城的火車，有八點二十的，該去火車站趕火車了。」

這時牛小麗下了決心：

「姊，我不回沁汗了。」

蘇爽：

「啥意思？」

牛小麗：

「我想聽你的。」

蘇爽拍著巴掌：

「知道你是個聰明孩子，早晚會想通。」

牛小麗：

「我還有個問題沒想通。」

蘇爽：

「啥問題？」

牛小麗：

「雞不遍地都是嗎？你們為啥不找雞，讓她們冒充良家婦女呢？」

蘇爽：

「你同意了，我才接著跟你說，我們要的不僅是良家婦女。」

牛小麗：

「啥意思？」

蘇爽：

「良家婦女，這些有權有錢的人也不感興趣，因為良家婦女他們也不缺，只有一種女的，對他們有吸引力。」

牛小麗：

「啥女的？」

蘇爽：

「處女。」

牛小麗一楞，馬上擺手：

「姊，你弄錯了，我不是處女。」

牛小麗跟馮錦華談戀愛，十六歲就不是處女了，如今二十二歲，跟馮錦華做那種事有六年了。牛小麗：

「姊，這個我不能騙你，騙得了你，到了床上，還是露餡。」

牛小麗是指，處女，到了床上是要見血的。蘇爽馬上明白這一點，倒不在意：

「你不是處女，我會讓你變成處女。」

牛小麗一驚：

「咋變成處女？做手術嗎？」

蘇爽笑了：

「做一個處女膜修復術，養傷就得一個多月，咱可沒那麼多閒工夫。」

牛小麗：

「那怎麼變成處女呢？」

這時蘇爽告訴牛小麗，這事情說複雜就複雜，說簡單也簡單，她讓人從農貿市場弄來黃鱔血，用針頭注到一塊小海綿裡，跟人辦那事之前，把海綿塞到身體裡就是了。牛小麗恍然大悟，也吃了一驚：

「這不成騙人了嗎？」

蘇爽：

「你讓對方發現，就成了騙人；沒讓發現，對方認為是真的，不就成真的了嗎？」

牛小麗想想，蘇爽說得也有道理；又問：

「怎麼才能不讓對方發現呢？」

蘇爽：

「分散他的注意力。」

牛小麗：

「啥意思？」

蘇爽：

「不停地說『疼』。」

牛小麗明白了，這是處女頭一回弄這事該說的話。

蘇爽又雙手合攏，指指下體。牛小麗：

「啥意思？」

蘇爽：

「裝緊。」

牛小麗又明白了，這是讓對方下邊，有跟處女在一起的感覺。突然又想起，那天在老家鎮上洗浴中心門前，牛小麗提出用辦事與屠小銳交換時，屠小銳也說過，如果牛小麗是處女，他就用高利貸和她交換；因牛小麗不是處女，當時沒敢接屠小銳的話；如當時知道黃鱔血和海綿的用處，也許就去騙屠小銳了；如當時騙了屠小銳，也就不用長途跋涉去××省、接著到這裡來了。接著又想，屠小銳對她跟馮錦華談戀愛知根知柢，正因為知道她不是處女，才故意這麼說。近處當不得處女，只能到遠處來了。牛小麗突然又想起什麼，又問：

「既然處女是裝的，為何不讓雞裝？」

蘇爽：

「有權有錢的人，都閱人無數，你是不是良家婦女，他一眼就能看出來；裝處女，首先得是良家婦女呀。」

牛小麗：

「咋看出我是良家婦女？」

蘇爽指指牛小麗的臉：

「看你臉上的高原紅，像村裡剛出來的。」

牛小麗又哭笑不得，這高原紅是半個月來尋找宋彩霞，在××省高原晒出來的；當初還為這高原紅嘆氣，沒想到在這裡倒派上了用場。蘇爽：

「處女，又像外國人，就值錢了。」

牛小麗明白了，又問：

「弄這事時，對方戴套不戴套？」

蘇爽：

「如果戴套，人家還找處女幹什麼？圖的就是個感覺。」

牛小麗擔心：

「沒有措施，懷孕了咋辦？」

蘇爽從手包裡掏出一排藥片：

「事後吃一片。」

牛小麗又擔心：

「不戴套，得病了咋辦？」

蘇爽又從手包裡掏出一排藥片：

「事後也吃一片。」

牛小麗明白了，但說：

「姊，我醜話說頭裡，我只幹十回，夠了宋彩霞的錢，我就回老家。」

十回，就是在老家鎮上洗浴中心前，牛小麗給屠小銳說的數字。蘇爽：

「想走，歡送；接著想留下，歡迎；接著再想走，還歡送——來去自由，是我跟朋友共事的原則。」

又說：

「這崗位也有競爭，你想多幹，說不定還沒機會呢。」

牛小麗不好意思笑了。

十

第二天晚上，牛小麗開始接客。由於是頭一回，心裡還是緊張。雖然她跟馮錦華已談過六年戀愛，那種事已做過無數次；但跟男朋友做那事，與跟一個陌生人做那事，心情還是不一樣。做那事之前，不知道來人的高矮胖瘦，不知道他的脾氣秉性，不知道他在床上的習慣，也不知道他那東西的大小，一切毫無準備，到時候如何應付？比陌生更讓人緊張的是，不是處女，要裝處女。雖然蘇爽教給牛小麗兩個訣竅，在床上喊「疼」和裝緊，但只是聽蘇爽說，自個兒在床上沒經歷過，不知道到時候會不會手忙腳亂。這天下午，在酒店房間，蘇爽先教牛小麗如何跟客人聊天；接著，讓牛小麗脫掉褲子，躺在床上，教她如何往體內放注入了黃鱔血的海綿。牛小麗叉開腿，蘇爽將一塊海綿放進去，漸漸塞到底；等踏實之後，看是否結實；結實後，取出來，又重新放進去；如此三遍，問牛小麗：

「學會了嗎？」

牛小麗：

「我試試。」

蘇爽便讓牛小麗自個兒練。十幾遍之後，牛小麗也就掌握了訣竅。出門之前，蘇爽拿出幾塊注入了黃鱔血的新海綿，放到一個塑料袋裡，交給牛小麗。蘇爽：

「辦事前，就說要上廁所，到了衛生間，偷偷放進去。」

牛小麗把塑料袋放到自己包裡，點點頭。

在打扮上，蘇爽沒有讓牛小麗塗脂抹粉，也沒有讓她穿得袒胸露背，甚至沒有讓她換上城裡人的衣裝；牛小麗在路上穿的衣服，只是上午洗了洗，晒乾，出門穿上罷了。蘇爽說，良家婦女，就應該有良家婦女的樣子。牛小麗覺得，這樣打扮，倒是簡單了；除了簡單，因穿的是自己平日的衣服，舉手投足，也顯得自然；如果塗脂抹粉，穿得袒胸露背，牛小麗就不知該怎麼走路了。

下午五點，有一輛轎車來接牛小麗。牛小麗想著，這轎車可能是傅總的。坐在車上，牛小麗想著會去另一家高檔酒店，或一個人家，與客人相聚；但轎車沒有去酒店，也沒有去居民區，拉著牛小麗，漸漸出了省城。司機是個年輕人，戴著墨鏡，路上一句話也沒有，只顧埋頭開車。看他嚴厲，牛小麗也不敢問他到哪裡去。到了郊外，車開始沿著蜿蜒崎嶇的山路盤旋。看著人聲鼎沸的省城越退越遠，前面皆是沒有人煙的荒山和溝壑，牛小麗突然有些孤單，有馬上被賣的感覺。由自己被賣，突然想起宋彩霞，體會到她千里迢迢從××省來到老辛家，在辛家莊等待被賣的心情；宋彩霞本是她的仇人，這時倒跟她有了同病相憐的感覺。

轎車繞過一座山，開上岔道，往一條山溝裡走。又過了一道梁，前邊突然豁然開朗。一條瀑布，迎頭掛在山崖；瀑布下是一條小溪，蜿蜒曲折地繞著山腳在走。轎車沿著小溪旁的柏油路，向山溝深處開去；這時發現向陽的山坡上，開滿一山坡桃花。轉過這座山坡，是一片開闊的平地；開闊的平地上，建著一片古典的四合院。轎車停在四合院門口，司機示意牛小麗下車。牛小麗下車，一個中年婦女迎上來，也不說話，示意牛小麗跟她走。四合院門口蹲著兩隻石獅子；進大門的時候，牛小麗看到門側牆上，鑲著「乙18號」的銅牌子，不知是什麼意思。進了大門，中年婦女領牛小麗又往裡走，穿過一座院落，又是一座院落；一座座院落套起來，跟過去的地主大院似的。終於，到了第五進院落，中年婦女領牛小麗進了院落的正房。屋內，迎面放著一架鋼琴；鋼琴後，豎著一個巨大的扁平的魚缸，魚缸頂到天花板上，裡面有無數色彩斑斕的魚在游，似乎游在牆壁上；左右牆上，掛著一些字畫；房間四周，豎著幾個一人多高的瓷瓶子；沙發是紅木的，椅背上雕著幾條盤旋的龍。中年婦女示意牛小麗坐在客廳的沙發上，就出去了。牛小麗左右打量，沒見過這陣勢。同樣是幹那事，這裡的條件，跟老家鎮上有雞的洗澡堂子，有天壤之別。幾分鐘後，中年婦女又推門進來，手裡端著一托盤飯菜；等把飯菜放到一張桌子上，示意牛小麗到桌子前坐。牛小麗來到桌前，發現桌上有四碟菜、一碗麵，四碟菜兩涼兩熱：一碟是拌黃瓜，一碟是切牛肉，一碟是蝦米炒白菜，一碟是燉魚塊；麵是雞湯肉絲麵；能看出熱菜和麵條都是剛出鍋，冒著熱氣。中年婦女示意牛小麗吃飯，便出去了。也是一天來緊張，早飯、午飯，牛小麗都沒有吃好，又趕了半天路，肚子確實餓了；不看到飯菜想不起餓，看到飯菜肚子就餓了；便坐下吃飯。但拿起筷子，又沒有食欲；只是挑起幾根麵條送到嘴裡，也就放下了筷子。十分鐘後，中年婦女進來，把飯菜收起，又端了出去。牛小麗突然感到想撒尿，但不知衛生間在哪裡，也不敢站起來在屋裡尋找。這時中年婦女又進來，示意牛小麗起身，帶牛小麗往裡走，推開一扇門，裡面是一間臥室。進臥室，又推開一扇門，原來這就是衛生間。衛生間有兩間屋那麼寬敞。中年婦女示意牛小麗刷牙洗澡，牛小麗點頭，中年婦女就出去了。待她出去，牛小麗忙關上衛生間的門，放下自己的手包，坐在馬桶上撒了一泡尿。撒過尿，按照中年婦女剛才的示意，拿起杯子裡的牙刷，擠上牙膏，開始刷牙；刷完牙，脫光衣服，開始洗澡。一邊洗澡一邊想，今天這麼大陣勢，又經過這麼多程序，晚上一定不好應付；客人一定是個粗壯的大漢，見了她，一定像餓狼見了羊羔；做那事的時候，一定如同強姦，也許會折騰一夜；一夜之間，還不定變出多少花樣呢；明天一早，能不能囫圇著身子走出這個房間都難說。可人家出了一萬塊錢，也得讓人物有所值呀。也是周瑜打黃蓋，願打願挨。想到這裡，抱著自己的光身子，渾身有些發抖。洗過澡，穿上衣服，走出衛生間，發現床邊的椅子上，坐著個男的。猛不丁看到一人，倒把牛小麗嚇了一跳。接著打量那人，五十多歲，白皙的皮膚，梳著背頭，戴著金絲眼鏡。牛小麗以為他是這裡的另一個管家，誰知這人站起來，走到牛小麗面前，開始徑直解牛小麗的衣服。這時牛小麗明白，他就是今天要接待的客人了。客人上來就解衣服，連個過渡都沒有，牛小麗渾身開始打戰；接著開始害怕處女裝得不像；一著急，急出一身汗。客人停止解她的衣服，倒是笑了：

「看你緊張的，真是頭一回呀？」

牛小麗點點頭：

「叔，我真是頭一回呀。」

突然覺得自己喊錯了稱呼，來時蘇爽交代，對客人，無論年齡大小，都叫「哥」，不能叫別的名稱，忙糾正說：

「哥，我真是頭一回呀。」

突然想起，客人到得突然，她還沒有往下體裡放海綿，忙說：

「哥，我一緊張，又想上廁所。」

客人搖頭笑了：

「去。」

牛小麗回到廁所，拿起自己的手包，躲到馬桶處，將一塊注入黃鱔血的海綿，塞到自己體內。檢查塞到底了，塞結實了，扳了一下馬桶扳手，故意讓馬桶沖了一回水。回到房間，客人已躺到床上，示意牛小麗躺在他身邊。牛小麗爬上床，躺到他旁邊。她以為客人上來就要幹事，沒想到客人拉住她的手，開始跟她聊天。客人：

「你是哪裡人呀？」

牛小麗照蘇爽教的答：

「山區。」

蘇爽說，山區容易出良家婦女；而牛小麗的老家是平原。客人：

「哪個山區？」

牛小麗又照蘇爽教的答：

「哥，這我就不說了，別丟了老家的人。」

客人似乎理解了，摸她的高原紅：

「看來海拔不低，看小臉晒的。」

牛小麗舒了一口氣。客人又問：

「今年多大了？」

牛小麗照蘇爽的答案，給自己少說了兩歲：

「二十。」

客人：

「二十歲了，為啥到現在還是處女？」

牛小麗按蘇爽教的答：

「家裡窮，姊妹又多，只顧幫爹娘幹活兒，沒工夫談戀愛。」

客人一楞，看牛小麗：

「這理由不成立呀，楊白勞家窮得賣閨女，也沒耽誤喜兒跟大春談戀愛。」

又說：

「城裡很多雞，也都來自山區，正是因為窮，早早就不是處女了。」

牛小麗楞在那裡，不知接著該如何回答；蘇爽只教了她為何是「處女」，沒想到客人會提出這樣的疑問。牛小麗腦子一片空白。看客人還在等著她回答，慌亂之中說：

「我怕幹那事。」

客人緊追著：

「為啥怕？」

牛小麗又頓在那裡。由於脫離了蘇爽答案的軌道，接著如何編下去，只能靠牛小麗自己。張口說出怕容易，找出如何怕的理由就難了。客人看她結巴，已經開始懷疑地看著她。牛小麗也是靈機一動，突然想起母親和鎮上廚子張來福通奸的事，便說：

「那我說實話了啊。」

客人：

「說吧。」

牛小麗：

「我上初中的時候，我媽跟人好，兩人光著屁股幹那事的時候，被我撞上了，當時我『哇』的一聲吐了，從此覺得這事特別噁心。」

客人聽後有些愕然，這回答是他沒想到的；也許正是因為沒想到，他好像相信了，因為他問：

「這事你爸知道嗎？」

真實的情況是，她爸當時已經死了；但這事說起來太複雜，也容易節外生枝，牛小麗只是簡單地搖搖頭，表示他爸不知道，也等於讓她爸復活了。客人接著指指床上，又指指自己：

「既然怕，為啥還幹這個？」

牛小麗明白，他指的是既然怕這事，為何還賣身。牛小麗又不知如何編下去。總不能從宋彩霞說起，再說到朱菊花和小猴，再說到蘇爽，她如何從老家到××省，又從××省到此地，把真實的故事告訴他吧。這故事說起來更複雜，也更容易節外生枝；也是急中生智，牛小麗突然想起宋彩霞騙婚時，宋彩霞編出的她父親的故事；便說：

「俺爹得了腎病，一個禮拜透析一回，急等錢用。」

已經讓父親復活了，只好再用他一次。客人愕然一下，似乎又相信了，嘆息：

「原來是這樣，都不容易。」

接著說：

「不說這些不高興的事了。」

開始打量牛小麗：

「他們說你長得與眾不同，果然不俗。」

又說：

「果然長得像個外國人。」

牛小麗不知「他們」是誰，大概是傅總和蘇爽吧；也不知該如何回應，只好對客人點點頭；突然又意識到，點頭等於同意人家的說法，等於跟著人家誇自己，又不好意思笑了。客人也跟著笑了。兩人聊天，從頭至尾，都是客人問什麼，牛小麗答什麼，牛小麗從不反問什麼；回答客人的問話都提心吊膽，哪裡還有心思打聽人家的事情？同時，不打聽客人的任何情況，也是蘇爽交代過的。兩人聊過這些，客人又開始解牛小麗的衣服。這回把牛小麗剝得精光。客人打量牛小麗的裸體，牛小麗害羞地抱住雙肩；客人拿開牛小麗的雙手，接著打量；牛小麗的皮膚從小就白，剛洗過澡又顯得紅潤；牛小麗體態略胖，但該胖的地方胖，該瘦的地方瘦；胸大，臀部大，腰細，腿長；客人滿意地點點頭，摘下他的眼鏡，脫光他的衣服。牛小麗以為餓狼和折騰就要開始了，誰知客人很溫柔，沒馬上入港，開始撫摸牛小麗的身子，從上到下地摸，又用嘴舔牛小麗的奶頭。原來他很有耐心。馮錦華幹這事就沒有耐心，都是上來就幹，沒有過渡。舔過奶頭，客人又將嘴對準牛小麗的嘴，開始嘬牛小麗的舌頭；又把自己的舌頭，放到牛小麗嘴裡，輕輕頂牛小麗的上顎。一番溫存，竟使牛小麗有了感覺。這感覺被客人感覺了，他這才翻身上來，掰開牛小麗的腿，將下邊頂了進去。由於緊張，牛小麗渾身顫抖了一下。客人頂進去，動作也不粗暴，只是不輕不重地抽動著。五分鐘過去，客人將自己的東西拔出來查看。牛小麗一陣緊張，抬頭與客人一起看他的東西，客人的東西上竟見了紅。客人滿意地點點頭，牛小麗也放下心來。客人接著又插進去，這回來了勁，像公牛一樣一波波往前衝；這衝也讓牛小麗感到振奮；突然一刻，竟有了快感。但她不敢將這快感表現出來。可這客人也太能折騰了，折騰了一個多鐘頭，還沒消停，比馮錦華折騰的時間還長；而馮錦華二十多歲，這客人看上去五十多歲了。這時牛小麗開始感覺下邊有些疼，後來有了撕裂的感覺，真跟頭一回與馮錦華做愛，處女膜被捅破時一樣。但牛小麗只能忍著。終於，客人開始急速喘息和抽動，突然大喊一聲：

「親人！」

下邊像機關槍一樣射了。接著趴在牛小麗身上不動了。歇息五分鐘之後，客人將東西拔出來，那東西上竟鮮血淋漓，血往下滴。客人親了牛小麗一口，起身，去衛生間沖澡。沖過澡回來，牛小麗以為他要留宿，誰知他開始穿自己的衣服，邊穿邊說：

「我還有事，你好好休息吧。」

接著掏自己的口袋，從口袋掏出一沓錢，錢有些雜亂，客人也沒查，放到床頭櫃上：

「應該給你的費用，待會兒有人給你，這是我額外的一點心意。」

又說：

「不好意思，身上帶得不多。」

又說：

「祝你父親早日康復。」

牛小麗突然有些感動，關於爹的事，她說的是假話，對方竟當了真。兩人聊天，從頭至尾，她編的都是假話，對方竟也相信了。又突然想起，在床上的時候，自己忘了喊「疼」，也忘了夾緊下邊，對方也沒發現和在意。原以為他在床上會折騰許多花樣，牛小麗就怕身後的花樣，別再把海綿折騰出來，誰知他從頭至尾就前邊一個姿勢；做事之前，對她還有許多溫存；關鍵時候，還喊了一聲「親人」；臨走時，還額外給錢。牛小麗起身，下床，幫客人扣衣服上的釦子。客人這時問：

「你叫什麼名字？」

牛小麗有些遲疑，不知該不該把她的名字告訴他。客人：

「不想說就算了，像剛才你的老家一樣。」

因為有了剛才的感動，就和之前的老家「山區」不一樣；但蘇爽說過，不能把自己的真名字告訴客人；突然靈機一動，想到一個名字，說：

「我叫宋彩霞。」

客人抱了抱牛小麗的裸體：

「彩霞，謝謝你，再見。」

推門走了。

客人走後，牛小麗去了衛生間。關上門，上鎖，從下體掏出那塊浸著黃鱔血的海綿。這時發現，海綿從裡到外，竟鮮血飽漲，往下滴血；往下體送海綿時，黃鱔的血並沒有這麼多；這時明白，上邊除了有黃鱔的血，她裡面也被客人捅破了，現在海綿上是牛小麗的血和黃鱔血的混合；除了有血，上面還有那人射出的一攤精液，精血也已在海綿上混合。牛小麗拿著這海綿，楞了半天。突然想起什麼，忙放下海綿，打開她的手包，拿出兩排藥片，各摳出一粒，又從洗臉池檯面上拿起一瓶礦泉水，擰開瓶蓋，正要把藥片往嘴裡送，手包裡的手機屏幕在亮；下午從酒店出發時，蘇爽就讓她把手機調成靜音；拿起手機看，是馮錦華打來的；又看通話紀錄，從下午到現在，他已經打過六次了。牛小麗放下藥片和水瓶，接起電話。馮錦華急切地說：

「你在哪兒呢？咋不接電話？」

牛小麗：

「找人呢，顧不上。」
馮錦華：
「宋彩霞找著了嗎？」
牛小麗：
「大半個月沒找著，今天終於找著了。」
能聽出馮錦華一陣激動：
「我說呢，錢能要回來嗎？」
牛小麗：
「正說這事呢。」
馮錦華：
「這是大喜事，我得去告訴你哥和斑鳩。」
放下電話，牛小麗覺得她沒騙馮錦華。宋彩霞大半個月沒找到，今天終於找到了，她對客人說，她是宋彩霞。

第二章　李安邦

一

二十五年前，李安邦和朱玉臣是好朋友。那時李安邦在××省××市××縣當縣委書記，朱玉臣在鄰縣當縣委書記。市裡開縣委書記會，晚上一起吃飯，朱玉臣老拿李安邦開玩笑。李安邦是農村出身，考上大學，才一步步走到現在；朱玉臣指著桌上的飯菜說，你一個農村娃，從小吃過什麼？趕緊多吃一點吧；接著一邊抽菸一邊說，他從小是高幹子弟，他父親在鎮上當鎮長，鎮上的飯館，哪裡沒吃過？李安邦反唇相譏，自己是農村娃，但上初中的時候，和一個女同學談戀愛，她爹就是鎮長，沒吃過別的，吃過這個。一桌人都笑。朱玉臣所在的縣，盛產柚子；一到中秋節，朱玉臣就派人送來幾卡車柚子；李安邦讓縣委機關幹部分一半，剩下一半，送到縣敬老院。李安邦這個縣盛產芹菜，一棵芹菜落地，「啪」的一聲，能碎一地；芹菜下來，李安邦也給朱玉臣那裡送過去幾卡車芹菜。兩縣交界，臨界的村莊，過去常常因為爭地邊鬥毆，發生群體性事件；有一年還打死過兩個人，讓省裡發了通報。李安邦和朱玉臣上任後，帶著各自的鄉、村幹部和群眾代表，把兩縣交界的曲曲彎彎的地邊，一律劃為直線；吃虧的，予以補償；帶頭鬧事的，兩縣都抓起幾個判了刑；春節期間，又帶著自己這邊的村民，往對方村莊裡送豬送羊；兩年下來，再無糾葛。過去兩界不通婚，兩年之後，漸漸開始男婚女嫁。兩人後來好到什麼程度？省裡要修一條國道，從李安邦這個縣通過；修路中間的貓膩大了；為了競標，有人給李安邦送來兩大提包錢；如何處置這些錢，李安邦拿不定主意；深夜兩點，李安邦開車到朱玉臣的縣上去，兩人在朱玉臣的辦公室裡，商議到天亮。朱玉臣有好色的毛病，每到一個地方工作，總會掛上幾個婦女。到鄰縣的第二年，他又把縣委辦公室一個小姑娘的肚子搞大了。朱玉臣也來與李安邦商量，最後把這個小姑娘送到李安邦這個縣，由李安邦親自安排，在這個縣的醫院祕密做了流產；接著，李安邦又把她送到這個縣偏僻的國營林場休養了一個月；待這小姑娘養得又唇紅齒白，才送了回去。兩人當了四年縣委書記，同時被提拔為市裡的副市長。兩人離開各自縣上的時候，不但這個縣裡的老百姓喊著「清官」，圍著車子，哭著不讓走，對方縣裡的老百姓也擁來許多。本縣百姓送本縣官員的情形有過，但兩縣的百姓相互擁送對方縣裡的官員，別說在本市，就是在本省和全國也少見，省報把這條消息發在報眼，民間也一時傳為佳話。同被提為副市長之後，兩人的辦公室同在市政府的二樓，天天見面，兩人更是無話不談。

兩人什麼時候產生的分歧？是在副市長當了三年之後。這年五月，整個省裡幹部大調整；聽說省裡的預案，本市的市長去別的市當市委書記，本市的常務副市長接市長，李安邦和朱玉臣兩位副市長之中，挑選一個接常務副市長。省裡在對市裡幹部考察期間，一天晚上，市長把李安邦叫到辦公室，說，據說，這兩天，有人到省裡反映，李安邦在××縣任縣委書記期間，因修一條境內的國道，曾收受賄賂二百萬元，問他有這事沒有。聽到這話，李安邦的腦袋，「轟」的一聲炸了。炸了不單是說這個數字不實，而是這件事當時他只對一個人說過，那就是朱玉臣；現在兩人在競爭常務副市長，反映者不是他，還能是誰呢？收受二百萬元賄賂，不單無法當常務副市長，還會被判刑；李安邦與朱玉臣共事七八年，曾是那麼知心的朋友，沒想到他的心會這麼毒。李安邦一口否認這事不說，還捎帶說出朱玉臣在各地亂搞婦女的事。李安邦嚴肅地說：

「關於二百萬的事，誰反映，誰舉證；舉不出證來，就是誣告！」

又說：

「他舉不出證，我舉得出證，我有醫院的流產證明。」

沒想到市長急了，說他們兩人互咬的結果，就是兩敗俱傷；不但他們兩人提拔不了，還會影響到市長他本人的提拔；一個市兩個副市長都出了問題，市長能沒有主體責任？最後的結果是鷸蚌相爭，讓省裡其他市得利；找李安邦的目的，就是讓他不要偏聽偏信；他也會找朱玉臣，讓他摒棄雜念，不要節外生枝；省裡組織部門，他會去溝通。雖然在市長的干預下，一場風波平息了，這些事既沒有影響市長的提拔，也沒有影響李安邦和朱玉臣的提拔，李安邦留在這個市當常務副市長，朱玉臣調到另外一個市當常務副市長，組織的用意原來如此；但因為這場風波，兩人在心裡結下了怨恨。之後十八年，李安邦在仕途上走得比較順，常務副市長當了兩年，成了市長，又三年之後當了市委書記；也是風雲際會，機緣巧合，又五年之後，趕上省裡換屆，副省長實行差額選舉，李安邦成了副省長候選人；雖然成了副省長候選人，但組織上找李安邦談話，他當候選人只是陪選，組織上已經內定另外一個人當選，不准李安邦搞地下活動，不准四處拉票；李安邦按照組織的意圖，沒有進行活動，也沒有拉票；但天有不測風雲，投票前一天，有人去北京，實名舉報另外一個副省長候選人，在另外一個市當市委書記時，曾賣官鬻爵，收受賄賂兩千多萬；不但實名舉報，手裡還有證據；中央對此事非常重視，也對省委非常生氣：這樣一個敗類，怎麼把他推薦成副省長候選人？但省裡的人代會又不能不照常進行，第二天選舉時，這個人的副省長候選人資格被臨時取消，李安邦也就名正言順地當選副省長；副省長當了五年，又成了常務副省長。與李安邦比起來，朱玉臣的仕途就顯得磕磕絆絆，光在另外一個市常務副市長的位子上，就幹了七年；接著成了市長，又幹了五年；市委書記又當了五年；去年才來到省裡，當了省人大副主任。雖然省人大副主任也是副省級，但有職無權，是個擺設；從實權角度，還不如一個市的市委書記，只是名義好聽罷了；而常務副省長有職有權，在省裡一呼百應；與十八年前相比，兩人一個在天上，一個在地下；李安邦雖然知道幸災樂禍有些小氣，但看到朱玉臣如今的下場，心裡還是暗暗解氣。有時暗暗自言自語：

「善有善報，惡有惡報哇。」

或：

「組織還是公平的。」

但最近情況又發生了變化。變化不是朱玉臣有什麼變化，一個人去了人大，就等於壽終正寢，永遠不會再有什麼變化；而是李安邦這邊又有了變化；而且這變化不是往壞裡變，再一次往好裡變。李安邦有一個同縣的老鄉，在北京一位領導人身邊當祕書；雖然這位祕書三十出頭，只是處級，但蘿蔔不大，長在埂上；李安邦對他十分重視；因是同縣，攀來攀去，還能攀上點親戚。這位祕書雖然在北京工作，他的姊姊弟弟，卻在老家縣上待著；李安邦親自過問，對這些姊姊弟弟，能安排工作的，就安排工作，已經安排工作的，該提拔就提拔；而且辦過這些事，又不告訴這位祕書；這位祕書，還是從姊姊弟弟嘴裡得知的，便覺得李安邦做事長遠，是個可交的人；遇到中央有風吹草動，便用保密的紅機子，透漏給李安邦。這些風吹草動在中央是風吹草動，到了李安邦這裡，卻成了響鼓重錘，對於李安邦做事的選擇和下一步動作，至關重要。半個月前，這位祕書用紅機子告訴他，他這個省的省委書記會調到中央，而這個省的省長，會順利接替省委書記，省長的人選，中央正在醞釀，同時進圈子的，有三個人，李安邦是其中之一。李安邦聽到這消息，心動的速度一下提到一百多。一方面感謝中央有眼，把他列為候選人之一；同時也心裡打鼓，自己僅是三個人選之一，證明自己脫穎而出的概率，也僅有三分之一；不知在三個人之中，中央最終會選擇誰。接著發生一件事，又大出李安邦的意料：昨天，這位祕書又用紅機子告訴他，中央雷厲風行，十天之後，會派考察組到該省來，對三個省長候選人進行考察；他們的考察結果，將直接影響中央的決定；考察組的負責人是×××——中央某部的副部長。而這個×××你道是誰？竟是朱玉臣三十五年前的大學同學。朱玉臣是個窩囊廢，但他的同學，卻有在北京部委擔任要職的；而×××就是其中之一。還是二十五年前當縣委書記時，李安邦常聽朱玉臣說起×××；那時×××還不是中央的部委大員，像李安邦現在的小老鄉一樣，在一位領導人身邊當祕書。朱玉臣當時還說，哪天一塊兒到北京去，讓這個×××帶他們到中南海看一看。還說，他與×××不但是大學同學，大學四年，還一個宿舍睡上下鋪呢。真是天有不測風雲，沒想到轉來轉去，自個兒的命運，竟轉到朱玉臣同學的手中。正因為這人是朱玉臣的同學，朱玉臣突然又顯得重要起來。在李安邦心中，朱玉臣本來已經壽終正寢了，沒想到他藉著同學的陰魂，突然又復活了。如果不牽涉省長人選的事還好說，大家可以井水不犯河水；現在李安邦能不能繼續進步，就看中央考察組的結果；或者說，考察只是第一步；考察上了，你未必能當上省長，也許中央還有別的考慮；如果你乾脆連考察都通不過，讓中央考慮的可能性也沒有了；而考察組來該省的考察結論，就在朱玉臣同學×××的筆下和嘴上；而×××來到該省，能不見他的老同學朱玉臣嗎？據說朱玉臣去年能由市委書記升到省人大副主任，其中還有×××幫襯的結果；雖然省人大副主任只是一個擺設，名義上是個副省級，到那裡就等於壽終正寢，但百分之九十五的市級幹部，到了退休年齡，連這個壽終正寢還不得呢，或到省人大或省政協某個委員會掛個主任或副主任，或在本市退下來，就地消化罷了；而×××見到朱玉臣，能不打問考察對象李安邦的情況嗎？而李安邦和朱玉臣已經結下生死冤仇，結了十八年，朱玉臣能說李安邦的好話嗎？不說好話倒還罷了，他會不會說壞話呢？壞話說起來，會說到什麼程度呢？當年為了一個常務副市長，他能誣陷李安邦收受賄賂二百萬，想把他送進監獄；現在為了一個省長，他還不誣陷兩千萬，把李安邦判無期呀？正是因為朱玉臣的仕途壽終正寢，成了擺設，他才破碗破摔，比十八年前更無所顧忌呢——這麼說起來，李安邦不成為省長候選人還沒這些煩惱，成了省長候選人，倒成了別人的甕中之鱉。比這些更讓人煩惱的是，這些煩惱，還無法告人。接受十八年前朱玉臣的教訓，十八年來，李安邦已經沒有知心朋友了。何去何從，放下北京的電話，李安邦徹夜未眠。一夜沒想清楚，第二天一早，他推掉省環保廳一個彙報會，讓司機開車，出了省城，來到郊區，上了乳峰山。乳峰山位於省城東南二十里，山峰像一個乳房，故曰乳峰。乳峰山是省城四周最高的山。山峰乳頭上，倒是一塊平地。站在乳頭上，能俯瞰省城。這時偌大的省城，成了一個實景沙盤，成了一幅兒童圖畫。環顧四周，也一覽眾山小。李安邦自到省裡工作之後，遇到難題，愛一個人登到乳峰的最高處，去換個地方和角度思考。但今天這件事不同於別的事，不用思考，也沒角度可換，李安邦這次要想繼續進步，接替省長，是逃不過中央考察組這一關的；逃不過中央考察組這關，就是逃不過×××的老同學朱玉臣這一關；對朱玉臣不用心存僥倖，他見到×××，肯定不會說李安邦的好話；不但不會說好話，肯定還會藉這件事下蛆；如今的朱玉臣，心裡除了有十八年前的積怨，說不定還有對十八年來李安邦仕途順利而他磕磕絆絆的嫉恨呢；新仇加上舊恨，他能不無中生有和捕風捉影嗎？一張口，誣陷李安邦貪汙五千萬都有可能；無中生有李安邦倒也不怕，怕就怕由一件事牽出另一件事，由驢尾巴牽出棒槌，由假的牽出真的，由芝麻牽出西瓜，李安邦不但當不上省長，目前的位子能不能保住還難說呢。如果事情往這個方面發展，等待李安邦的就是噩夢和深淵。現在李安邦想做的是，如何不讓事情往壞的方向發展，能讓事情轉化，把消極因素變成積極因素，把壞事變成好事。而這樣陡轉的前提是，如何在最短的時間內，彌補他和朱玉臣之間的裂痕，轉變他和朱玉臣之間的關係；如果能前嫌盡釋，把兩人的關係恢復到二十五年前兩人當縣委書記的時候最好；當然，李安邦也知道，十天時間，使十八年的積怨煙消雲散也不現實；這一步做不到，能將兩人的關係修復到沒有偏見也行；不求朱玉臣替他說好話，只求他不說壞話也就是別欲加之罪何患無辭就可以了；不求朱玉臣按共產黨員的標準要求自己，不假公濟私，只求他有點人性，不製造冤假錯案就阿彌陀佛了。但十天時間，如何去修補十八年的裂痕呢？十天時間，如何使一個惡人變成一個有道德的人呢？李安邦在乳頭上踱步一個上午，看著太陽從腳底下的沙盤升起來，轉眼到了頭頂，腦仁都想疼了，還是想不出恢復朱玉臣人性的辦法。這時一輛車從山下爬上來，也往乳頭上開；車漸漸近了，看到是一輛豪華奔馳；李安邦是省級幹部，按規定只能乘坐奧迪；現在坐豪華奔馳上山的，必是一個富人了。轉眼奔馳開到乳頭的空地上，車門打開，先跳下一隻大狗，又跳下一隻小狗；兩隻狗開始在山頂撒歡；又從車上下來一個濃妝豔抹三十出頭的女人，一看就是個闊太太，或是富人的二房。李安邦的司機欲上前阻攔這女人和狗，擔心他們靠近李安邦，影響李安邦的思考；倒是李安邦看到這兩條狗，腦洞突然大開，眼前豁然開朗；因為這兩條狗是母子或母女關係——兩條狗跑著跑著，小狗鑽到大狗的襠下，拱著襠吃起奶來。李安邦拍了一下巴掌，對司機說：

「把地方讓給人家，咱們下山。」

二

當天下午，該省××市政府辦公室接到省政府辦公廳一個通知，第二天上午九點，常務副省長李安邦到該市××縣，考察農業滴灌示範田。市政府忙向市委通報。第二天上午八點，該市市委書記于得水，率市長等一班人在該市的市界迎候。等了半個小時，李安邦及隨行人員的兩輛車到達。李安邦等人下車，李安邦與該市的領導挨個握過手，將市委書記于得水拉到自己車上。一溜車隊開往該市××縣，去看農業滴灌示範田。車上，于得水看著李安邦樂。李安邦：

「老于樂啥，娶二房了？」

于得水：

「我聽到一個好消息。」

李安邦：

「啥消息？」

于得水：

「我聽說，省裡毛書記要上調了。」

李安邦一驚，中央的一個決策還在醞釀，轉眼間市裡都知道了；消息傳得這麼快，看來中國無祕密了；但故作不知：

「我咋不知道？」

于得水：

「你不知道我知道，我還聽說，毛書記走了，鞠省長會接書記；鞠省長接了書記，誰當省長呢？」

李安邦：

「這事，你問中央去。」

于得水：

「我問中央了，中央跟我說，誰當省長，不是明擺的事嗎？」

這個「明擺」，指的是李安邦了。李安邦一方面有些高興，看來對於李安邦當省長，大家都認為理所應當，證明人心所向；同時在心裡嘆氣，在中國當官，人心所向頂什麼用呢？在該省能否當省長，跟人心所向沒關係，跟中央怎麼認為有關係；而中央的認為，跟中央考察組的考察結論有關係；誰知中央考察組背後，還夾著一個老冤家朱玉臣呢？這個于得水，也是只知其一，不知其二。李安邦撇開這個話題問：

「××縣的滴灌設備，用得怎麼樣？」

××縣的滴灌設備，是去年以色列與中國的合作項目，也是去年李安邦去國家農業部爭取過來的；農業部要試驗西南部的丘陵山區，××縣的地形有一大半屬丘陵地帶，李安邦便把這個項目安插到了××縣；現在過來視察，也理所當然。于得水：

「農民得到了大實惠，丘陵地帶，種地最大的困難是什麼？就是灌溉，水走不上去；有了這滴灌，產量一下翻了兩倍多。」

李安邦：

「還有沒有夜裡偷設備的？」

去年滴灌設備拉過來，農民一開始不相信這蜘蛛網似的小塑料管，也嫌麻煩，不願意在自己田裡試驗，還是市裡財政和縣上財政拿出一部分錢，給予農戶補貼，一部分農民才讓把這蜘蛛網鋪到了自己田裡；沒想到有些農民又下夜去偷這蜘蛛網，然後拉到廢品收購站當廢塑料賣。于得水：

「抓住十幾個，都判了三年以上，重典治亂世，如今沒人敢偷了。」

說話間，到了××縣的縣界，縣裡的縣委書記、縣長帶著一班人又在迎候。李安邦下車，與縣上的領導又一一握手，然後大家上車，去××鄉××村看滴灌設備。到了××村，車隊又爬過一座山梁，來到鋪設滴灌設備的示範田。示範田旁，又站著鄉裡和村裡的幹部，李安邦又與他們一一握手。示範田裡，滴灌設備的小塑料管鋪得密密麻麻，像人的血管似的，爬在高高低低的丘陵上。村裡已事先打開了滴灌設備。走近，趴到小塑料管上看，能看出管內的水泡在無聲地流動，水滴無聲地滴在一棵棵莊稼的根部；在遠處，竟看不出整個示範田處於灌溉狀態。李安邦趴到小塑料管上看了一陣，站起身拍拍巴掌：

「真是『潤物細無聲』啊。」

眾人也跟著站起身笑。縣裡的縣委書記說：

「去年讓農民鋪設備，求爺爺告奶奶，如今沒鋪上設備的農民，又要上訪告狀，說政府對他們不公平。」

李安邦笑了，眾人又跟著笑了。李安邦：

「我這次來，主要是看酸性土壤，對設備有沒有腐蝕，現在看，沒致命的影響嘛。」

這也是農業部專家擔心的，過去滴灌設備大都用在中性土壤或鹼性土壤的田裡；這裡的丘陵地帶，卻是酸性土壤。李安邦剛才看到，小塑料管裡面流水，外皮卻乾乾的，沒有腐蝕和軟化的現象。眾人也忙說：

「好著哩，沒影響。」

李安邦：

「看來可以大面積推廣。」

眾人說：

「可以推廣，可以推廣。」

這時市委書記于得水提議，滴灌設備看過，再去看一下噴灌設備；因為該縣的噴灌設備，也是李安邦今年初從國家農業部爭取過來的；噴灌設備是歐盟與中國的合作項目，農業部要試驗陡峭山區，而××縣的東部是丘陵，西部是陡峭山區，李安邦就把這批噴灌設備安在了××縣西部的山坡上；把所有的實驗放到一個縣，也是便於考察和管理。李安邦：

「我這次來，本來就想看一下滴灌設備，噴灌設備就不看了，因為噴灌設備不牽涉土壤，但于書記又布置工作，誰敢不聽？就按于書記的指示辦，再去看一看噴灌設備。」

于得水笑了，眾人也笑了。於是該鄉該村的幹部留下，眾人上車，翻山越嶺，從該縣的東部往西部去。從東部到西部路過該縣縣城。路過縣城西關時，公路上聚了一疙瘩人，車被堵住了。李安邦認為發生了群體性事件，下車，走上前去。原來馬路中間坐著一個中年婦女，手拍著地在啼哭，周邊圍了許多看熱鬧的人。雖然不是群體性事件，李安邦仍越過眾人，上去問個究竟。該縣的縣委書記和縣長一臉緊張。李安邦：

「大嫂，你怎麼了？」

這婦女只顧哭，沒聽見李安邦的話；于得水趕忙用手推這婦女：

「大嫂，問你話呢。」

這婦女這才仰起臉來，說自己是這個縣××村的，今天一大早來縣城給丈夫抓藥，沒想到還沒走到醫院，布兜裡的兩千塊錢被人偷走了；藥抓不著，擔心回家丈夫打她，於是啼哭。李安邦聽完，忙掏自己的口袋，誰知口袋裡只有三百塊錢；李安邦向于得水伸手：

「老于，借我一千七，回頭還你。」

于得水忙掏自己的口袋，從口袋掏出二百塊錢；因他們平日都不是花錢的人，所以口袋裡都沒裝多少錢；市長也忙掏自己的口袋；該縣的書記和縣長，也忙掏自己的口袋；最後五個人，湊了兩千塊錢；李安邦把錢遞給了啼哭的婦女。這婦女接過錢，趴到地上磕了一個頭，轉身跑了；從頭至尾，也沒問這幫掏錢的人是誰。該縣的縣長說：

「可能是一個騙子。」

聽到這話，李安邦有些不高興：

「無憑無據，咋說人家是騙子？」

又說：

「就算是騙子，她也是個窮人。你老兄的老婆，咋不到這兒哭呢？」

又對于得水說：

「可能我是農村出身，看不得窮人哭。」

該縣縣長面紅耳赤：

「李省長，我說錯話了。」

于得水趕忙打圓場，指著該縣縣長：

「這是個階級感情問題，他家是地主，今天中午讓他請客。」

眾人笑了。縣長：

「我馬上通知公安局，讓他們抓住這賊。」

于得水：

「這就對了嘛。」

縣長忙掏出手機打電話。眾人又上車，往該縣的西部開。到了西部山區，車隊翻山越嶺，又走了一個多小時，來到一處陡峭山坡前。該鄉該村的幹部，已在山坡前等候。看車隊來了，忙將噴灌設備打開。整個山坡上，馬上有幾百個噴頭在噴水。噴頭邊噴水邊轉動，陡峭的山坡，馬上被水霧籠罩著。水霧不但噴濕了莊稼，太陽光下，還映出一道道小彩虹，五顏六色，煞是好看。于得水指著這彩虹說：

「俗話說得好，吃水不忘挖井人，這裡的百姓能旱澇保收，不能忘了李省長。」

眾人鼓掌。李安邦：

「別聽老于瞎忽悠，年初我去北京爭取這批設備，是咱們毛書記派我去的；要感謝，就感謝毛書記吧。」

眾人又鼓掌。站著看了一陣彩虹，又轉身看了一陣山上的風景，眾人上車，去該縣吃午餐。去縣城的路上，李安邦和于得水仍坐一輛車。李安邦似乎突然想起什麼，問于得水：

「我突然想起，朱主任的老家，是不是這個縣的？」
于得水：
「哪個朱主任？」
李安邦：
「就是省人大朱玉臣主任。」
于得水明白過來，點點頭。
李安邦：
「他家裡還有什麼人？」
于得水：
「他母親前年去世了，家裡還有一個老父親。」
李安邦：
「既然到了這裡，吃過午飯，咱們去看一下老人家。」
當時，李安邦把滴灌和噴灌設備皆安排到這個縣，純粹是從工作出發，忘記朱玉臣老家是這個縣的；如果當時想起這事，也許就安排到別的縣了；沒想到當時的無意之舉，竟幫了他現在的忙。聽說李安邦要去看望朱玉臣的老父親，誰知于得水皺了皺眉，似乎有難言之隱。李安邦：
「怎麼了？」
于得水：
「這家人，不看也罷。」

李安邦一楞：

「啥意思？」

于得水：

「別弄不好，再惹你一身臊。」

李安邦仍不明其意：

「啥意思？」

于得水：

「朱主任他爹，不是一般人。這個老漢，仗著他兒子在外邊做官，在鄉下包攬訴訟，替人出頭，順我者昌，逆我者亡，給縣裡和我，添了無窮的麻煩。」

又說：

「說來也八十的人了，我沒見過這麼為老不尊的人。」

李安邦吃了一驚：

「朱主任不知道嗎？」

于得水：

「朱主任從小被他爹打怕了，這種關係，直到現在還沒改過來。」

李安邦懷疑：

「不會吧？」

于得水壓低聲音說：

「也是聽這個縣上的人說，有一次朱主任回來，眾人圍著老漢說話，朱主任一句話沒說對付，老漢揚手抽了他一耳光。」

李安邦大吃一驚，他沒想到，心如蛇蠍的朱玉臣，還有人能降住他；這個人不是別人，竟是他爹；朱玉臣也是一個省級幹部，沒想到回到家裡，竟受制於封建倫理；接著在心裡驚喜，正是因為這樣，他這次來××縣，算是來對了。李安邦突然想起什麼，又懷疑：

「不對吧？我原來聽說，朱主任的父親，曾經當過鎮長，怎麼會是這種水平？」

于得水：

「誰告訴你的？」

李安邦：

「朱主任呀。二十五年前，我們倆當縣委書記的時候，他常拿這話壓我，說我是農村娃，沒見過世面，他父親當過鎮長，他是幹部子弟。」

于得水「噗嗤」笑了：

「他逗你玩呢。他爹年輕的時候，就是村裡一個殺豬的。」

李安邦也「噗啼」笑了，原來當年在一起的時候，就被朱玉臣騙了，一直被騙了這麼多年。這時于得水又小聲說：

「老朱已經退到人大了，還理他幹麼？」

這時李安邦懷疑，于得水知道李安邦和朱玉臣的矛盾——他們已經矛盾十八年了，有人知道也正常，現在故意踩乎朱玉臣和他的父親，在李安邦面前表明他的立場。但于得水也是只知其一，不知其二，只知道李安邦和朱玉臣過去有矛盾，不知道李安邦現在要消除矛盾；只知道李安邦比朱玉臣重要，不知道現在朱玉臣對李安邦的重要。李安邦說：

「正是因為老朱退到了二線，要去看一下嘛；如果他仍在一線，倒是不用去了。」

又說：

「雖然我跟老朱有些疙疙瘩瘩，但二十五年前，我們是好朋友哇；如今都快老了，也該相逢一笑泯恩仇了。」

于得水愣在那裡。思索片刻，馬上改變了自己的主意，向李安邦伸出大拇指：

「胸懷。」

不知他說的胸懷，是從朱玉臣退與不退的角度，還是李安邦對歷史往事既往不咎的角度。於是吃過午飯，一溜車隊又去了該縣××鄉朱家村。待到了朱家村，進了朱家，見到朱玉臣他爹，這老漢三句話出口，李安邦就知道于得水所言不虛，這是一個毫無見識又妄自尊大的老雜毛。來時，縣裡在汽車後備廂備了些禮物，有菸，有酒，有大米，有油，有飲料，還有兩條豬腿……眾人進門，于得水忙向老漢介紹：

「大爺，省裡李省長看您來了。」

李安邦與老漢握手時，縣上一班人忙將禮物往屋裡搬。這老漢看著這些禮物，竟指著該縣的縣委書記說：

「你不是東西。」

該縣的縣委書記一愣：

「大爺，我咋了？」

老漢：

「省裡領導不來，你一個月不露一回面，現在省裡領導來了，你才來了，你是看我，還是看省裡領導？」

該縣縣委書記面紅耳赤：

「大爺，我做得不對，我這一陣太忙了。」

這老漢又指著李安邦問：

「你這個省長，是正的還是副的？」

李安邦便知道這老漢不看電視，因為在該省的電視新聞裡，李安邦常常露面；于得水欲上前解釋什麼，李安邦止住于得水說：

「大爺，我是副的。」

老漢：

「這麼說，你跟玉臣是平級了？」

李安邦忙說：

「朱主任在省人大，省政府受人大領導，所以朱主任是我領導。」

李安邦這話，從理論上也講得通，從法律角度講，省政府受省人大監督；只是在實踐中是另一回事。這老漢：

「既然這樣，你來看我，必是有事求我了？」

于得水看老漢的話說得越來越不堪，忙說：

「大爺，李省長今天就是來看看您老，他跟朱主任是好朋友。」

老漢：

「我咋沒聽玉臣說過？」

又指著李安邦：

「人都是無利不早起，他只是不好意思說罷了。」

李安邦心想，老漢這話說得也對；便說：

「大爺，以後有事，我一定找你。」

老漢拍著胸脯說：

「既然你來看我老漢，就是看得起我；今後有用得著玉臣的地方，你不好給他說，我給他說，他聽我的。」

眾人哭笑不得，李安邦卻說：

「大爺，一定。」

這時也看出，這老漢不過是個老實人罷了。換言之，是隻井底之蛙罷了；井底之蛙，才妄自尊大；正因為是隻井底的老蛤蟆，一切顯得直白和深入，才出現李安邦想要的效果，雙方溝通的距離馬上縮短了；如果這老漢是位城府甚深的老學究，雙方客客氣氣，就成演戲了；一場戲演下來，真成順路探訪了。李安邦也開始同情朱玉臣，李安邦一輩子就來這麼一次，朱玉臣卻須常常回家，朱玉臣每次回來，不知要受多少折磨呢；也突然明白，這老漢如今還待在鄉下，沒有跟朱玉臣去省城的原因：朱玉臣害怕這老漢把人丟得更大。李安邦一方面覺得不虛此行，另一方面對朱玉臣也有些幸災樂禍。老漢突然又對李安邦說：

「我幫你辦事，你也幫我辦一件事唄。」

李安邦一楞：

「啥事？」

老漢：

「我有一個表外孫，在縣法院工作，工作五年了，一直想當個科級幹部，一直解決不了，這不是欺負人嗎？」

又指著縣委書記：

「帶頭欺負人的就是他，給他說過好多回了，他一直當耳旁風。」

縣委書記又紅了臉。李安邦看縣裡其他幹部，也都面面相覷，便知道其中必有難言之隱，便說：

「大爺，這事兒不急，回頭，我一定過問一下。」

誰知老漢窮追不捨：

「你要回頭，就是耍滑頭，你現在就說句痛快話，辦，還是不辦？」

倒是把李安邦逼到了牆角；李安邦哭笑不得，拍著巴掌說：

「大爺，不說了，我給辦。」

老漢指著李安邦：

「你是省級幹部，可不能吃過的又吐出去。」

李安邦握住老漢的手：

「大爺，君子一言，駟馬難追。」

老漢笑逐顏開：

「我終於明白了。」

李安邦倒有些不明白：

「你明白啥了？」

老漢：

「你跟玉臣是好朋友。」

這句話，也是李安邦想得到的。他希望，這老漢，能把這正能量，傳遞給朱玉臣。不管過去他跟朱玉臣有什麼積怨，現在他主動來看望他的老父親，幫他老父親辦事，不等於向朱玉臣低頭認輸了嗎？他希望這善意，朱玉臣能感知到；能由感知，喚醒他的良知，把兩人的關係，往積極方面推一把。告別朱家，李安邦除了讓于得水坐他的車，也讓該縣的縣委書記坐在他車的副座上。車剛一開，于得水就說：

「看看，說不讓你來，你非來，惹了一身臊不是？」

于得水又是只知其一，不知其二。李安邦一笑，問縣委書記，那老漢在法院工作的表外孫是咋回事。縣委書記搖頭嘆息，縣裡有這麼個領導的爹，算是縣裡的災星；他說的表外孫在縣法院工作是不錯，但腦子缺根筋，認識的漢字不超過一籮筐；腦子缺筋倒也不怕，脾氣又像這老漢，動不動就跟同事掐架；院長批評他，他敢把院長的水杯摔到地上；看別人當了科級幹部，他也要當科級幹部；而法院的科級幹部，就是各審判庭的庭長；如果他當了審判庭的庭長，法院還不知要出多少冤假錯案呢。李安邦聽明白了，便說：

「如果把他調出法院呢？譬如讓他去農機局當個科級幹部如何？」

縣委書記又嘆氣：

「這主意我早想過了，可這霸王，覺得法院有權，非賴住不走，難還難在這個地方。」

李安邦明白了。突然又問：

「法院除了審案子，就沒有別的科級位子了嗎？」

縣委書記：

「有，辦公室主任。他要當了辦公室主任，全法院不都亂了？」

李安邦：

「能不能往後勤方面想一想？」

縣委書記搖頭：

「各單位都是定編定崗，你不能把一個伙夫，也定為科級幹部吧？」

李安邦突然想出一個主意：

「伙夫不能定為科級幹部，能不能單設一個後勤科長呢？後勤科長也是科級，但整天的工作，就是去菜市場買菜。愛掐架，讓他到菜市場掐去。」

于得水一愣，接著馬上拍巴掌擁護：

「這個主意好，另闢蹊徑。」

又說：

「就像玉皇大帝把孫悟空招安，讓他去餵馬，給他單設個『弼馬溫』一樣。」

縣委書記也突然開了竅：

「這倒是個好辦法，既滿足了這霸王的虛榮心，又把他從法院的業務裡剝離出來，倒是一舉兩得。」

拍著巴掌：

「我讓編辦，再給法院一個科級指標就是了。」

接著捶自己的腿：

「這主意，我以前咋沒想出來呢？讓這老漢罵了我一年多。」

于得水：

「一級是一級的水平，你要有這水平，不也當省長了？」

三人笑了。這時于得水邀請李安邦去市裡吃晚飯。李安邦想了想，晚上省裡也沒啥大事，便答應了。誰知這時李安邦的手機響了。他接起，只聽了十秒鐘，說聲：

「知道了。」

就把電話掛了。收起電話，對于得水說，省政府辦公廳來電，晚上要開省長辦公會，他得馬上趕回省城。于得水忙點頭。李安邦便讓司機在路邊停車。後邊市、縣的車隊也跟著停了下來。大家下車，李安邦與市、縣的領導一一握手告別。隨後，李安邦及隨行人員的兩輛車，掉頭上了高速公路，風馳電掣地開往省城。

三

剛才的電話，並不是省政府辦公廳打來的，晚上也沒有省長辦公會，電話是李安邦的老婆打來的。老婆在電話裡說，他們的兒子在省城出了事，讓他趕緊趕回去。李安邦的兒子叫李棟梁，今年十七歲，在上高二；身體發育得像棟梁，一米八二，但功課沒一門及格過；正因為身強力壯，打架鬥毆倒是高手；由於出手狠，不但高中的所有男生怕他，高中周圍的社會地痞，也讓他三分；倒是社會上的地痞流氓敢到別的學校滋事，不敢到李棟梁所在的學校騷擾。由於打架鬥毆，李棟梁沒少給李安邦招麻煩；李安邦也沒少揍他。一次揍累了，問他為什麼這樣，李棟梁感嘆一聲：

「我生不逢時呀。」

李安邦：

「啥意思？」

李棟梁：

「如果生在宋朝，我早上梁山了，反抗你們這些貪官。」

李安邦反手抽了他一耳光：

「你懂個球！」

也是家家有本難念的經，朱玉臣有個難纏的爹，李安邦有個難纏的兒子。李安邦接到老婆的電話，聽說李棟梁又出事了，因車上還有于得水和××縣的縣委書記，忙將電話掛斷，說晚上要開省長辦公會；與他們分手，車又開了，李安邦又將電話給老婆撥回去，問：

「又跟誰打架了？」

老婆：

「這回不是打架，是出了車禍。」

李安邦的頭髮，「嗖」的一聲支楞起來：

「人沒事兒吧？」

老婆：

「棟梁沒事，只是頭上磕了個口子。」

李安邦鬆了一口氣，問：

「跟誰出去的，這麼不注意？」

老婆：

「他自己開著車，為躲一條剛挖的溝，車飛了出去，一頭撞到路邊的挖掘機上。」

又說：

「都怪城裡老修路。」

李安邦沒管修不修路的事，而是生氣地問：

「是誰又把車借給了他？」

李棟梁十七歲，不到開車的年齡；因為李棟梁的父親是常務副省長李安邦，許多企業家便與李棟梁成了忘年交，常常把車借給他。當然，他開車都是背著李安邦。李安邦也知道他背後開車，沒想到這回出了車禍，車撞到了挖掘機上。李安邦：

「活該，這回我不但要揍他，還要追究借給他車的人！」

老婆這時帶著哭腔：

「現在不是追究這些事的時候，有比這個更要緊的事。」

李安邦：

「啥事？」

老婆：

「棟梁是沒事，跟棟梁坐車的人有事。」

李安邦：

「誰呀？」

老婆：

「一個女的。」

李安邦：

「女的是誰？」

老婆：

「不知道哇。」

李安邦：

「她怎麼了？」

老婆：

「她從車裡被甩出去了。」
李安邦的腦袋，「轟」的一聲炸了：
「人沒事兒吧？」
老婆：
「還不知道，正往醫院送呢，我也正往醫院趕呢。」
李安邦掛上電話，一邊讓司機加快速度往省城開，一邊又惱怒起來。想了片刻，知道此刻不是惱怒的時候，又拿起手機，給省公安廳一個副廳長段小鐵撥了電話。二十五年前，李安邦在××市××縣當縣委書記時，段小鐵是該縣公安局一個民警，負責縣委大院的保衛工作；李安邦看他忠厚老實，辦事知道分寸，又有腦子，便有意培養他；從民警到派出所所長，到縣公安局副局長、局長，市公安局副局長、局長，省公安廳副廳長，李安邦走過的地方，就是他走過的地方；段小鐵也知恩圖報，雖然現在已經是省公安廳副廳長，但見了李安邦，跟二十五年前在××縣當民警時一個樣，先立正敬禮，後說話。段小鐵在公安廳分管好幾塊業務，交管局是其中之一，交通事故正好歸他管。李安邦剛撥通電話，段小鐵就說：
「領導，我已經到了現場。」
李安邦放下心來：
「電話裡不多說了，我正往省城趕；兩個小時之後，到省政府找我。」
兩個小時後，待李安邦到了省政府，段小鐵已經在辦公大樓門前候著。二人上到二樓，進了李安邦的辦公室，關上門，段小鐵說：

「領導，情況不太好。」

李安邦看著段小鐵；段小鐵：

「那個女的，搶救無效，已經死在了醫院。」

李安邦的腦袋，「轟」的一聲又炸了。出了車禍是一回事，出了人命，就是另一回事了。李安邦的嘴開始結巴：

「怎麼會死了呢？同一輛車，棟梁不是沒事嗎？」

段小鐵：

「棟梁繫著安全帶，她沒繫安全帶，人從車裡被甩出來，又撞到路邊一棵樹上。」

李安邦慢慢坐到沙發上；本來他早已戒菸，現在接過段小鐵遞過來的香菸，點上，吸了一口，問：

「這個女的是幹什麼的？」

段小鐵小聲說：

「剛讓治安查過了，是個小姐。」

李安邦又大吃一驚：

「什麼？棟梁已經開始掛小姐了？」

又問：

「還是大白天？」

段小鐵：

「不但是個小姐，甩出去的時候，下身什麼也沒穿。」

李安邦大吼：

「這個王八蛋，要幹什麼？」

又問：

「這個王八蛋現在哪裡？」

段小鐵知道「王八蛋」指李棟梁，便說：

「已經按交通治安法，把他拘留了。」

李安邦點頭，表示做得對；接著又問：

「知道這小姐是哪裡人嗎？」

段小鐵：

「正在查，需要時間。」

李安邦陷入沉思。一支菸抽完，抬頭看了段小鐵一眼，嘆了口氣：

「事出的不是時候哇。」

段小鐵明白李安邦的意思，也說：

「大家都知道，現在您是關鍵時期。棟梁這事兒，如果讓媒體知道了，肯定會炸了鍋。」

李安邦嘆息：

「除了媒體，還怕被人利用啊。你想，死了個人，是鬧著玩的？」

段小鐵想了一下，說：

「要不這樣吧，咱給肇事者改個名字。」

李安邦吃了一驚：

「啥意思？」

段小鐵：

「反正同車的人已經死了，開車的人，不讓他叫李棟粱，讓他叫另外一個名字。」

李安邦一楞，思考片刻，這倒是個主意；但又擔心：

「保險嗎？能保住密嗎？可別弄巧成拙。」

段小鐵：

「現場我拉了警戒線，外界不知道是誰。」

又說：

「參與處理這件事的，都是我信得過的人。」

李安邦：

「找一個人頂替，能找著保險的人嗎？」

段小鐵：

「活人肯定不保險，找一個不存在的人，就說，在現場也已經死了。」

李安邦明白了，但又追了一句：

「技術上做得到嗎？」

段小鐵：

「技偵和戶籍這兩塊也歸我管。」

李安邦鬆了一口氣，又給段小鐵要了一支菸。這時鬆氣不是鬆李棟梁這事，而是眼前這個段小鐵，培養他二十五年，沒有白培養。吸完第二支菸，又交代：

「趕緊找到死者的家屬，多給人錢。」

又說：

「能用人民幣解決的問題，都是人民內部矛盾。」

段小鐵明白李安邦的意思，忙點點頭；又說：

「還有一件事。」

李安邦：

「啥事？」

段小鐵：

「嫂子剛才去了醫院，聽說那小姐死了，一下暈了過去。」

段小鐵說的「嫂子」，就是李安邦的老婆；李安邦一驚：

「現在呢？」

段小鐵：

「打了一支強心針，過來了，還在醫院躺著。」

李安邦想了想：

「就讓她在醫院躺著吧，省得她出來裹亂。」

段小鐵明白李安邦的意思，忙點點頭。

李安邦又交代：

「剛才我們說的一切，不能讓她知道。」

段小鐵忙又點點頭。

四

李安邦的老婆叫康淑萍。三十五年前，李安邦大學畢業；因他是農村出身，沒有門路；加上他上的是農學院，在大學裡學的又是農業機械專業，便被分到該省××縣康家舖子鄉農機站當技術員。上了四年大學，除了給自已戴上一副眼鏡，還是從農村回到農村。康家舖子有個開雜貨舖的叫老康。老康有三個女兒，大女兒長得像老康，不好看；二女兒長得像老康的老婆，也不好看；三女兒康淑萍長得既不像老康，也不像老康的老婆，卻濃眉大眼，身材修長，十分俊俏；鎮上的人都懷疑康淑萍的來路。三十五年前的農村姑娘還興綁大辮子，康淑萍頭髮好，一根大辮子垂到屁股後邊，從鎮東頭走到鎮西頭，連狗都停下腳步歪頭看。那時李安邦抽菸，常到老康的舖子買菸。記得最愛抽的菸叫「飛馬」牌，兩毛錢一盒，價錢不貴，但在同等價錢的菸裡，菸絲算是最好的，吸起來沒有梗子；有梗子的菸，吸起來「劈里啪啦」地響。李安邦出身農村，大學畢業又分到農村，以為會在康家舖子幹一輩子了；三十五年前來鄉上工作的大學生還不多，在康家舖子就李安邦一個人；男才女貌，有人從中間介紹，李安邦就和康淑萍結了婚。結婚之後，李安邦發現，康淑萍雖然長得跟她爹她娘都不像，但有一點生活習慣還是相似的：節儉。一塊醬豆腐，能分兩頓吃。當時，對於吸菸只吸「飛馬」菸的李安邦來說，這習慣是個優點，勤儉持家。李安邦和康淑萍，在康家舖子過了一段幸福生活。唯一讓人不滿意的是，婚後，康淑萍一直沒有生孩子。兩人到縣醫院檢查，康淑萍的輸卵管先天性畸形，堵了半邊。之後十八年，康淑萍吃遍了全國的西藥和中藥，終於在她三十九歲那年，生下一個兒子，這時李安邦已經當了××市的副市長——李安邦本是鄉農機站一個技術員，整天走村串戶，跟拖拉機和水泵打交道，從來沒想過這輩子會當官；但時勢造英雄，李安邦當技術員的第三年，一紙中央文件，強調各級領導班子要知識化和年輕化，每個縣裡的領導班子，必須配備一個三十歲以下、有基層工作經驗的大學生；全縣扒拉來扒拉去，就李安邦夠條件，於是他一步登天，由技術員直接成了該縣管農業的副縣長；後來成了縣委副書記、縣長、書記、副市長……一路走到今天。如今想起來，這彎兒拐的，像是做夢。如今李安邦做夢，還常夢見康家舖子。最常做的夢是，他正在某村機井房修水泵，當時的縣委書記，突然推門進來：

「李安邦，中央又來文件了，你由技術員當副縣長的事不算了。」

李安邦拉著縣委書記的衣襟哭：

「孟書記，我好不容易當了副縣長，咋能說不算就不算呢？」

孟書記指著水泵說：

「你看，你看，你不又成技術員了嗎？」

李安邦看著自己滿手的油汙，「呼」地就被嚇醒了。醒來，半天才能緩過勁兒來。李安邦由技術員一步步往上升，康淑萍也跟著李安邦從鄉裡到了縣上，到了市裡，到了省城。這時李安邦發現，康淑萍過去的優點，漸漸成了缺點。譬如，康淑萍過去愛節儉，自李安邦當上副縣長之後，他們的生活不用節儉了；不但李安邦的工資夠他們花了，李安邦也開始不用花工資了；全縣有十五個鄉鎮，隔三差五，就有鄉鎮給李安邦送些糧米和土特產品；不但鄉鎮送，縣城還有三十多個局委，這些局委，也隔三差五給他們送些日常用品和雞鴨魚肉；幾十個管道往一個地方送東西，哪裡吃得完用得光？過去李安邦吸「飛馬」，現在一下跳躍到「中華」。這樣的生活，連李安邦都不習慣，更別說康淑萍了。生活不用節儉了，康淑萍也就不節儉了，但她把過去節儉的習慣，換成另外一種方式：把吃不完用不完的東西，送到街口一個舖子裡，讓人代賣，她來收錢。另外，她跟康家舖子她爹一樣，有記帳的習慣，鄉鎮局委送的東西，她都一筆筆記在一個筆記本上；除了記送的東西，還記送東西的人的姓名。有時夜裡還翻著這帳本說：

「×××是不是跟你鬧矛盾了？」

李安邦：

「啥意思？」

康淑萍：

「好長時間沒給咱家送東西了。」

李安邦哭笑不得：

「人家來看你，不過是個順路人情，文件沒有規定，人家必須給你送東西。」

康淑萍不服：

「那×××咋經常來呢？還是有個遠近。」

李安邦：

「你要這麼弄下去，非讓我犯錯誤不可。」

指著她手裡的帳本：

「我不出事還好，一出事，組織上查我的時候，你一筆筆記得這麼清楚，不都成了鐵證？」

又說：

「你爹賣菸時記帳，他記的是別人，你現在記帳，記的不是我自己？」

康淑萍想了想，覺得有道理，第二天一早，把筆記本扔進爐膛裡，燒了。看著筆記本在火中蜷成一團灰燼，李安邦說：

「這就對了。」

康淑萍說：

「沒有筆記本，我心裡也有一本帳。」

果然，三個月後，康淑萍說起三個月前和三個月來都誰送過東西，送的是什麼，一隻老母雞，一籃子鹹鴨蛋，都背得滾瓜爛熟；還有誰沒來送東西，她也記在心上；讓李安邦哭笑不得。隨著李安邦職務越來越高，從縣級幹部到副市長，從副市長到常務副市長，到市長，到市委書記，到副省長，到常務副省長，給李安邦家送東西的人，層次越來越高；送的東西，檔次也越來越高。這時李安邦發現，康淑萍接受禮物，不再跟李安邦嘮叨了，開始撇開李安邦單幹；或者，開始背著李安邦偷幹。李安邦當市級領導時，跟康淑萍打交道、攆著給她叫「嫂子」的，都是各縣的縣長、縣委書記，或者在市裡開公司的老闆；李安邦當了副省長之後，跟康淑萍打交道、攆著給她叫「嫂子」的，都是各市的市長、市委書記，還有在省城開公司的大老闆。這些人給康淑萍一些好處，有時是禮物，有時是有價證券，有時乾脆是現金，康淑萍便打著李安邦的名義，去給人辦事。李安邦發現後，嚴厲斥責過康淑萍；有一回，還打過康淑萍一耳光；說現在跟他當副縣長時人家送老母雞和鹹鴨蛋不同，康淑萍這麼暗地裡占便宜、收受賄賂，總有一天會把他送進監獄；並威脅要與她離婚。康淑萍一方面不承認收受別人的有價證券和現金，同時捂著臉說：

「李安邦，你不敢跟我離婚。」

李安邦：

「為什麼？我明天就去法院。」

康淑萍：

「你敢離婚，我把你這些年幹了什麼，都給你說出去。」

又說：

「反正我心裡有一本帳，知道這些年你都幹了什麼。」

轉身走了，留下李安邦一個人啼笑皆非。本以為這娘兒們只會玩小心眼，原來在大的方面也有算計。同時，李安邦也痛恨那些整天圍著康淑萍轉的各級領導和商人，他們給康淑萍一些小便宜，康淑萍便給他們辦他們辦不了的事；最後結算，大便宜還是讓這些人占走了；他們看中的，就是康淑萍的沒腦子；表面上「嫂子」「嫂子」叫著，親如一家，其實，這不是欺負人的智商嗎？俗話說得好，打狗還得看主人，欺負狗也得看主人，他們欺負康淑萍，不等於欺負李安邦嗎？但他的老婆就是這樣，已經是常務副省長的夫人了，腦子還停留在康家舖子的雜貨舖裡，讓李安邦奈何？

還有他們那個不爭氣的兒子李棟梁。生下兒子時，康淑萍已經三十九歲。正因為高齡得子，康淑萍對這個兒子百般嬌慣。李棟梁四歲前，康淑萍沒有讓他上過廁所，都是在客廳裡把著他拉屎撒尿。李棟梁五歲時，騎在康淑萍脖子上，還敢將尿撒在康淑萍脖子上，李棟梁「咘咘」樂了，康淑萍也「咘咘」

樂了。李棟梁六歲時，要買一輛玩具車，因家裡已經有了四十多輛玩具車，康淑萍沒給他買，他竟悄悄把屎拉在康淑萍的鞋子裡；康淑萍發現後，揚起巴掌要打李棟梁，巴掌揚起來，李棟梁沒哭，康淑萍哭了。李棟梁上小學之後，常在學校裡打架；每次惹了禍，都是康淑萍出面，去學校替李棟梁擺平。李棟梁十四歲時，夜裡康淑萍還摟著他睡覺，把李安邦趕到另一張床上。李安邦多次對康淑萍講，她這樣嬌慣孩子，是把孩子往絕路上推；有時嘆息：

「你跟他有多少仇哇，這樣禍害他？」

康淑萍：

「你還有資格說我，你除了睡覺，一天在家裡待不到一個小時，你盡到當爹的責任了嗎？從明天起，孩子我不管了，你送他上學去。」

李安邦不敢再接話。因康淑萍說得也有道理；有李棟梁時，李安邦已經是副市長；市政府白天的工作加上晚上應酬，每天要忙十三四個小時；他清晨出門的時候，兒子還沒有起床；晚上回去的時候，兒子已經睡下；哪裡有時間管兒子的事？一個禮拜跟兒子說不上一句話，也屬正常；漸漸他都忘了家裡還有兒子這回事；兒子在他腦子裡，只是一個輪廓。李棟梁從小也不是沒有腦子，雖然整天欺負康淑萍，但見了李安邦，馬上變得規矩，從不耍刁犯渾；有時看李安邦皺眉，還嚇得渾身打哆嗦，倒是康淑萍上去護他，責備李安邦：

「別把工作上的不順帶到家裡。」

等李棟梁上學之後，李安邦已經是市長，接著是市委書記，副省長，常務副省長，整天的工作更忙了。偶爾去教育界視察，碰到李棟梁所在學校的校長，便問李棟梁在學校的表現；校長也都是勢利眼，皆說李棟梁在學校品學兼優，當然，偶爾也有些調皮，可一個男孩子從小像木頭一樣老實，長大能有什麼出息？各行各業有成就的人，從小都有放蕩不羈的一面；眾人都笑了；也給李安邦一個錯覺，覺得孩子有毛病，但主流還是好的；誰知他整天飛揚跋扈，不知學習為何物，從市裡學校鬧到省城學校，一直鬧到掛小姐，出了人命呢？聽到康淑萍在醫院暈了過去，李安邦第一個感覺是解恨：

「活該！早給你說不聽。」

接著痛恨所有跟李棟梁接觸過的人，那些商人和官員，還有教育過李棟梁的那些學校的校長和老師，是他們，和康淑萍聯手，共同把他的兒子推到了這種地步。接著又想，康淑萍可惡，這些人可惡，李安邦也不能說自己沒有責任；這些年只顧為黨工作了，顧不上教育自己的孩子；子不教，父之過；子出事，恰恰是父最關鍵的時候，不是報應是什麼？

但李安邦明白，越是這種時候，他越需要鎮定；越是這種時候，他越要做出什麼事都沒出的樣子。老婆在醫院住院，倒是不給他添囉唆了；段小鐵在處理李棟梁車禍和死去小姐的事，也讓他放下一頭心；第二天一早，李安邦又準時出現在省政府大樓。上午，鞠省長召開省長辦公會，研究該省西部山區開發問題、招商引資問題、扶貧攻堅問題、庫區移民問題等；下午，李安邦率該省城建部門的領導，去省城東區視察了兩個建築工地。省城正在修第一條地鐵，城建這一塊也歸李安邦管。不管是上午的省長辦公會，還是下午去工地視察，李安邦該發言就發言，該指示就指示，沒露出任何異常。上午省長辦公會上，因為庫區移民問題，李安邦還跟管庫區的副省長老奚爭論了幾句；最後還是省長老鞠打哈哈：

「老奚在移民問題上有些保守也正常，他常去庫區，我聽人說，他在那裡還有一個丈母娘。」

眾人都笑了。但開會歸開會，發言歸發言，視察歸視察，指示歸指示，一天下來，李安邦心底裡還是心神不寧。一個與他有關的死人，正在醫院太平間裡躺著呢。當天晚上，李安邦一夜未眠。到了早上，按照日程安排，他又率人去該省××市，考察該市的環境汙染治理狀況。後一天，他又率人去了另一個市，考察該市的棚戶區改造情況。在該市考察完，已是傍晚；車隊回省城的路上，他收到段小鐵一條微信：

化作青煙　煙消雲散

李安邦從心底徹底舒了一口氣。「化作青煙」，是說那個躺在太平間的小姐，已經火化了；「煙消雲散」，證明已經跟小姐的家屬達成了協議；也證明李棟梁車禍的肇事者，已經變成了一個在這個世界上不存在的人；一個不存在的人，永遠沒人追究，也等於永遠沒有案底。李安邦已經戒菸八年了，三天前跟段小鐵抽過兩支，這時又跟坐在副駕駛座上的祕書要了一支，點著，深吸一口，又長長吐了出來。這件事的煙消雲散，不單是這件事的煙消雲散，它對李安邦成為省長候選人的負面影響，也同時煙消雲散。這時他又收到段小鐵一條微信：

期盼見面　有他事彙報

與李棟梁車禍和小姐死亡的事比起來，其他任何事都不叫事。李安邦心情大好，將電話給段小鐵撥過去：

「晚上一起吃飯，我去家裡拿三十年的茅臺。」

收起電話，副座上的祕書說：

「難得李省長這麼高興。」

李安邦笑了：

「廣州來了一個老同學，上回去廣州的時候，讓他灌趴下了，這回在咱地盤上，要好好報報仇。」

祕書拿起手機：

「要安排地方嗎？」

李安邦：

「私人聚會，你不用管。」

又說：

「這人有跨國企業，能讓資本家出錢，就不花咱自個兒的錢，這也叫殺富濟貧。」

祕書和司機都笑了。

五

李安邦和段小鐵吃飯的地方，在省城江邊，一個叫「薛記江湖菜」的小餐館。待車回到省城，回到李安邦家樓下，李安邦把祕書和司機打發走，說待會兒廣州的同學派車來接他；然後上樓，回到家，沖了個澡，換了一身便裝；找出一瓶三十年的茅臺，用報紙裹上；出門，打了一輛出租車去江邊。

來到江邊，段小鐵已經在「薛記江湖菜」門口等他。李安邦和段小鐵單獨吃飯，或和身邊隨從吃飯，一般都在這樣的小餐館。這樣的小餐館，一般營業到淩晨三四點，賺個辛苦錢，也給下夜班或吃夜宵的人提供了方便。李安邦是常務副省長，前些年興奢侈之風時，每天陪人吃飯，都在高檔酒店；也許是出身農村，對於那些鋪張的宴席，幾萬元一桌的飯菜，李安邦壓根兒就不習慣；宴席上那些硬菜，如鮑魚、魚翅、燕窩、海參、象拔蚌等，李安邦覺得有些腥，每次都動不了幾筷子；同時覺得幾萬元吃一頓飯，等於一個農民家庭在地裡忙活一年，簡直是犯罪；他習慣去的，吃得舒服的，還是像「薛記江湖菜」這樣的大眾飯館；兩個人，一頓飯吃下來，四五十塊錢；大眾飯館炒菜油大，捨得下佐料，夠鹹，夠辣，都是重口味，而李安邦出身農村，恰恰這口味與他對脾氣；這幾年中央有了「八項規定」，不准官員胡吃海喝，倒是把李安邦解放出來了。當然，李安邦是常務副省長，常常上本省的電視新聞，來這樣的小餐館吃飯，小餐館人多眼雜，有時會有人把李安邦認出來；但認出來的次數少，認不出來的次數多；人家來餐館是來吃飯，不是來認人，只要你自己不張揚，沒人注意你；就算偶爾被認出來，人家看一個常務副省長在這裡吃飯，除了感到驚奇，還覺得李安邦親切和親民；大不了問一句：

「李省長，來體察民情了？」

李安邦：

「你覺悟比我高，我來這裡就是為了吃飯，你都聯繫到工作上了。」

眾人笑了。膽子大的，上來要求合影，李安邦就與人家合影。一頓飯吃下來，渾身通泰，其樂融融，有何不好？李安邦和段小鐵進了「薛記江湖菜」飯館，找靠江邊一個角落坐下；段小鐵把老闆娘叫過來，點了兩個涼菜：一盤鹽水煮花生，一盤拍黃瓜；又點了四個熱菜：一盤鹽煎肉，一盤炸多春魚，一盤麻婆豆腐，一盤熗土豆絲；都是李安邦愛吃的。李安邦以前來這個餐館吃過飯，老闆娘把李安邦認出來了；因以前見過，老闆娘沒顯出激動，倒是一邊記菜單，一邊問了一件事：

「李省長，聽說江邊要衝路，會不會衝到我們家呀？」

李安邦知道城建部門正在重新規劃江邊的建設，想在這裡建一個江心公園，欲把江邊打造成省城的風景名片、文化名片、旅遊名片，夜裡把江邊建築的燈全打開，要勝過紐約的曼哈頓。李安邦笑著答：

「正在研究，還沒定呢。萬一衝路，不衝到你家就算了，如果衝到你家，我負責在江邊，給你找個更好的地方。」

老闆娘長出一口氣：

「阿彌陀佛，有你這句話，我今天夜裡就睡著了，我失眠半個月了。」

李安邦：

「我這麼做，不是為了你，是為了我自個兒；你的『江湖菜』沒有了，我到哪裡吃飯去呀？」

老闆娘「哈哈」大笑，歡天喜地，趕忙往廚房跑。兩分鐘後，先把鹽水花生和拍黃瓜端上來，又跑回廚房忙活熱菜去了。段小鐵拿過兩個大啤酒杯子，拿起李安邦帶來的那瓶三十年茅臺，看看左右，趁人不備，拆開裹在外面的報紙，將瓶蓋擰開，把一瓶酒，「咕咚」「咕咚」，分倒在兩個杯子裡；然後將茅臺瓶子，裝進他的提包。一方面是怕茅臺酒瓶放到飯桌上，別的客人看到不好，來這裡吃飯的百姓，喝的都是十二塊錢一瓶的老白乾；同時將一瓶酒一分為二，倒在大杯子裡，是二十五年前，李安邦在××縣當縣委書記時，段小鐵陪他喝酒養成的習慣。縣委書記是個沒明沒夜的差使，有時忙到深夜，李安邦懶得回家，便住在辦公室；那時康淑萍還沒有懷上孩子，正努力懷孩子，天天夜裡折騰的，就是這件事，也讓李安邦厭煩。在辦公室忙到夜裡十二點，李安邦餓了；這時縣委大院裡，除了李安邦，還有一個人沒睡，就是負責縣委安全的警察段小鐵；李安邦便把段小鐵叫來，掏出錢，讓他去十字街頭買回一隻燒雞，或一隻熟鵝，又讓段小鐵在火爐蓋上烤些帶殼的花生，李安邦再從臥室拿出一瓶酒，拿過兩個大瓷缸子，「咕咚」「咕咚」，一瓶酒一分為二，倒在兩個大瓷缸子裡，兩人撕著燒雞或熟鵝，剝著烤熟的花生，邊吃邊喝；半個小時，連酒帶菜，全部報銷。一開始段小鐵不敢喝酒：

「李書記，我還值班呢，不能喝酒，就陪您吃個花生吧。」

李安邦：

「你值班為了啥呀？」

段小鐵：

「為了縣委的安全呀。」

李安邦：

「如果一個縣的縣委都不安全，這個縣早就亂了；出現這種情況，只有兩種可能。」

段小鐵搔著頭：

「哪兩種可能？」

李安邦：

「一、日本鬼子來了，又占了我們縣；二、群眾起來了，要推翻共產黨。今天，這兩種可能會發生嗎？」

段小鐵想了想：

「不會。」

李安邦：

「會，你不能大意；不會，你就喝酒。」

段小鐵端起酒，「嘿嘿」笑了：

「李書記，您說得有道理，我喝就是了。」

又叮囑：

「那您明天，可別告訴我們局長。」

李安邦：

「我不告訴。」

兩人端著大瓷缸子，對飲起來。誰知一晃二十五年過去，兩人又常常在省城的江邊這麼喝酒。但二十五年也今非昔比，李安邦成了該省的常務副省長，段小鐵也成了該省公安廳的副廳長。有時想到當年時光，李安邦感慨：

「說起來，還是二十五年前好哇。」

段小鐵：

「再沒吃過那樣的燒雞和熟鵝。」

李安邦：

「我說的不是這個意思。」

段小鐵看李安邦。李安邦：

「那時候年輕啊，世上啥都沒有年輕好。」

段小鐵：

「領導，您現在看著也挺年輕的。」

李安邦搖頭一笑。

看著江水映出的燈光，就著鹽水花生和拍黃瓜，兩人邊吃邊喝。一時三刻，老闆娘把四個熱菜也上來了。就著鹽煎肉，李安邦又喝了口酒，問：

「你微信上說，找我有另外的事，什麼事？」

段小鐵停止吃菜：

「頭一件事，嫂子必須馬上出院。」

他說的「嫂子」，就是李安邦的老婆康淑萍了。李安邦：

「她待在醫院不很好嗎？不給我們裹亂。」

段小鐵：

「她沒給這件事裹亂，但她開始裹別的亂。」

李安邦一楞：

「啥意思？」

段小鐵：

「前幾天，她隔一個小時，就會給我打個電話，問棟梁和那個死了的小姐的情況。也是為了安慰她，我沒說棟梁被拘留了，只說把他祕密保護起來了；小姐的事，我也沒有給她說全，只說事情會妥善解決，讓她放心；後來她看再沒出事，也就放心了，也就不給我打電話了。我也認為事情複雜，讓她在醫院再待一陣比較好，但今天上午醫院齊院長給我打一電話，說嫂子還是趕緊出院為好。」
李安邦吃了一驚：
「啥意思？」
段小鐵：
「嫂子是因為棟梁的事犯病的，看到棟梁沒有再出事，她也就沒病了，她一沒病，就開始在醫院給人打電話，一打電話，大家都知道她住院了，從前天開始，陸續有好多人去醫院看她；大部分是做生意的人，也有幾個市裡的領導；給她送的禮物，已經堆滿了病房；齊院長說，如今有『八項規定』，您又是關鍵時期，嫂子這麼頂風上，怕被人抓住把柄呀。齊院長是自己人，才對我這麼說……」
這種情況，是李安邦沒有想到的；老婆住了好幾天院他沒有去醫院看過，一是段小鐵正在同一家醫院處理死去的小姐的事，害怕去了招眼；二是知道老婆又醒了過來，身體沒事，也就放下了這頭心；三是李安邦不能讓別人看出異常，整天還要正常工作；四是車禍的事和死去小姐的事正在背後運作，心裡七上八下；也就顧不上這個老婆；沒想到他沒顧上她，她一個人又開始在背後惹禍；李安邦讓她繼續住院是為了不讓她出來惹麻煩，沒想到她在醫院惹出了更大的麻煩。李安邦咬著牙說：
「混帳娘兒們，找死呀！」
本來他想猛拍一下桌子；但看飯館裡坐滿顧客，也就忍住了；李安邦壓低聲音：
「待會兒你去醫院嚇唬她一下，就說省紀委開始調查送禮的事了，讓這個不知死的趕緊出院。」
段小鐵明白了李安邦的意思，點點頭。李安邦：
「第二件事呢？」

段小鐵：

「棟梁必須馬上離開這裡。」

這又是李安邦沒有想到的。李安邦：

「事情不都煙消雲散了嗎？」

段小鐵：

「我不擔心別人，我擔心棟梁本人。」

李安邦：

「擔心他什麼？」

段小鐵：

「我不擔心他別的，我擔心他的嘴……」

李安邦看著段小鐵，示意他說下去。段小鐵：

「這幾天棟梁在拘留所也不老實，拘留所照顧他，給他單獨弄了個房間，每頓飯兩個菜，他還不滿足，還跟看他的警察要菸抽，要酒喝；拘留所裡哪能抽菸喝酒？警察呵叱他兩句，你知道他說什麼？」

李安邦：

「說什麼？」

段小鐵：

「等我出來，再收拾你們這些王八蛋！」

李安邦這次沒忍住，拍了一下桌子；看到飯館的人都往這邊看，醒了過來，忙用勸酒掩飾：

「該你了，別耍賴！」

段小鐵端起玻璃杯，喝了一大口；又低聲說：

「按照上回開的拘留證，棟梁明天就該出來了，我怕他出去之後，哪天不注意，再把這事兒禿嚕出去。也許平時不禿嚕，一喝酒就難說。他愛吹牛，再把這事當英雄壯舉吹噓出去，領導您……一條人命，不是件小事。」

李安邦咬牙切齒：

「跟他媽一樣，也是個不知死的。」

接著嘆息：

「可把他弄哪兒去呢？」

段小鐵：

「越遠越好。」

李安邦陷入沉思。想了半天說：

「再把這王八蛋，關上倆禮拜。」

段小鐵倒楞在那裡。等回過神來，明白了李安邦的意思：明天不把李棟梁從拘留所放出來，繼續關他兩個禮拜。接著明白，繼續關兩個禮拜，不單怕李棟梁出來惹事，更怕他在這兩個禮拜惹事；因為這些天是李安邦的關鍵時期，如這期間出事，就不是李棟梁出事了。段小鐵：

「我回去想個名目，馬上補辦手續。」

又說：

「也不能老把他關在裡邊呀，還是得想個長久之計。」

李安邦點點頭。有了這兩件事，李安邦也沒心思吃飯了，示意段小鐵去櫃檯結帳；他也想早一點回去，理一下思路，想出一個處置李棟梁的長久之計。這時突然想，十八年前，如果他老婆康淑萍畸形的輸卵管不是堵了半邊，而是全堵上了，世上又沒有一種藥或手術能打通這管道就好了；如是那樣，也就沒有李棟梁這個孽障了。兀自嘆了口氣，拿起自己的外套，正要離開，段小鐵從櫃檯結帳回來，又說：

「還有一件事，我想向領導彙報一下。」

李安邦只好將外套放到椅背上，又坐下：

「啥事？」

段小鐵坐下：

「我個人的事。」

李安邦：

「你個人什麼事？」

段小鐵吞吞吐吐地說：

「我知道省裡的班子最近要變動，按照規律，省裡的班子變動之後，市裡的班子馬上也會變動；我想請領導幫一下忙，下去鍛鍊一下。」

李安邦：

「怎麼下去？你現在是省公安廳副廳長，還能降職到市裡當公安局長啊？」

段小鐵又吞吞吐吐：

「我想離開公安部門，到一個市裡當市長，就像宋耀武那樣。」

宋耀武是李安邦培養的另一個幹部。李安邦在××縣當縣委書記時，宋耀武在縣委辦公室當祕書，像當年對段小鐵一樣，李安邦看宋耀武言語不多，腦子卻夠用，做事能知一反三；把事情做到背後，當面又不說；為人忠厚，又講原則；便有意培養他；把他由祕書提成辦公室副主任，後來又放到鄉裡當鄉黨委書記，三年之後，又讓他回縣裡當了副縣長；後來隨著李安邦的升遷，宋耀武也跟著一步步到常務副縣長、縣長、縣委書記，副市長、常務副市長，去年又去某個市當了市長。宋耀武也像段小鐵一樣，雖然現在當了市長，但見了李安邦，仍站著說話，有別人的時候叫「李省長」，兩個人的時候就叫「老領導」。但段小鐵和宋耀武不同，宋耀武二十五年前就是辦公室的筆桿子，有文化，有腦子，後來又一直在鄉、縣、市當黨政主官，一步步升到市長是正常的，而段小鐵當年只是一個民警，沒有太多的文化，後來提拔他當派出所所長，又一步步當縣公安局副局長、局長，市公安局副局長、局長，省公安廳副廳長，雖然官也在升，但一直是部門領導，由部門領導跨越到主官，由省廳一個副廳長去一個市裡當市長，在省裡還沒有先例；別說是省裡的副廳長，就是廳長，想去一個市裡當主官也難呢。李安邦皺了皺眉：

「廳局的副職，我能說上話，到了各市的黨政主官，都得省委書記和省長點頭，我說了不算呀。」

段小鐵笑了：

「如果領導當了省長，不就說了算了嗎？」

李安邦沒想到段小鐵有這句話等著他。接著李安邦馬上有些警惕；因為說這件事之前，段小鐵連著說了李安邦老婆和兒子的事；接著又想到，這幾天，段小鐵一直在處理李棟梁車禍和死去的小姐的事；

把他的事，和這些事連在一起，或連在一起說，李安邦突然嗅出有交換的味道；甚至，有要挾的味道。比這更深的含義是，如果李棟梁車禍致人死亡的事暴露了，就會影響李安邦當省長；如果李安邦當了省長，就有段小鐵將李棟梁的事瞞天過海的功勞，李安邦就該知恩圖報。李安邦突然覺得，眼前的段小鐵，已經不是過去的段小鐵了。李安邦：

「以前沒聽你說過要變動崗位呀，這主意是你想出來的，還是別人給你出的？」

段小鐵斬釘截鐵地說：

「這種事，我怎麼能跟別人商量呢？都是我自己不成熟的想法。」

李安邦馬上嗅出，段小鐵背後，有人給他出主意。但一切能讓人嗅出來，證明還是有些嫩呀。李安邦不動聲色：

「有這種想法也好嘛，也是追求進步。」

段小鐵點頭：

「我也是這麼想，一輩子幹公安太局限了。」

李安邦問：

「小鐵，我們認識多少年了。」

段小鐵：

「二十五年了，您當縣委書記的時候，我就是您的警衛員。」

李安邦：

「這二十五年，我幫過你嗎？」

段小鐵：

「沒有領導的一步步栽培，我哪裡能有今天？」

李安邦：

「那你覺得我會一如既往幫助你嗎？」

段小鐵想了想，斬釘截鐵地說：

「當然會了，中央領導，用的也都是自己的人。」

李安邦搖頭：

「這不是全部原因，還有什麼？」

段小鐵楞在那裡，想了半天，也沒回答出來；李安邦指著段小鐵：

「因為你也一直在幫我。」

又說：

「你說話的前提，是我當上省長才能幫你；我的意思是，我就是當不上省長，也可以努力向書記和省長推薦嘛。」

段小鐵一聞此言大為激動，高聲說：

「領導，再一次謝謝您。」

李安邦忙將手指止到自己嘴上，示意飯館裡坐滿了人。段小鐵反應過來，吐了一下舌頭，不好意思笑了。李安邦拿起自己的外套，率先走出了「江湖菜」餐館。

六

李安邦想了一夜，也沒想出一個可以安置兒子李棟梁的地方。李安邦同意段小鐵的說法，待李棟梁出了拘留所，如果讓他繼續待在省城，早晚他會再惹出亂子；如果由一個亂子，引出別的亂子，亂子就大了；這兩個禮拜是李安邦的關鍵時期，可以繼續把李棟梁關在拘留所，但兩個禮拜之後呢？你不能關他一輩子吧？還是得想出一個長久之計。當然，可以讓李棟梁離開該省，到北京或別的省市去上學；李安邦是一個省的常務副省長，常到北京開會，也常到別的省市交流，跟北京和別的省市的頭頭腦腦都有聯絡，有的甚至成了好朋友；但李棟梁在該省惹事，到北京或別的省市就不惹事了嗎？如果在北京或別的省市惹了事，李安邦鞭長莫及，麻煩倒更大，還不如在本省，好替他擦屁股呢。輾轉反側，找不到關這頭畜生的籠子。如果他真是畜生，籠子倒好找，因為關畜生的籠子是用鋼筋焊成的；而他除了是畜生，還是人，人可以關在拘留所或監獄，但要把他關到社會上，這籠子就難找了。社會這籠子是人紮的。除了籠子穩妥，管籠子的人，也得可靠。但去哪裡找這籠子和人呢？想得腦仁都疼了，偌大一個中國，李安邦想不出一個可以安置兒子的穩妥的地方。他嘆息一聲，也是祖上缺德，上天給派來這麼一個孽障禍害他；或，上輩子欠了他什麼，這輩子要帳來了。一夜失眠，兩個眼泡都腫了。從家裡坐上車，去省政府上班，看到車窗外熙熙攘攘的上班的人，覺得全世界上每一個人，都比他幸福。哪怕你是一個工人呢，你是一個農民工呢，你是一個開「江湖菜」的小老闆呢，只要老婆賢慧，兒女上進，雖然每天淡飯粗茶，不也其樂融融？而李安邦可好，看著是個省級領導，高高在上，家裡除了有一個糊塗的老婆，還有一個背著命案的逆子；他惹了亂子不在乎，不知這亂子什麼時候禍及老子呢。這麼看著想著，到了省政府門口。省政府門口有部隊的士兵把守。李安邦的車號哨兵都清楚；看到李安邦的車，哨兵「啪」地敬了一個禮。正是敬的這個禮，讓李安邦靈機一動：如果把李棟梁送到部隊去，不也是個很好的出路嗎？一是部隊軍紀嚴明，可以管束李棟梁；二是部隊的士兵不准隨便外出，李棟梁無法到社會上生事；三是部隊如鐵桶般封閉，等於將李棟梁藏匿起來了。真是踏破鐵鞋無覓處，得來全不費工夫；李安邦豁然開朗。到了辦公室，李安邦馬上給部隊××軍的廖軍長打了個電話。還是六年前，李安邦在××市當市委書記時，跟這位廖軍長交上了朋友。××軍的駐地，就在××市的地盤；六年前，廖軍長調到這個軍當軍長。逢年過節，李安邦代表市委去軍部慰問，廖軍長又回訪，兩人漸漸熟悉起來。這位廖軍長個頭不高，嗓音卻洪亮；說起話來，聲如洪鐘；「哈哈」笑起來，震得屋裡「嗡嗡」地迴響。聲大，酒量也大。李安邦從鄉裡縣裡幹起，也算久經沙場，但在酒桌上鬥不過這位廖軍長。廖軍長擴建軍部時，李安邦給他多劃了一百畝地，廖軍長心存感激；長江發洪水時，廖軍長派一個師和一個機械化旅日夜守護在大堤上，沒有讓長江決口。××市和××軍的軍政關係，一直在當地傳為佳話；××市曾獲得民政部頒發的「擁軍模範」的稱號，××軍也獲得過軍委頒發的「擁政愛民模範」的稱號。李安邦由該市調到省裡當副省長時，廖軍長在軍部單獨設宴，給李安邦送行。酒宴開始，廖軍長：

「今天這頓飯，不牽涉公款吃喝，是我個人的一點心意。」

接著：

「軍民一家親，我連喝三杯。」

連喝了三杯，廖軍長又說：

「兄弟情更深，我連喝六杯。」

又連喝六杯。李安邦也忙站起，連喝了九杯。宴席中段，兩人都喝醉了，摟著脖子哭起來。李安邦把李棟梁放到部隊放心，放到這種朋友的手下更放心。於是拿起手機，給廖軍長撥了過去。手機剛響了兩聲，就傳來廖軍長的笑聲，把李安邦的耳膜都震疼了。廖軍長：

「李省長，你犯了錯誤呀。」

李安邦一楞：

「我犯什麼錯誤了？」

廖軍長：

「你要升官當正的了，不理我們這些老百姓了——上個禮拜你來××市，連個招呼都不打，是不是犯了官僚主義的錯誤？」

李安邦也「哈哈」笑了：

「廖軍長，你別聽別人胡說，我能幹好目前這個位子就不錯了。」

又說：

「上次我去××市，就待了半天，沒好意思向廖軍長彙報；回頭，我專門去看你。」

廖軍長：

「老兄有何指示？戰區的秦副司令在我們這裡考察戰備情況，我得馬上陪他去機械化旅，咱能不能長話短說？」

李安邦只好長話短說：

「我的兒子，你也見過，對你很崇拜，一直想去你那裡當兵，成不成啊？」

廖軍長「哈哈」笑了：

「歡迎歡迎，熱烈歡迎。」

又問：

「他今年多大了？」

李安邦虛報了一歲：

「十八。」

廖軍長問：

「那他怎麼不上大學呢？」

李安邦：

「解放軍不也是一所大學校嘛。」

廖軍長又「哈哈」笑了；笑完又說：

「我愛實話實說啊，是不是學習不太好哇？」

李安邦：

「廖軍長總是一針見血。正是因為調皮，才想放到你那裡摔打摔打。」

廖軍長：

「我這裡，專治調皮搗蛋的人。」

又說：

「有好幾個省市的領導的孩子，都因為考不上大學，來我這裡當兵，接著想走曲線救國的道路，去上軍校，老兄是不是也這麼想的呀？」

除了當兵，原來還有這麼一條出路，這是李安邦沒有想到的；如果將來還能上軍校，對李棟梁的安排，不成一箭雙鵰了嗎？李安邦忙就坡下驢：

「我解決不了的事情，只好麻煩廖軍長了。」

廖軍長又「哈哈」笑了：

「看著軍部的大院，我就想起了李省長，你給我辦的都是大事，我替李省長跑跑小腿是應該的。」

李安邦：

「讓他下個月就去部隊報到行不行啊？」

廖軍長這時在電話裡卻有些遲疑：

「這恐怕不行。入伍，得等招兵季節，否則違反規定呀。對這一塊，最近軍委查得特別嚴。」

又說：

「招兵是八月分，現在是四月分，也只差四個月嘛。」

又問：

「李省長，你幹麼這麼著急呢？」

廖軍長把話說到這個份上，李安邦便不敢強求他；強求，等於讓人家違反規定犯錯誤，也容易讓人懷疑自己的動機；於是說：

「不著急，不著急，謝謝廖軍長，那就再等四個月。」

掛上電話，李安邦又重新愁悶起來。這是一條好出路，但得等四個月；李棟梁還在拘留所關著，這四個月怎麼打發他呢？總不能讓他在拘留所待四個月吧？正兀自發愁，辦公廳主任進來，說省政府門口有一個農村老漢，帶一個後生，口口聲聲說要找他；哨兵趕他們走，他們不走，老漢還高聲喊叫，說是你叔。李安邦以為是他農村老家或是老婆康家鋪子那頭來的不懂事的農村人；而這種人，正因為不懂事，你不見他，他就不走，有時還狗仗人勢，大吵大鬧；他皺了皺眉說：

「讓他們進來吧。」

但等這老漢和後生進了李安邦的辦公室，李安邦大吃一驚，原來這老漢不是別人，竟是省人大副主任朱玉臣的老爹。幾天前，為了緩解他和朱玉臣積下的十八年的矛盾，李安邦用了曲線救國的方法，繞開朱玉臣，去了××市××縣××鄉朱家村，看望過這老漢一回；接著出了李棟梁車禍和小姐死亡的事，人命關天，李安邦也就把朱玉臣他爹這茬兒給忘了；沒想到幾天之後，他竟出現在李安邦的辦公室。李安邦還在回神，這老漢進門，搶前一步，一把拉住李安邦的手使勁搖：

「大姪子，你是天底下第一等好人呀。」

李安邦倒楞在那裡，不知這話緣何而起；跟著這老漢的後生，也搶上一步，扯住李安邦的袖子：

「叔，都是您一句話，縣法院已經把我的問題解決了，讓我去後勤科當科長。」

李安邦這時想了起來，當時老漢跟李安邦提出一個要求，他有一個表外孫在縣法院工作，想解決科級幹部問題；李安邦說回頭過問一下，老漢說回頭過問就是耍滑頭，非讓他當場表態，倒是把李安邦逼到了牆角；李安邦哭笑不得，只好答應解決；回去的車上，李安邦跟該市市委書記于得水和該縣縣委書記商量，想出一個在法院單設後勤科長的辦法；沒想到這個市和這個縣雷厲風行，幾天內就落實了。這時發現，兩人身後的地上，放著一籃子雞蛋，幾箱子飲料，還有幾瓶酒，幾條香菸，原來他們答謝來了。李安邦又有些哭笑不得，問這後生：

「解決了就好。你對這職務滿意不滿意呀？」

這後生：

「叔，我再沒這麼滿意了。雖然我在法院工作，但我最不喜歡斷案了，我從小就喜歡金融工作。」

老漢插嘴：

「現在全法院的吃喝拉撒，不都在他手上？」

五天前在車上商量後勤科長的事時，該縣的縣委書記說過這後生不靠譜，腦子缺根筋；現在聽他說話，果然不差；這後生跟這老漢在一起，說起話來，你一言我一語，論起不靠譜，倒也珠聯璧合。雖然不靠譜，但這老漢畢竟是朱玉臣的父親，朱玉臣正是李安邦努力想緩解矛盾的人；或者說，李安邦這回能不能當上省長，安危進退，有幾分話語權在朱玉臣手裡；而聽當地的幹部講，朱玉臣直到現在還怵這位老父親；有一回老父親發了怒，還當眾抽了他一耳光；與這老漢把關係搞好了，不也等於挾天子以令諸侯？想到這裡，心情倒也愉快起來，忙喊祕書泡茶，又說請老漢和後生中午一起吃飯；老漢倒也不客氣，馬上答應下來，並伸出大拇指：

「大姪子，你懂事理。」

李安邦倒不解：

「大爺，啥意思？」

老漢：

「你請我吃頓飯，我回去一宣傳，咱爺兒倆不都有面子？」

又讓李安邦哭笑不得。那後生也趕忙接上一句：

「我回去要在法院一說，跟省長在一起吃過飯，看誰能把我咋的？」

李安邦便讓祕書在省政府食堂定了公務餐。接著讓李安邦為難的是，既然這老漢到了省城，李安邦又請他吃飯，朱玉臣所在的省人大常委會辦公大樓，就在省政府院後的另一條街上，這頓飯通知不通知朱玉臣呢？不通知吧，這是他的父親；籠絡他父親的目的，還是為了跟他緩和關係；而緩和關係，有他父親在，正是一個機會；何況他是一個怕父親的人；他不怕李安邦，卻怕這個老漢；但通知吧，翻臉翻了十八年，十八年關係僵硬，突然拿這事說事，生硬不生硬啊？目的性是不是太明顯了？左右為難，拿不定主意；只好試探著問老漢：

「大爺，你來省城，朱主任知道不知道哇？」

老漢：

「我是來看你的，不是來看他的，讓他知道幹啥？」

又指著李安邦：

「你辦事，比他利索多了。」

李安邦明白了，又試探：

「中午吃飯，您覺得叫不叫上朱主任呀？」

老漢非常明確：

「咱們爺倆，是咱們爺倆的事，叫他幹啥？」

李安邦笑了，決定不通知朱玉臣；看了看表，才上午十點半，便讓祕書把這一老一少先領到會客室休息，他繼續在辦公室批閱文件。到了中午十二點，李安邦起身去餐廳，走出門口，突然站住，又讓祕書通知朱玉臣的祕書，讓朱玉臣的祕書向朱玉臣彙報，他父親到了省城，中午要和李安邦一起吃飯，看朱主任能否趕過來。李安邦左思右想，還是不想失去這個當面跟朱玉臣和解的機會；因為中央考察組五天後就來省裡了，時不我待；由於不知道朱玉臣的態度，怕弄巧成拙，便讓祕書通知祕書，經過兩道彎，也是給壓力一個緩衝餘地。待到了餐廳，進了包房，朱家一老一少已在房間等著，李安邦便招呼他們先喝茶；喝了半天茶，一直到服務員上來涼菜，朱玉臣那邊還沒有音信。祕書看看李安邦，來到他身邊悄聲問：

「要不，我給朱主任的祕書再打個電話催一下？」

李安邦用手止住祕書，不讓催；因為李安邦知道，朱玉臣不是孩子，十八年積下的矛盾，不是用催能催過來的；他想來，自然會來；不想來，你催也沒用，反倒是自找沒趣；便開始張羅一老一少：

「大爺，咱們開始吧。」

又問：

「大爺，喝不喝酒？」

老漢：

「輕易不見面，當然得喝。」

李安邦一笑，讓祕書開酒。一老一少也不見外，李安邦讓過三杯，他們自個兒就頻頻舉杯，熱火朝天地喝起來了。李安邦起身去廁所，在廁所碰到省教育廳的廳長老吉。老吉見到李安邦，一把拉住：

「李省長，幫我一個忙。」

李安邦：

「啥意思？」

老吉：

「教育部來人了，在208房間吃飯，你過來照個面。」

李安邦：

「教育口來人，該老白出面呀。」

老白是該省一位副省長，分管教育口。老吉：

「白省長昨天去××市調研，今天上午往回趕，堵在半路了；教育部來人，咱沒有省領導出面，失禮呀。」

李安邦：

「教育部誰來了？」

老吉：

「說起來官也不大，一個副司長，一個處長，但是，這個司管著中小學危房改造，手裡的資金有幾十億；俗話說得好，蘿蔔不大，長在埂上；你一出面，咱省的中小學危房，就能多出幾百間，他們大筆一揮，說不定就多給幾千萬；李省長，為了全省的孩子……」

老吉把話說到這個份上，李安邦：

「你不用說那麼多，我去就是了。」

但又說：

「醜話說頭裡，我可坐不了多大會兒，我那裡也有重要的客人。」

老吉作揖：

「去去就行，去去就行。」

兩人解過手，李安邦跟老吉先去208房間，與教育部的副司長和處長見了面，因是公務接待，中午不喝酒，李安邦以茶代酒，與他們說了些客氣話，又回到自個兒的包房，發現他不在的這檔工夫，老漢和後生已經喝得面紅耳赤，說話有些結巴。李安邦一方面覺得老漢和後生是老實人，或者說是實在人，不分場合地實在，同時也覺得在這種場合讓兩人喝多了出醜，出的就不光是兩人的醜；事後讓朱玉臣知道了，李安邦把他父親灌大了，反倒會起反作用，便示意祕書結束這宴席。正在這時，房間的門開了，省人大副主任朱玉臣走了進來。朱玉臣進來，黑著臉，沒理李安邦，只是看這酒桌，也看喝得面紅耳赤的他爹和他的表外甥。這兩個人看到朱玉臣，馬上從座位上站起來；朱玉臣拉一把椅子坐下，這兩人看著朱玉臣的臉色，也不敢坐，渾身還打著哆嗦。李安邦馬上知道：××市××縣傳的朱玉臣怕他老父親的說法，純屬謠言；傳的老父親發怒，當眾打了朱玉臣一巴掌的事，更是無稽之談；不是朱玉臣怕老父親，是老父親怕朱玉臣。當顛倒的邏輯終於被顛倒過來之後，李安邦才把眼前的朱玉臣，跟二十五年前的朱玉臣對上了號，也跟眼前的情形對上了號；一個從縣委書記當到省級幹部的人，怎麼會怕一個鄉下殺豬的老雜毛呢？也突然明白這老漢來省城，不告訴他兒子的原因。也許，朱玉臣怕老父親的謠言的製造者，就是朱玉臣老父親本人；老漢正是怕兒子，什麼事都不敢給兒子說，只好拉大旗作虎皮，用虛張聲勢來壯大自己，用虛張聲勢，來大包大攬，禍害縣裡和市裡；對朱玉臣不敢說的事，對李安邦說了，李安邦還給辦了，讓這老漢帶著後生從鄉下跑到省城；這麼說起來，不是李安邦糊弄這老漢，倒是這老漢糊弄李安邦，讓李安邦上了他的當了。李安邦有些哭笑不得。朱玉臣盯住老漢：

「把人丟在老家還不成，還要丟到這裡？」

又盯那後生：

「我剛給縣裡打了電話，知道了你們這場鬧劇，你的科長，已經讓撤了！」

又吼了一句：

「車在外邊，都給我滾回去。」

老漢和後生像孫悟空棒下的妖怪，現了真身，酒也醒了，不敢再虛張聲勢，屁滾尿流地跑出房間，轉眼就不見了。這時朱玉臣站起身，盯著李安邦：

「醜惡！」

轉身，摔門，走了。

朱玉臣出門，李安邦一屁股坐到椅子上，知道自己弄巧成拙，偷雞不成，蝕了一把米；李安邦本想通過朱玉臣的父親緩和與朱玉臣的關係，但由於對朱玉臣和父親關係的誤判，致使朱玉臣對李安邦幫他父親的事，產生了誤會，以為李安邦在耍猴：明知他父親和那個後生弱智，提出的要求有些荒唐，還故意讓市裡和縣裡那麼做，不是故意出朱玉臣的醜嗎？或者，朱玉臣已經意識到李安邦這麼做的目的，是因為李安邦成了省長候選人，中央考察組要來該省考察，而考察組的組長是他同學；正因為這樣，你不搞光明正大，搞陰謀詭計，還把陰謀詭計搞到了朱玉臣家裡，這不是把朱玉臣也當成弱智了嗎？所以臨走時說了一句「醜惡」。「醜惡」是什麼意思？是說這事醜惡，還是說李安邦人品醜惡？不管指哪一方面，說這話的意思，都是要徹底決裂。不曲線救國，朱玉臣也許不會給李安邦說好話，但也許不至於置人於死地；現在認清李安邦的真面目，以為李安邦耍了他父親和他，他還不破釜沉舟哇？十八年前，為了一個常務副市長，他能誣陷李安邦收受賄賂二百萬，想把他送到監獄；現在仇上加仇，在他同學面前，他還不誣陷李安邦貪汙兩個億，讓李安邦腦袋徹底搬家呀？看李安邦被朱玉臣一棒打蒙了，李安邦的祕書在一旁尷尬地說：

「這個朱主任，真沒涵養。」

李安邦醒過來，忙說：

「沒想到朱主任把事情想歪了，其實，我只是順便幫他們老家一個忙嘛。」

又搖頭嘆息：

「人要是從惡意出發，你幹什麼都是錯的。」

但這件事的後果，李安邦心裡清楚。越想越不寒而慄。回辦公室又想了一下午，沒想出可以排解或減緩這後果的辦法。也是禍不單行，下午快下班的時候，祕書匆匆忙忙進來，又告訴李安邦一個壞消息。該消息壞的程度，甚至大於得罪朱玉臣。祕書說，他的老部下——××市的市長宋耀武，已經被紀委雙規了。李安邦大吃一驚：

「什麼時候？」

祕書：

「兩個小時之前。」

李安邦：

「事先一點跡象也沒有哇。」

祕書：

「可不，宋市長下午還在開會，散會時，紀委從後臺直接把他帶走了。」

李安邦一屁股坐到沙發上。李安邦清楚，紀委雙規幹部，肯定掌握了一些他違紀違法的確鑿證據，不然不會打草驚蛇。而只要這幹部被雙規，沒有一個能清清白白出來，全部在裡面招認出許多貪汙腐化的事實。紀委在背後調查這個幹部時，做得不慌不忙和不露聲色，事先誰也不知道，只待掌握證據了，時機成熟了，再突然襲擊。往往這人昨天還在電視上露面，第二天就失蹤了，接著紀委網站登出一行字，這人被雙規了。以前別的人突然被雙規李安邦只是覺得紀委厲害，這些事離李安邦很遠，現在宋耀武突然被雙規，李安邦覺得災禍就在自己眼前：因為宋耀武是李安邦一步步培養起來的幹部，一步步的培養中，當然有利益交關；而且這利益不是一年兩年，而是二十五年；二十五年間，宋耀武經過那麼多臺階，當過那麼多年的縣、市領導；這些利益交換一經發現，不但能把李安邦送進監獄，甚至還能送上斷頭臺。宋耀武被雙規已是事實，想挽回這個事實已無可能，接著需要擔心的是，宋耀武被雙規後，會不會交代別人。而從已經被紀委雙規過的幹部看，還沒有一個不交代別人的。許多被雙規的幹部，被紀委的人帶到車上，車還沒開到紀委的雙規地，他已經把幾十年貪汙腐化的事實，一件件交代完畢；與這些貪汙腐化的事實有牽涉的人，也都被他一個個順嘴禿嚕了。別人順嘴禿嚕，宋耀武能不順嘴禿嚕？如果宋耀武順嘴禿嚕，李安邦接著被雙規就在眼前。李安邦出了一身汗。這時段小鐵推門匆匆進來。過去段小鐵進李安邦的辦公室，肯定事先通過祕書；不通過祕書，也會事先敲門；這回徑直推門進來，喘著氣說：

「領導，宋耀武……」

祕書小聲止住他：

「領導已經知道了。」

因段小鐵與宋耀武二十五年前就認識，兩人都是李安邦從縣裡一步步培養起來的，李安邦想，他們兩人，應該知根知柢；昨天李安邦和段小鐵在江邊吃飯，段小鐵想下去當市長，就是拿宋耀武舉的例子；李安邦想與段小鐵單獨說一下宋耀武的事，便給祕書使了個眼色；祕書馬上會意，出門，將門關上。李安邦問段小鐵：

「你跟宋耀武熟，這個宋耀武，膽子大不大呀？」

段小鐵搖頭：

「膽小如鼠，我著急的就是這個呀。」

李安邦：

「何以見得？」

段小鐵：

「他在××市當常務副市長時，掛了市賓館一個女服務員，後來那個服務員懷孕了，非逼他離婚，否則就把他們在床上的照片傳到網上；我當時在市公安局當副局長，他找我商量，一個大男人，哭得鼻涕一把淚一把的；後來還是我出面，嚇唬那個服務員，又賠了她三十萬，才讓她打了胎……」

李安邦：

「這事我咋不知道？」

段小鐵：

「這種事，他哪敢讓您知道。我是說，一個女娃，都能把他逼成那樣，現在是紀委，又有各種手段……」

李安邦心裡徹底涼了。但他不敢把這涼，露給段小鐵；昨天在江邊吃飯，他發現段小鐵也已經變了。放眼世界，誰也不敢信任呀。他對段小鐵說：

「這些情況，我都知道了，你先回去吧，讓我靜一靜。」

段小鐵站起，欲走，又有些磨磨蹭蹭。李安邦：

「你還有什麼事？」

段小鐵吞吞吐吐：

「棟梁車禍的事，好像也不太妙。」

李安邦一驚：

「這事，不是已經結案了嗎？你不是找到一個不存在的人嗎？」

段小鐵：

「今天上午，我隱約發現，我們廳長，似乎在讓人複查這個案子。本來交管、技偵這兩塊都歸我管，這案子也是我親自處理的，但廳長讓人複查，卻不通過我，我覺得這裡邊有蹊蹺……」

李安邦的腦袋，「轟」的一聲炸了。

七

宋耀武被雙規，公安廳長背著段小鐵複查車禍案，兩件事，如同兩支箭，一同射向李安邦。這兩支箭，只要有一支射中李安邦，李安邦就會翻身落馬——不是能不能當省長的問題，而是馬上會被雙規，接著會進監獄。這兩件事看似毫無聯繫，但它們之間，也會產生「多米諾」骨牌效應，只要有一件事敗露了，由這件事會引出第二件事，接著引出第三件事；可怕的是，世界上還存在朱玉臣這樣品質惡劣的人，如果他聞知宋耀武出事，或聞知李棟梁車禍案，他能善罷甘休嗎？他能不推波助瀾和落井下石嗎？如果三箭齊發，李安邦就等於萬箭穿心，直接上斷頭臺了。再說，明面上的仇敵有朱玉臣，背地裡還不知有多少人等著看李安邦的笑話呢。從政三十多年，一路走過來，哪個位置和地方不得罪一些人？遠的不說，就說眼前，一個省長位子，中央弄了三個候選人，就算三人之間過去沒矛盾，現在也成了政敵；十八年前他和朱玉臣產生矛盾，不就是因為兩人同為常務副市長的候選人嗎？何況，現在競爭的不是常務副市長，而是省長，其中又聚集了多少仇恨的能量？如果把這些能量用到射箭上，發出的就不是箭，而是裝載了核武器的導彈。如今民風也不古，一人落馬，萬眾高興，全不想過去你為他們做過些什麼。李安邦戒菸已經八年了，這幾天又抽過幾支；如今黑雲壓城，他索性讓祕書拿一包菸到辦公室。不知不覺把一包菸抽完，看牆上的表，已是深夜一點，還沒有想出對付三支箭的辦法；不但對付三支的辦法沒想出來，如何對付其中的一支，也是一籌莫展。自己想不出辦法，他想找一個人商量；但他接受十八年前與朱玉臣的教訓，十八年來，他已經沒有朋友了；如今急手現抓，哪裡找得來？毛主席曾經苦惱：國有疑難可問誰？現在李安邦就到了毛主席的地步。硬想想不出來，李安邦打開手機，翻上邊的通訊錄。通訊錄裡有一千多個聯絡人，但一個個看過去，都不是能說心腹話的人。平日通話可以，說工作上的事可以，說應酬的話可以，開玩笑也可以，但心裡有疑難和煩惱，卻無人可以訴說。李安邦這時理解魯迅一句話：人生得一知己足矣。原來知己不是用來喝酒吃肉和風花雪月的，是用來排解疑難和煩惱的。也是功夫不負有心人，翻了一千零二十二人不靠譜，等翻到第一千零二十三名，出現「趙平凡」三個字，李安邦心裡不由得一亮。

這個趙平凡，原是國內一個知名的房地產商，本省人，開發過省城許多樓盤；省城許多地標性建築，如省典藏博物館、省體育新館、高鐵東站、高新區大學城等，也是他建起來的。趙平凡在本省的房地產開發，不只在省城，各地市也有他的樓盤。李安邦在××市當常務副市長時，管過城建，趙平凡在××市開發房地產時，與李安邦有過交往。趙平凡掛在嘴邊的一句話是：他喜歡把複雜的事變簡單。××市當時決策，在市中心開發一個綜合廣場，廣場上有雕塑和音樂噴泉，四周是一環形的四十多層的綜合性商廈，裡面有商場、飯館、電影院、娛樂城等，標的二十多億；省內外幾十家開發商，都來競標，趙平凡是其中之一。這天趙平凡來到李安邦的辦公室，對李安邦說：

「李市長，把這個廣場交給我吧，其他公司，都是騙子。」

李安邦：

「還沒競標，咋說人家是騙子？」

趙平凡：

「競不競標，不就是個形式。」

李安邦：

「競標講的是公開公平公正，咋說是個形式？」

趙平凡從李安邦辦公桌上拿過一張紙，在上邊寫了幾個字，推給李安邦看。上邊寫著：

「一句話，兩千萬。」

李安邦看完，剛要說什麼，誰知趙平凡拿過這張紙，塞到自己嘴裡，嚼巴嚼巴吃了；讓李安邦吃了一驚。

最後，××市的綜合廣場，便由趙平凡的公司中標。趙平凡接手工程後，用的是全國最好的設計師，全省最好的建築公司；一不偷工減料，二不壓縮工期；廣場建成後，省住建局來驗收，評為特等優質工程，全省模範樣板工程；李安邦這才知道趙平凡是個目光長遠的人，是個可交之人；之後兩人來往密切。李安邦到省裡當副省長和常務副省長後，趙平凡在接建省體育新館和高鐵東站的工程時，李安邦也幫過他的忙。當然，這其中也有利益交關。當然，所有這一切，都是李安邦的老婆康淑萍所不知道的。後來趙平凡把企業發展的重心放到了北京；北京有幾個地標性建築，也是他建的。但在趙平凡的事業如日中天時，去年二月，他突然宣布不幹了，要退出江湖；住處也由北京搬回了省城。眾人不解，李安邦也不解。趙平凡請李安邦喝茶時，李安邦問他為何要半途而廢，趙平凡：

「我算帳了呀。」

李安邦：

「啥帳？」

趙平凡：

「我今年六十五了，還有二十多年的活頭；不病不災，也就有十多年了；過去我給錢幹，現在我得為自己幹了。」

李安邦：

「為自己幹啥？」

趙平凡：

「吃喝玩樂唄。」

這個趙平凡不平凡；或者，趙平凡是個豁達的人；或者，從某種意義上說，是個有見識的人。正因為李安邦和趙平凡有過利益交關，趙平凡退出江湖，兩人交關的利益也算平安著陸，李安邦也鬆了一口氣。據網上說，趙平凡退出江湖時，個人的身價有三百多億。自趙平凡退出江湖，李安邦和他見面越來越少，還是從別人嘴裡，知道他全世界跑著打高爾夫，滑雪，飛滑翔傘，登過喜馬拉雅，去過南極等。另一種場合，李安邦倒能見到他，當國家發生地震、旱災或澇災，或者省裡要建養老院或籌扶貧基金時，趙平凡會出面捐款；一百萬、五百萬、一千萬不等；有一回省裡要在西南貧困山區建「希望小學」，他一下捐了五千萬。省裡的慈善和公益事業也歸李安邦管，會上，李安邦代表省裡感謝趙平凡的捐助，趙平凡搖頭：

「李省長，我捐助不為表揚，是因為我掙的錢這輩子花不完。錢乃身外之物，生不帶來，死不帶去，咱從小也是苦出身，知道錢對誰有用。」

樸實的回答，引起臺下熱烈的掌聲。李安邦從趙平凡捐款的舉動，又看出他目光長遠，退出江湖後，知道用錢洗地。如今李安邦從手機通訊錄上看到趙平凡的名字，突然覺得可以和他商量三箭齊發的事。一是和他有過利益交關，雙方互知根柢，事情不用背他；二是趙平凡已經退出了江湖，退出了是非之地，可以與他商量是非；三是從他洗地的做法，知道他是懂大道理和有見識的人，能幫他出主意。事情緊急，容不得等待，但看看牆上的表，已經深夜一點多，也不知趙平凡睡覺沒有，關手機沒有，人在省城，還是在國內其他地方，或乾脆去了國外，於是先給趙平凡發了個微信：

在哪兒？睡了嗎？

沒想到不到一分鐘，趙平凡回微信：

在家，有何指示？

真是天無絕人之路。李安邦心裡一陣高興。他把電話打過去：

「老趙，睡不著，喝點？」

趙平凡笑了：

「來我家吧。我這兒有澳洲空運過來的龍蝦，活的。」

李安邦想了想，說：

「還是去江邊吃『薛記江湖菜』吧。」

又說：

「記著，帶上一瓶酒。」

李安邦從省政府出來，打了一輛出租，來到江邊。到了「薛記江湖菜」，趙平凡已在門口等他。昨天晚上跟段小鐵吃飯，就在這個飯館。夜裡兩點了，飯館裡零零星星坐著幾桌顧客，有兩桌已經喝醉了，在高聲叫嚷。飯館老闆娘熬得兩眼通紅，趴在櫃檯上打瞌睡，看到李安邦進來，眼睛亮了，同時有些奇怪：

「省長昨天來了，今天咋又來了？」

李安邦：

「你做的飯好吃唄。」

又說：

「人吃飯跟狗似的，記著熟地方。」

又交代：

「菜跟昨天一樣。」

老闆娘點頭，又看牆上的鐘表：

「當個省長也不容易，工作一直熬到現在。」

李安邦：

「我熬到現在就一天，你不天天熬到夜裡三四點？」

老闆娘笑了：

「省長就是沒架子，心裡老裝著老百姓。」

歡天喜地跑向廚房。李安邦和趙平凡，找靠江邊一個角落坐下。過去，趙平凡也曾跟李安邦來過這種小餐館吃飯；當年趙平凡拿下高鐵東站的工程，兩人就是在這樣的江邊小餐館商量的。趙平凡知道李安邦吃飯的習慣，便徑直拿過兩個大啤酒杯子，從提包掏出一個用報紙裹著的瓶子，看看左右，乘人不備，拆開外面的報紙，是一瓶三十年的茅臺，他將瓶蓋擰開，把一瓶酒，「咕咚」「咕咚」，分倒在兩個杯子裡；然後將茅臺瓶子，裝進他的提包。老闆娘將兩個涼菜，鹽水花生和拍黃瓜端了上來，兩人碰了一下杯子，喝了一口。這時趙平凡說：

「領導深夜召我，必有大事。」

李安邦點點頭。先看了一陣江水上映出的燈光，整理一下思緒，接著將三支箭的來龍去脈、根根葉葉，毫無相瞞地給趙平凡說了。中間老闆娘上來四個熱菜：鹽煎肉、多春魚、麻婆豆腐和熗土豆絲，李安邦停住話題，又與老闆娘說了幾句閒話；待老闆娘離開，繼續往下說。李安邦說時，能聽到趙平凡不住在抽涼氣。待李安邦說完，趙平凡：

「領導，情況很嚴重啊。」

李安邦：

「可不，腹背受敵。」

趙平凡看看左右，左右有喝醉了高聲叫嚷的人，悄聲說：

「這麼大的事，應該去我家說呀。」

李安邦搖搖頭：

「比起你家，這裡更安全。」

趙平凡明白了李安邦的意思，也就點點頭。李安邦：

「今天叫你來，就是讓你幫我出個主意，看怎麼破解這事。」

趙平凡看著江水映出的燈光：

「破解的唯一辦法，是分別去三個地方，把隱患消除了——宋耀武的事，去找紀委，說和他沒牽連；棟梁的車禍案，去找公安廳長，不讓他複查；朱玉臣下蛆的事，去找朱玉臣，讓他屏棄前嫌；但這三頭，哪一頭找得？」

接著搖頭嘆息：

「事情到了這種地步，只能聽天由命了。任是誰，也回天乏力呀。」

李安邦有些失望。想一想，覺得趙平凡說得也有道理，跟著趙平凡嘆了一口氣。兩人也無心喝酒，共同看江心的燈光。看著看著，趙平凡突然說：

「我沒有破解的辦法，但我想起，有一個人能破解這事。」

李安邦心裡一動，忙問：

「誰？」

趙平凡：

「一宗。」

李安邦：

「一宗是誰？」

趙平凡：

「一個易經大師。」

李安邦有些失望：

「那些神神鬼鬼的話，如何能信？」

趙平凡：

「但他真幫人破過不少事。」

李安邦：

「都幫過誰？」

趙平凡指指自己：

「譬如講，他就幫過我。」

李安邦：

「幫你什麼？」

趙平凡：

「去年我也遇到過大坎，朋友介紹，我去找他，他幫我出了一個很大的主意；我按這主意辦了，接著退出了江湖，所以至今平安無事；要不然，我已經在監獄裡蹲了一年了。」

李安邦大吃一驚，這才明白趙平凡去年退出江湖的真實原因；同時明白了他退出江湖後洗地的原因；接著問：

「你去年遇到什麼大坎，我咋不知道？」

趙平凡用手指指上邊：

「生意場上，得罪了不該得罪的人，不知道這人背後，藏著天字頭的背景。」

搖頭：

「遭遇這場事我才知道，我不知天高地厚——北京水太深，人家是鯊魚，我是條黃花魚，人家一張嘴，我就粉身碎骨了。」

李安邦：

「這麼大的事，咋沒給我說一聲？」

又說：

「正因為事大，我怎麼敢牽連您呢？那人摸得著天，說也沒用啊。」

李安邦明白了，如果那人背後有「天字頭」的背景，李安邦只是一個省的常務副省長，給他說確實沒用；便問：

「這個一宗，當時給你出的什麼主意？」

趙平凡：

「我答應人家，一輩子爛到肚子裡呀。」

見趙平凡這麼說，李安邦也就不再問了；不過，既然能幫趙平凡度過那麼大的難關，看來這易經大師還真有些本領；但又有些不甘：

「怎麼能把自己的命運，交給一個算卦的？」

趙平凡：

「你說成是算卦也成，說成是因果關係也成，人類，對未知的東西，未必都掌握了。讓一宗說，世界上的因因果果，相互交叉，說起來複雜著呢。」

又說：

「當然，你說成病急亂投醫也成，咱不是走投無路了麼。」

後邊這句話，打動了李安邦。李安邦從小是農村出身，當時村裡有句話：不怕不信神，就怕家裡有病人。如今自己在政治上是個病人，到了癌症晚期，正規醫院回天無力，只好信一回民間偏方了。李安邦決定見一見這個一宗。兩人離開「薛記江湖菜」時，李安邦又低聲對趙平凡說：

「今晚的事，千萬不能告訴任何人——」

趙平凡打斷李安邦的話：

「這還用吩咐？幫領導，就是幫我自己呀。」

李安邦倒一楞：

「啥意思？」

趙平凡攤著手：

「你要進去了，咱倆的關係，我離進去還遠嗎？」

這倒是大道理。李安邦覺得，他今天找趙平凡找對了。

八

第二天一早，李安邦隨趙平凡去了一宗的道館。出於謹慎，兩人既沒開李安邦的車，也沒開趙平凡的車，兩人在市民晨練的「人民公園」門口碰頭，打了一輛出租。一宗是易經大師，李安邦原以為他的道館會在深山，或在老林，起碼在郊區——一個風景秀麗的地方，誰知他的道館就在省城老城一個居民區，就在居民區一個農貿市場旁邊。出租車七拐八拐，繞過農貿市場，又進了一條胡同。胡同兩側，也有許多擺攤的，賣菜的、賣水果的、賣金魚的、賣小麵的、賣餛飩的、賣鐵板燒的……進了一宗的院子，還能聽到街道上小販的叫賣聲：

「熱的，糍粑！」

這是一座四合小院，正房三間，左右廂房各兩間，院子裡青磚鋪地，倒也乾淨；院子正中，矗一香爐，香爐上焚著三支棒香。一個中年男人，瘦，穿對襟褂子，留著三綹髫鬚，提一噴壺，正在院裡澆花。趙平凡介紹說：

「這就是一宗大師。」

李安邦拱手：

「有勞大師。」

一宗放下噴壺，拱手回禮：

「先生客氣。要說有勞，有勞趙先生，送我生意——來者，皆是我衣食父母。」

大家笑了。這時胡同裡又傳來小販的叫賣聲：

「冰糖葫蘆！」

大家又笑了。李安邦：

「大師不拒人間煙火呀。」

趙平凡：

「俗話說得好，大隱隱於市，小隱隱於山林。」

一宗擺擺手：

「隱與不隱，都是騙人的。得道，與地方無關。一簞食，一瓢飲，在陋巷，人不堪其憂，回也不改其樂也；憂是常理，樂，就是得道。」

這話說得，倒有幾分不俗，李安邦點頭，隨一宗和趙平凡進了正屋。桌上擺一小香爐，香爐上焚著一支檀香。一個十七八歲的姑娘在煮茶，模樣倒清秀；待將茶端到桌上，斟上，就出去了。喝了一盞茶，一宗又將茶斟上，這時問李安邦：

「先生此來，有何見教？」

趙平凡代答：

「遇到些溝坎，想問破解的辦法。」

一宗拿過一張白紙，拿起筆：

「請賜生辰八字和出生地。」

李安邦：

「大師也用推演的辦法嗎？」

一宗：

「推演倒也推演，但別人推演出的是命相，我推演出的是顏色。」

李安邦聽不懂：

「啥意思？」

趙平凡這時說：

「忘了告訴你，大師與別的易經大師不同的地方，是用赤橙黃綠青藍紫七種顏色，來概括這個世界；他除了是易經大師，還是色彩學大師。」

李安邦更聽不懂了：

「七種顏色，能概括這個世界？」

一宗：

「七種顏色是基本色，根據生辰八字不同，七種顏色之間，還會起化學反應，就成了七七四十九，根據出生地點不同，當地當時外在環境不同，氣候條件不同，再起化學反應，就是七的四十九次方了，總數是上億的。」

李安邦更不懂了；正因為不懂，不知其真假：是真有學問，還是虛張聲勢騙人；但趙平凡說，去年一宗幫他破過大坎；既然起過作用，也許這色彩學是有道理的；事情還沒開始，就從懷疑的角度看人，事情怎麼能辦成？便把自己的生辰八字、出生地點告訴了一宗。一宗將生辰八字和出生地點寫到紙上，掐指算了一陣，往紙上寫幾行字；掐指算了一陣，又往紙上寫幾行字；然後搬過一摞線裝書，從中間抽出一冊，翻看半天，再寫幾行字；又抽出一冊書，翻看，掐指算，再寫幾行字；如此十幾個回合，一頁紙寫完，又換一頁紙；半個鐘頭過去，密密麻麻，寫滿三張紙。又埋頭在三張紙間來回翻看。終於，仰起頭說：

「先說說你的坎，對，我再接著往下說；不對，算一宗功力不到，白耽誤了先生的工夫。」

李安邦：

「大師請講。」

一宗：

「你犯了紅色呀。」

李安邦不懂：

「啥意思？」

一宗：

「而且是上紅。」

李安邦更不懂：

「啥意思？」

一宗：

「我先說你的身分，你是高官；接著說你的坎，你的紅頂子要出問題；而且是腹背受敵。」

李安邦大吃一驚。接著懷疑趙平凡把李安邦目前的處境，事先告訴了一宗，一宗才這麼說；但又想，趙平凡是個明白大道理的人，與李安邦利益交關，一損俱損，昨天夜裡他還說，李安邦進去，他離進去還遠嗎？危機之下，不會幹這種自欺欺人的事；又懷疑一宗從電視上見過他，知道他是常務副省長，前來問溝坎，必與官帽有關；但看屋內四周，卻無電視；趙平凡看出李安邦的意思，便說：

「一宗大師從不看電視，也不上網，連中央常委的名字都背不全，事先不知道你是誰。」

如果事先不知道，那這話就太嚇人了，這色彩學就太厲害了。但接著又懷疑：

「大師說犯紅，為何紅色就和官員聯繫在一起？」

一宗：

「這不是我的發明，色彩與政治血脈相連，是個常識呀。」

李安邦不懂，問：

「大師請明示。」

一宗：

「隨便舉個例子吧，清朝的八旗有哪些？」

趙平凡代答：

「黃旗、白旗、紅旗、藍旗……」

一宗：

「這些政治勢力，是不是以顏色劃分的？就是同一種顏色，其中還有分別，如正黃、鑲黃等。」

又說：

「還有身上的衣服，黃色誰能穿？只有皇上；各級官員的官服，一級一級，也是以顏色論的。」

又說：

「不說古代，就說貴黨鬧革命的時候，不是也以紅軍自居，而把敵人叫作白軍嗎？不也有紅色政權和白色恐怖的說法嗎？」

又說：

「單說目前，世界上許多政治團體，不也以藍營、綠營、紅衫軍和黃衫軍等自稱嗎？顛覆一個國家，不也有顏色革命的說法嗎？世界各國的國旗，不也是顏色的拼接嗎？」

如此說來，顏色和政治，聯繫倒真是滿密切的；但李安邦覺得這解釋還是有些牽強；一宗也看出了李安邦的疑慮，翻出密密麻麻一張紙說：

「暫且不說先生近期的坎，根據萬千顏色的變化，我先說說先生的早年吧，你九歲那年，就犯過一次上紅啊。」

這話，李安邦覺得是在胡說，一個人九歲，怎麼能跟政治聯繫在一起？那時他正在上小學，連個班幹部都不是；一宗又看出李安邦的疑慮，說：

「我說的上紅，政治只是其中之一，大千世界各種紅，也包含其中，你仔細想想，那一年，你是否遭遇過一場大火？」

李安邦突然想起，他九歲那年，趁著寒假，跟姑父去縣城賣蔥，夜裡睡到車馬店裡；半夜，車馬店起火了，姑父拎著錢袋，隨人跑了出來，把睡熟的李安邦落在了店裡；後來還是店主衝進火海，把李安邦抱了出來，不然就燒死了。從此李安邦家和姑父家不說話。李安邦心悅誠服：

「大師這回說對了，有這麼回事。」

一宗翻看密密麻麻三張紙：

「一個人生命的密碼，都在這些顏色裡，我就不一一往下說了，都說透了，活著就沒意思了。」

這時趙平凡說：

「大師，遠的咱不說了，關鍵是眼下，我朋友犯的這『上紅』，該如何破解？」

一宗又拿過一張白紙，掐指去算；算過，在紙上寫幾行字；又掐指算，再寫幾行字；如此七八個回合，一頁紙又寫滿了。拿這張紙看來看去，又與前三張紙比對。終於，沉吟著說：

「從時間看，破猶可破，但也就四天時間。四天之後，一切都晚了。」

李安邦有些緊張，同時覺得一宗果真厲害，四天之後，就是中央考察組到該省來的時間。趙平凡也有些緊張，忙說：

「既然這樣，請大師快講，時間不等人。」

一宗又比對幾張紙，在那裡沉吟，沉吟半天說：

「別的事情，有十種破法，你這事情太大，只剩一種破法了。」

李安邦又緊張，趙平凡：

「怎麼破法？」

一宗嘆口氣：

「可這破法，我說不出口呀，說出來太缺德。」

趙平凡：

「大師放心，你說出的話，我們全會爛到肚子裡。」

一宗仍沉吟著不說話。趙平凡又說：

「大師放心，你費神，我們絕不虧待你。」

一宗搖頭：

「不是這個意思。」

頓頓又說：

「跟老趙是老朋友了，看在老趙的分兒上，我就說了吧，信不信由你；犯紅，就得破紅。」

趙平凡：

「怎麼破紅？」

一宗：

「找一個處女。」

李安邦大吃一驚；這彎也拐得太陡了；三箭齊發，要靠破一個處女來破解；政治與顏色的關係，他這樁案子在這裡聚合了，這也太穿越了。看趙平凡，趙平凡也楞在那裡。李安邦問：

「大師請明示，這其中有何聯繫？」

一宗：

「先生沒見故宮周邊牆的顏色嗎？你破了紅，也就破了壁壘。」

李安邦想了想，故宮周邊牆的顏色，倒都是紅色的；紅色的壁壘，要靠這種辦法來破嗎？對顏色之間的化學反應，李安邦一竅不通，也有些哭笑不得。但一宗收起四張紙，在桌子上，是要結束的意思。李安邦：

「大師別嫌我絮煩，就算這個破法靈，但其中的難題也不小哇。」

一宗：

「啥意思？」

李安邦：

「現如今，哪裡還有處女？總不能去小學找吧？那樣也犯法呀。」

一宗：

「細心找，不犯法，還是有的。」

李安邦：

「請大師明示。」

一宗：

「我再說句折壽的話，老少邊窮。」

說完，站起身來。李安邦和趙平凡也只好跟著站起來。趙平凡忙從手提包裡掏出一摞報紙裹著的錢，放到桌子上。一宗也沒看。三人來到院子裡，一宗先走到香爐前，拜了三拜，將四張紙點著，扔到香爐壁膛裡，讓其焚燒乾淨；然後拱手相送李安邦和趙平凡；李安邦和趙平凡往院外走，他從姑娘手裡接過噴壺，繼續給院子裡的花澆水。

李安邦和趙平凡出門，看著熙熙攘攘的街道，李安邦首先問：

「這一宗嘴嚴嗎？」

趙平凡：

「這一點，請領導放心，一宗頗有職業道德，進門問事，出門忘事，沒看他把那四張紙，當著我們的面燒掉了？」

又說：

「凡是來問事的，都有凶險；凡是來問事的，都有些背景；他要嘴不嚴，道館能存到今天？」

又說：

「他還讓我們，把話爛到肚子裡呢——他比我們謹慎。」

李安邦點點頭；又問：

「他那些鬼話，能信嗎？」

趙平凡：

「事到如今，別無他法，寧信其靈啊。」

又說：

「就算不靈，照方抓藥，咱也沒損失啥呀。」

李安邦苦笑一下，山窮水盡，也只好死馬當作活馬醫了，接著又發愁：

「就是信，這藥引子，哪兒找去呀？一宗說處女在老少邊窮，我看就不靠譜，許多到城裡賣淫的，都是窮地方來的。」

趙平凡：

「從概率上講，閉塞的地方，總是比大城市，機會多一些。」

李安邦：

「就算那裡有，也都是偏遠山區，等找到了，怕是我已經進去了。」

沒想到趙平凡倒擺擺手：

「這事不難，交給我。」

李安邦：

「啥意思？」

趙平凡：

「這一年多吃喝玩樂，這方面的人我熟。」

九

省城郊區，深山之中，有一座四合院，名字叫「乙18號」。

第二天晚上，在這裡，李安邦把一處女破了紅。見處女之前，李安邦擔心自己滿腹心事，心思難以集中，到了床上，下邊突然失靈，破不了處女；破不了處女，就破不了他的危機；破不了處女事小，破不了危機，事就大了；也等於處女白找了；越想心裡越沒底，只好借助外力；處女到了，先讓她吃飯洗澡，李安邦吞下一粒「偉哥」。

十

床上的效果，比預想的要好。不但把處女破了，也是近五年來，李安邦在床上做得最痛快的一次。這女孩是山區人，臉上有高原紅，長相像外國人，名字叫宋彩霞。這女孩樸實，兩人聊天時，李安邦問什麼，她答什麼；答的話，一聽就是實話；這女孩懂事，從頭到尾，沒問李安邦是誰。

十一

接下來三天，先後傳來三個消息。

一、××市市長宋耀武被雙規後，一言不發。任你問什麼，像「四人幫」中的張春橋一樣，除了沉默，還是沉默。這樣僵持兩天，還是零口供。半夜，宋耀武要上廁所。看守他的兩個人帶他去廁所。上完，宋耀武走出廁所，乘看守人不備，猛地轉身，推開廁所門，一頭撞向廁所角落的下水管道的閥門。用力過猛，天靈蓋都撞碎了，當場身亡，流了一地血。

看守宋耀武的兩個人，受了處分。

二、四天前，該省人大常委會副主任朱玉臣去醫院做例行體檢，昨天出了體檢結果：肺癌晚期。上午出的結果，下午，朱玉臣就被老婆孩子送到了北京，住進了北京腫瘤醫院。因是癌症晚期，有沒有動手術的必要，老婆與孩子分成兩派在爭論。

因救命要緊，省裡的工作，朱玉臣只好放下不管。

三、該省公安廳複查出一樁錯案，一中年商人，開車撞到了修路的工程車上；中年商人無事，車裡一年輕女子當場身亡；這女子是個小姐；中年商人花了四百萬，讓他的司機頂包。現經複查，弄清真相，將中年商人抓捕歸案。因這案子是省委毛書記親批的，省公安廳長親抓，五天就結案了。

李安邦聞知這些消息後，皆感慨不已。段小鐵說宋耀武膽小，被雙規之後一定會叛變，沒想到他是仁人志士，寧肯犧牲自己，絕不出賣他人。李安邦知道宋耀武上有老母，下有妻小，今後要想辦法照顧他的家人。朱玉臣患癌症，是李安邦沒有想到的。患了癌症，也許他只顧救命，也就顧不上害別人了。不管兩人過去有多大矛盾，只要朱玉臣這次不害他，他就會前嫌盡釋；如果朱玉臣哪天去世了，他一定前去參加這個老朋友的追悼會。省公安廳複查的錯案就不說了，是段小鐵神經過敏；都是一起車禍，都撞到了修路的工程車上，死的都是小姐，他給弄混了。

三天之後，中央考察組來到該省，對三個省長候選人進行考察。

二十天後，中央決定，省委毛書記上調中央，另有任用；鞠省長任省委書記；李安邦調另一個省任代省長，中央部委一位常務副部長，調這個省任代省長；兩人從代省長到省長，待兩省下次人代會再選舉任命；副省長老景，接替李安邦任常務副省長。

這次人事變動，原來中央是這麼考慮的。

能當上省長，李安邦當然高興；調到另一個省當省長，也正中李安邦的下懷。一來他可以擺脫工作三十五年的是非之地，在這裡的恩恩怨怨，從此畫上一個句號；二來可以把他不爭氣的兒子李棟梁帶走，等於讓兒子也離開是非之地；到一個陌生的地方，再把這個畜生關到一個合適的籠子裡；四個月後，再把他送到部隊。高興之餘，李安邦也有些自責，過去幾十年，他也做過很多對不起黨和人民的事，無非這些事只有自己知道，黨和人民沒有發現而已；從今往後，他一定引以為戒，清正廉潔，加倍工作，把某省的工作推到一個新階段；加倍工作，除了將功補過，李安邦心裡還清楚，這個崗位來得多麼不易——這個崗位，是用血換來的。

聽聞李安邦要去另一個省當省長，段小鐵提出，也想跟李安邦去另一個省工作。李安邦答應了，但說，事情要緩一緩，待他在另一省熟悉了情況，站住腳跟再說；又說，康淑萍也想馬上跟過去，他也讓她緩一緩；有康淑萍在先，段小鐵也無話可說。

去另一省赴任的前一天，李安邦仍在本省馬不停蹄地工作。頭天晚上，已經成為省委書記的鞠省長，在省政府召開最後一次省長辦公會，談政府工作的交接。會開完，鞠省長說：

「我們工作變動都在省內，安邦要去外省工作了，明天晚上，讓食堂弄幾個菜，我們歡送他一下。」

幾個副省長都說應該。李安邦卻說，第二天他要去××市××縣，參加一所「希望小學」的揭牌儀式；而××縣是偏遠山區，從省城到該縣，汽車來回得開十多個小時，晚飯時候，怕是趕不回來。鞠省長：

「你後天就要走了，明天也準備一下行裝，『希望小學』，就讓老白去吧。」

老白是管教育的副省長，去也對口。老白忙說：

「我去，我去。」

李安邦卻說，「希望小學」這塊一直屬公益事業，而公益這一塊，在該省一直歸李安邦管；省裡頭做公益還相對容易，越到基層越難，四處托缽求人，看人臉色；臨走，也跟市、縣管公益的同志道個別。聽李安邦這麼說，鞠省長說：

「那咱們就不講形式了，你也站好最後一班崗。」

第二天一早，李安邦和隨行人員就出發了。一出省城，趕上修路，有些堵車。車開到中午，距要去的縣還有八十多公里。大家在公路旁的「農家樂」，每人吃了一碗雞絲麵，車接著往前開。到了市界，市裡的主要領導在路邊迎候。因這個山區的「希望小學」也有趙平凡的捐助，他也提前趕到，和市裡的領導一起，迎候李安邦。市裡的領導皆知李安邦即將去另一省當省長，皆向李安邦表示祝賀。市委書記握著李安邦的手：

「李省長馬上要離開咱們省了，把調研的最後一站，留給了我們市，說明李省長對山區人民充滿感情，我代表我市五百多萬人民，感謝李省長。」

大家鼓掌。趙平凡雜在人群裡，並無露出與李安邦有特別的關係，只是跟著大家鼓掌。李安邦倒指著趙平凡：

「要感謝，就感謝趙總吧，他是『始作俑者』，他不出錢，咱們山區，哪裡會有『希望小學』？」

眾人又感謝趙平凡。趙平凡忙擺手，說：

「我做的微不足道，還是李省長領導得好。」

大家又鼓掌。接著大家上車，往大山深處開。車又開了兩個鐘頭，到了縣界，縣裡主要領導又在路邊迎候。李安邦下車，與大家握手。大家上車，又往深山裡開。兩個小時以後，終於到達一個山村。山村正中一塊平地上，一座嶄新的「希望小學」，屹立在眼前。大門是紅牆綠瓦，裡面的五排教室，也青石到頂，蓋得整齊；院牆上插著五顏六色的彩旗。學校大門口的旗杆上，一面嶄新的國旗也迎風飄揚。李安邦等下車，學校內外，馬上鑼鼓喧天；村裡的群眾，穿著嶄新的服裝，擁在大路兩旁拍巴掌；進得學校，幾百個農村孩子，穿著統一的校服，站滿了廣場；幾個七八歲的男女學生，擁上來給李安邦等人獻紅領巾。戴上紅領巾，大家往主席臺走。鑼鼓喧天中，李安邦把趙平凡拉到身邊，悄聲說：

「看來，未知的東西還是存在的。」

趙平凡心領神會，知道李安邦說的是什麼，扯扯胸前的紅領巾，指指院牆上的彩旗和大門的紅牆綠瓦：

「一宗說得也有道理，人間就是由七彩世界組成的。」

李安邦又猶豫：

「幾件事，不會都是巧合吧？」

趙平凡：

「就算巧合，也是領導的造化。」

鑼鼓喧天中，李安邦又悄聲問：

「知道今天我為什麼來山區嗎？」

趙平凡：

「領導臨走了，對咱省的感情，割捨不下。」

李安邦點頭：

「這是一方面，另外，還個心願。」
趙平凡一楞：
「啥心願？」
李安邦：
「如果一宗說得有道理，咱就得感謝那個姑娘，她叫宋彩霞，老家就是山區的。」
又悄聲說：
「人家可是處女。」
趙平凡又一楞，接著豎起大拇指：
「由一個人，念及山區人民，領導有情有義。」
又說：
「領導要這麼說，我馬上給山區，再捐兩所『希望小學』。」
李安邦緊握趙平凡的手。這時又悄聲問：
「上回你生意上惹了『天字號』，一宗又給你說了什麼，讓你化險為夷？」
趙平凡頓了一下：
「本來我答應一宗，把話爛到肚子裡，既然領導再次問起，我只能給領導彙報：把自己刀劈兩半。」
李安邦一楞：
「啥意思？」
趙平凡：

「用出讓股份的方式，把一半資產兌給人家，一百多個億。」

李安邦一驚：

「這家人這麼狠？」

趙平凡點點頭：

「吃人不吐骨頭。」

李安邦又緊握趙平凡的手。鑼鼓喧天中，大家上到了主席臺。市委書記請李安邦給「希望小學」揭牌，講話。李安邦揭牌，講話。講話中，先提出對辦好「希望小學」的要求，接著宣布趙平凡準備再給山區捐兩所「希望小學」，讓大家再次感謝趙平凡；趙平凡擺手；臺下響起熱烈的掌聲。

第二天一早，李安邦只帶了一個祕書，乘飛機去另一個省赴任。

第三章　你認識所有人

一年過去了。

第四章　楊開拓

一

彩虹河上的彩虹三橋被炸塌時，楊開拓正在村裡參加他外甥的婚禮。楊開拓是本縣人，在縣裡便有許多親戚朋友；但這些親戚朋友的婚喪嫁娶，楊開拓一概不參加。不參加不是不近人情，而是這些人無法招惹。楊開拓是該縣公路局局長，負責該縣的公路和橋梁建設；這些親戚朋友，便認為這些公路和橋梁，是楊開拓家的；自己家養的大肥豬，自家人不吃這肉，難道讓不相干的人搶去不成？一見面，就跟他要工程幹。楊開拓也不是沒照顧過親友，五年前，從××村到××村，欲鋪一條柏油小路，三里路，造價五十萬；楊開拓平日管的公路或橋梁建設項目，動輒造價幾個億；五十萬元的工程，等於牛身上一根毫毛；於是把這根牛毛，交給一個本家姪子的工程隊承包。三里長的柏油小路，一個月就修成了，看著也光鮮亮麗；但三個月後，路面東鼓一疙瘩，西塌一個坑；一下雨，汽車一輾，坑連坑，窪連窪，還不如原來的土路；讓楊開拓招了不少罵。楊開拓問這姪子的爹也就是他的堂哥，姪子修路花了多少錢。堂哥理直氣壯地答：

「二十萬。」

五十萬的工程，他們只花了二十萬，留下三十萬裝進他們的腰包。楊開拓不佩服別的，就佩服他們膽大。誰最想貪汙腐敗？就是他們。這幾年中央反腐倡廉，抓進去不少人，成了楊開拓拒絕親戚朋友的理由，誰再給他要工程，他說：「你們也想讓我進去嗎？」名正言順，就把事情給推了。雖然工程的事能推，但這些親戚朋友，還有其他許多囉唆的事要辦，楊開拓能不與他們接觸，就不接觸。

但今天外甥的婚禮，楊開拓卻參加了。因為這個外甥不同別人，他是楊開拓大姊的兒子；楊開拓的大姊，又不同於別人，楊開拓從小是拉著大姊的衣襟長大的，沒有楊開拓的大姊，就沒有今天的楊開拓。楊開拓一歲時，當地流行腦膜炎，楊開拓也被傳染上了，發高燒說胡話；三天之後，奄奄一息。那時國家還沒實行計畫生育，家裡孩子都多，楊開拓姊弟七人，多一個或少一個，沒人在意；楊開拓他媽又脾氣暴躁，楊開拓還沒斷氣，他媽就把他扔到草屋裡，讓他自生自滅。楊開拓的大姊那年九歲，每天三次，跑到草屋來看楊開拓，給他餵水。三天之後，楊開拓又緩了過來。如果當時大姊不給他餵水，楊開拓發著高燒，渴也渴死了。楊開拓自幼身體弱，在學校總受別的孩子欺負。受了欺負不會別的，就會哭。每次也是大姊出頭，替他出氣。現在大姊的兒子結婚，楊開拓決定破例參加，給大姊出頭，撐撐場面。因為楊開拓是縣裡一位局長，他一到場，婚禮的規格，馬上顯得高了許多。婚禮過後，擺席吃飯。十幾桌宴席，就擺在姊姊家的院子裡。因為楊開拓身分最高，理所當然地坐到了主桌；主桌上，又坐在主位。主桌上除了楊開拓，還有來送新娘子的娘家人，幾位叔叔大爺和哥哥弟弟；陪娘家人吃飯的，除了楊開拓，還有村裡兩位頭面人物：本村的村長和會計；楊開拓有個姨家表弟，家是鄰縣的，鄰縣善搞勞務輸出——所謂勞務輸出，就是把一幫農民帶到非洲蓋房子修鐵路，這個表弟在博茨瓦納建築工地上當焊工，現在回來休假，人晒得跟非洲人似的，因是從國外回來的，也坐了主桌。新娘子的娘家人都是鄉下人，由於桌上有楊開拓，他們都顯得拘束，眼睛盯著地，也不說話。表弟雖從國外歸來，也不善言辭，盯著院子裡的新房，在唸門框上新貼的對聯。這個村的村長是場面人，看著冷場，有些著急：

「楊局長，今天是大喜的日子，不能就這麼繃著呀；不然客人回去，會說咱這邊沒人呀。」

村裡的會計也忙幫腔：

「就是，咋著也得吃好喝好，不然丟的就不是咱村的人，是楊局長的人。」

為了替姊姊家撐場面，楊開拓提起精神：

「就是，今天不喝翻幾個，誰也別想走出這院子。」

大家笑了，氣氛也活躍了。娘家人中一個老漢說：

「楊局長，你天天經歷的是大場面，俺們都是鄉下人，沒量啊。」

楊開拓：

「老人家，你要這麼說，就是有量。喝酒跟幹工作一樣，有底氣的人，才敢說自己不行。」

眾人又笑了。村長有些興奮：

「咱們今天喝酒，得立個酒令。」

在博茨瓦納當焊工的表弟問：

「啥酒令？」

村長：

「誰領酒，先喝三杯；過通關，贏人過半，株連九族，大家除了喝自個兒的，再一塊還他三杯；如果輸人過半，他除了喝輸的酒，再自罰三杯；酒喝多少，看各人的本事。」

聽到這酒令，眾人又不敢接話；村長對娘家那位老漢說：

「老叔，我這兒發牌，您得接招呀，捧過帥印吧。」

老漢笑著搖手：
「不行啊村長，輸贏太大，歲數大了，撐不起來。」
村裡的會計：
「老叔，老這麼繃著，也顯得娘家沒人呀。」
這時娘家一位年輕人試探著說：
「如果不怕得罪諸位領導和長輩，我來試試？」
就要拿酒壺。娘家老漢用筷子敲他的手：
「懂不懂規矩，要領酒，頭一圈也該是楊局長，人家是領導。」
楊開拓：
「今天都是親戚，沒有領導。」
向那年輕人伸出手：
「那咱倆先猜仨拳，誰贏了誰領酒。」
那年輕人看了老漢一眼，老漢笑而不語，年輕人也就伸過手來，與楊開拓鬥拳。眾人大笑，都引頸觀看。這時年輕人的手機響了，他停住手，掏出手機要接。村長：
「不禮貌，讓領導等著你接手機。我再立一條酒令，在座的，都把手機關了；誰手機響了，罰酒三杯。」
楊開拓掏出手機，帶頭關掉：
「今天，我們來番車輪大戰。」

那年輕人也忙關手機。桌上的人，都忙掏手機關機。眾人情緒大漲。周圍其他桌上的人，都跑過來看熱鬧。楊開拓的姊姊也過來，倒勸楊開拓：

「別讓親家們喝多了，回去不好看。」

楊開拓：

「還沒喝呢，哪裡就多了，咱家沒酒哇？」

眾人又大笑。楊開拓和那年輕人握了一下手，開始鬥拳。三拳過後，楊開拓贏；眾人鼓掌；楊開拓端起酒杯，連喝三個，眾人又鼓掌；接著楊開拓過通關。楊開拓過完通關，讓給娘家那位老漢。接著是本村村長。接著是娘家那位年輕人……大家越喝越興奮，眾人都興奮地說，楊局長沒架子。兩個小時後，娘家一個年輕人和一個中年人，趴到桌上睡著了；這邊村裡的會計和在博茨瓦納當焊工的表弟，先後跑到廁所吐去了，再沒回來；楊開拓頭也有些暈，說話嘴裡絆舌頭，但仍揚起手臂，欲與娘家另一個年輕人鬥拳。剛喊一聲，楊開拓的司機，舉著他自己的手機，匆匆忙忙跑過來，對楊開拓說：

「局長，電話。」

楊開拓：

「什麼電話，不接。」

嘴裡絆著舌頭：

「不是說過了嘛，把手機關了，你為什麼不關？」

司機悄聲：

「杜縣長的。」

一聽是杜縣長的，楊開拓的酒醒了大半；向等著划拳的年輕人笑了笑，接過手機。沒想到他剛把手機放到耳朵上，手機裡傳來一個憤怒的聲音：

「楊開拓，我×你媽！」

楊開拓嚇了一跳；如果是平時，他馬上會意識到杜縣長憤怒有因；正因為喝多了，聽到這開場白，便有些不高興；雖然縣長和局長是上下級關係，但也不能張口就罵娘啊；楊開拓一邊離開酒席，一邊說：

「杜縣長，有話就說，怎麼罵人呢？」

杜縣長：

「我不光罵你，我還想抽你呢。我問你，縣裡規定領導幹部不准關手機，誰他媽讓你關手機的？」

楊開拓：

「你看，又罵。」

杜縣長：

「×你媽，你知道不知道，一個小時前，彩虹三橋被炸塌了，死了二十多人！」

又罵：

「我都趕到現場了，你他媽還在喝酒！」

楊開拓的腦袋，「轟」的一聲炸了，酒也「唰」地一下醒了。該縣的公路橋梁，建時歸公路局管，出了事故，責任也是公路局的。

二

彩虹河上的彩虹三橋，是五年前建成的，共投資六億八。彩虹河是長江的一條支流，從西往東，橫穿該縣；過去彩虹河上有兩座橋，一座位於該縣東部，叫彩虹一橋；一座位於該縣中部，叫彩虹二橋；因西部是山區，山路崎嶇，河水湍急，施工不易，加上山區的幾個鄉鎮經濟落後，人口稀少，西部的南北兩岸，一直被洶湧的彩虹河阻隔著；河岸距縣城的垂直距離有二十公里，但這幾個鄉鎮的幹部去縣城開會，卻要繞道彩虹二橋，多走出七八十公里。還是五年前，國家拿出三分之一、省裡拿出三分之一、市裡和縣裡共同拿出三分之一，四方出資，才把西部山區的彩虹三橋給建了起來。橋梁的設計和施工，都歸該縣公路局負責；設計找的是該省建築設計院；施工經過競標，找的也是該省的著名建橋企業；所有這些過程，楊開拓都參與了；不但參與了，還是主要實施人。大橋通車那天，三公里長的橋上紅旗招展，鑼鼓喧天，鞭炮齊鳴；市裡的市長親自來剪綵；兩岸的老百姓歡呼雀躍；通車的消息還上了省報。沒建彩虹三橋之前，兩岸百姓很少走動，建成五年來，兩岸開始通婚。沒建彩虹三橋之前，西部幾個鄉鎮都戴著貧困帽子，建成之後，山裡的蘋果、梨、大棗、栗子、山裡紅等農副產品都運了出去，老百姓明顯富裕起來。昨天楊開拓去該縣西部察看鄉間公路，路經彩虹三橋，彩虹三橋還在彩虹河上巋然屹立著，怎麼今天就被炸塌了？誰炸的？是美軍突擊隊，還是哪個恐怖組織？杜縣長除了說橋被炸塌，還說死了二十多人，這二十多人，當時又在橋上幹什麼呢？但具體情況，楊開拓又不敢在手機裡向杜縣長打問，只知道自己的酒「唰」地一下醒了過來，慌忙離開姊姊家，讓司機開車，去了彩虹三橋。

待到了彩虹三橋，楊開拓傻了。因為現在的彩虹三橋，已不是昨天的彩虹三橋；昨天這座雄偉大橋還在陽光下屹立，如今成了一座廢墟；大橋從中間被攔腰炸斷，橋下湍急的河水裡，側翻著幾輛摔扁變形的汽車，有卡車，有小轎車，還有一輛大轎車明顯著過火，現在還冒著黑煙。橋上的廢墟也在冒煙，不斷往橋下掉水泥塊。乍一看，如同回到了戰爭年代。沿途公路上，不斷響起警車的警笛聲和救護車的嗚叫聲；河邊和水裡，有部隊的戰士正在救大客車、小轎車或卡車裡倖存的人；沿河兩岸，站滿圍觀的群眾。該縣杜縣長，正站在橋頭指揮搶險。楊開拓跑到杜縣長身邊，杜縣長看到他，又氣不打一處來，罵道：

「如果是戰爭年代，你這叫臨陣脫逃，我他媽立馬槍斃你！」

又罵：

「你自個兒聞聞，一身酒氣！」

又罵：

「別讓我看到你，回頭再找你算帳！」

楊開拓唯唯退下來，拉住縣政府辦公室于主任：

「于主任，到底是咋回事呀？」

于主任倒是厚道人，悄悄告訴楊開拓，彩虹三橋本來好好的，但兩個小時前，一輛從鄰省開過來的十六輪卡車，拉了滿滿一車煙花爆竹，從這裡路過；誰知就那麼寸，走到橋中間，車上的煙花爆竹突然起火爆炸了；接著燃著這車的主油箱和副油箱，整個車又爆炸了；一卡車煙花爆竹加上兩個油箱的威力，可不就是一車TNT嗎？這座橋立馬被攔腰炸斷。當時橋上有十幾輛汽車雙向對開，橋頭的幾輛車見事不好煞住了車，走到橋中間離爆竹車近的六輛車，隨著橋的坍塌，也一頭栽到了江裡。這六輛車裡，有一輛旅遊公司的大轎子，車上坐著四十多名遊客。這些車摔到橋下，當場死了二十二人，其他人正往縣裡醫院送，還不知傷亡數字，會不會繼續攀升。楊開拓聽了，腦袋又大了，但說：

「這事兒，誰也想不到哇。」

又委屈地說：

「杜縣長光跟我急，這爆竹車，不是我開過來的呀。」

于主任：

「車不是你開過來的，但橋歸你管呀；橋沒了，你也沒了，把手機關起來喝酒，杜縣長能不急嗎？」

楊開拓不敢再說話。這時又一陣警笛聲由遠及近，一溜車隊風馳電掣，來到橋邊。待車門打開，是本市的市長到了。杜縣長忙跑上前迎接市長。市長在橋下看了一陣救人，做了一番指示，又登上橋看冒著黑煙的斷裂的缺口。看了一陣，有些疑問：

「一車爆竹，就能把鋼筋水泥的大橋給炸塌了？是不是橋的建築質量有問題呀？是不是豆腐渣工程啊？」

聽到市長這麼說話，楊開拓的腦袋，「轟」的一聲又炸了；爆竹車不是他開來的，如果這橋的建築質量有問題，是豆腐渣工程，就該該縣公路局和楊開拓負責。楊開拓想上前解釋，但市長在說話，旁邊有縣長等人圍著，哪裡輪得著楊開拓插嘴？市長又問：

「這座橋，當初是誰建的？」

杜縣長忙回頭尋人，待尋到楊開拓，用手指著他：

「就是他！」

市長問楊開拓：

「當時建這座橋，是你負責的嗎？」

這時楊開拓被嚇傻了，不知該怎麼接市長的話，只是傻笑著點了點頭。市長看他傻笑，皺了皺眉，對杜縣長說：

「馬上成立事故調查組，徹底調查事故原因和大橋的質量。」

杜縣長馬上點頭。市長又說：

「死亡二十多人，已經是重大事故了，馬上上報省裡和中央。」

又指示：

「不准瞞報漏報。去年××市的學校發生踩踏事故，他們故意瞞報數字，最後撤了好幾位領導，是有教訓的。」

杜縣長馬上說：

「是。」

這時又開過來幾輛舟橋部隊的車。市長趕忙上去與帶隊的部隊首長握手，說了些感謝的話。舟橋部隊投入搶險，市長上車，一溜車隊開往縣城，去縣醫院慰問在事故中受傷的傷員。杜縣長也陪市長去了縣醫院。這時楊開拓緩過神來，酒也徹底醒了，開始採取措施，給縣公路局打電話，讓公路局所有幹部職工，停止手頭的工作，開赴彩虹三橋參加搶險；同時讓管財務的副局長，緊急調撥三十萬元，再買些禮品和鮮花，趕赴縣醫院與他會合；同時讓辦公室主任起草一個稿子，以公路局的名義，就彩虹三橋坍塌事件，向全縣人民道歉——以備不時之用。布置完畢，楊開拓也上車，風馳電掣地開往縣城。待楊開拓到了縣醫院，管財務的副局長已經到了，帶來一提包錢，還有一麵包車禮品和鮮花。副局長告訴他，市長和杜縣長已經慰問完傷員離去了。楊開拓點頭，先去醫院辦公室找到醫院院長，把裝有三十萬元的大提包放到院長的辦公桌上。楊開拓：

「孫院長，救人要緊，不說錢的事，花多少，我們先墊多少。」

又說：

「千萬，不能讓死亡數字再上升了。」

孫院長：

「市長和縣長都做了指示，我們會盡最大努力。但送來的三十五個傷員中，還有十個沒脫離危險，在重症病房監護著，情況也很難說呀。」

楊開拓抓住孫院長的手使勁搖：

「老兄，關鍵時候，幫幫忙吧。」

接著帶著公路局的副局長，去病房慰問傷員。輕傷員都在普通病房躺著，楊開拓與他們一一握手，送上禮品和鮮花；接著又去重症病房，看沒有脫離危險的傷員。但重症病房非醫務人員不得進入，楊開拓只能透過窗戶上的大玻璃，看到病房兩排病床上，躺著十來個渾身裹滿繃帶的傷員罷了。這時走廊外，天色已經黑了。楊開拓腦袋空了，不知接著該幹什麼。副局長倒是勸他：

「楊局長，你已經忙了一天了，該回家歇歇了。」

又說：

「事已至此，著急也沒用。」

楊開拓覺得副局長說得也有道理，移步往外走。剛走到樓梯口，一個護士從重症病房躥出來，大聲喊著：

「李大夫，快來，一個病人的心跳沒了。」

楊開拓一屁股蹲到走廊的椅子上，他的心跳也差點沒了。接著見幾個醫生和護士跑向重症病房，楊開拓也忙從椅子上站起，衝到重症病房外，等候消息。十分鐘之後，一輛推車，推出一個渾身裹滿繃帶的人。死亡數字又上升一位。楊開拓一屁股又坐在走廊的椅子上。接著便不敢離開醫院。兩個小時後，又推出一位。楊開拓在病房外來回走動，當年爹娘死時，都沒有這麼心焦。副局長給他打來盒飯，他一口沒吃。到了下半夜，病室似乎平靜了，楊開拓歪在椅子上睡著了。突然一陣手機響，楊開拓又跳了起來；他急忙看手機屏幕，擔心又是杜縣長打來的；但看屏幕上的名字是他老婆，才放下心來；看看走廊窗外，已經是白天，太陽升起老高；原來自己在椅子上一歪，竟睡了四五個小時；楊開拓喘了口氣，看來這四五個小時，重症病房沒有再推出新的人來；楊開拓以為老婆擔心他一夜未歸，打來電話，沒想到剛接起手機，老婆的聲音像炸雷一樣傳來：

「楊開拓，我×你媽！」

楊開拓正氣不打一處來，也跟老婆急了：

「我×你媽，有話就說，怎麼罵人呢？」

老婆：

「我不光罵你，我還想抽你呢。我問你，你為啥笑哇？」

楊開拓丈二和尚摸不著頭腦：

「我沒笑哇。我正在醫院急得跟猴兒似的，我笑個球哇。」

老婆：

「不是說你在醫院笑，你昨天在事故現場為啥笑哇？」

楊開拓更是丈二和尚摸不著頭腦：

「事故現場？我昨天在事故現場哭還來不及呢，哪裡有心思笑？」

老婆：

「不怕你嘴硬，網上已經傳開了，我把照片發你手機上，你就知道了。」

「啪」的一聲，就把電話掛了。幾秒鐘之後，「啾」的一聲，楊開拓的手機顯示一條微信。楊開拓把微信打開，是一張楊開拓昨天在事故現場的照片：彩虹三橋一片廢墟，洶湧的江水裡，側翻著六輛摔扁變形的汽車，其中一輛大轎車還在冒煙；而楊開拓站在橋上廢墟前，竟滿面笑容；照片的下方，有兩行標題，大標題是：

同胞死亡，你為何這麼開心？

副標題是：

××省××縣公路局局長在事故現場

楊開拓的腦袋，「轟」的一聲炸了。昨天自己在事故現場笑了嗎？當時他著急還來不及，怎麼會笑呢？這是昨天的自己嗎？有人在網上搞惡作劇，把楊開拓過去笑容滿面的照片，和昨天的事故現場PS到一起了吧？從昨天到今天，大家都忙著搶險救人，楊開拓在醫院待了一夜，怎麼還有人搞這種惡作劇呢？但接著發現，這照片人景合一，沒有拼湊的痕跡。這時楊開拓突然想起，昨天他到了現場，首先被現場的慘狀嚇傻了；接著又被杜縣長罵了一頓，腦袋是空的；接著市長到了，懷疑大橋的質量，問這橋是誰建的，杜縣長指著楊開拓：「就是他！」楊開拓又一次被嚇傻了；接著市長問楊開拓：「是你嗎？」正因為當時被嚇傻了，不知怎麼接市長的話，才傻笑了一下。當時傻笑過後，自己也覺得有些傻，還悔恨不已。但他接著到了醫院，死亡數字不斷上升，也就把傻笑的事忘了。沒想到昨天的傻笑，被人拍了照，今天傳到了網上。但網上對楊開拓的傻笑，通過兩行標題，徹底改變了性質。本來是傻笑，現在成了開心；本來是六神無主，現在成了看風景。這他媽是誰幹的？這不是移花接木嗎？這不跟把不同的照片拼湊到一起的PS行徑一樣惡劣嗎？無非那是把幾件事拼成了一件事，這是把一件事說成了另一件事。楊開拓禁不住在走廊裡大罵一聲：

「我×你媽！」

把剛出重症監護室的一個護士嚇了一跳，手裡的醫療托盤差點掉到地上；同時也把一直陪楊開拓待在醫院的公路局副局長嚇了一跳。副局長接過楊開拓的手機，看到照片，也楞在那裡。接著他掏出自己的手機，打開網絡，更是嚇了一跳：原來這張照片，已經成了全國各大網站的頭條。因為一個傻笑，瞬間，楊開拓成了全中國的名人。而且網友已給楊開拓起了一個綽號：微笑哥。這張照片下邊，跟帖評論有上百萬條，條條都在罵楊開拓，說他沒有人性，是個畜生，沒拿死二十多人當回事；如果你爹你媽你老婆你兒子你女兒也摔死在橋下，你還會這麼開心嗎？把楊開拓的八輩祖宗都罵到了；因為楊開拓是政府一個局長，還有人開始借此攻擊社會和政府；留言最多的一句話是：

我×你媽！

待副局長轉身看楊開拓時，發現楊開拓跌坐在走廊的椅子上，又在傻笑。

三

楊開拓覺得，有句古語說得對：福無雙至，禍不單行。他知道，在人生的道路上，任何人都不可能一帆風順；任何人的人生道路，都會有曲折；但他從來沒有想到，他這次的曲折和曲折的曲線突然彎出這麼大的弧度。一個縣裡的局長，芝麻粒大小的官，放到清朝，縣裡的縣長才是七品；縣裡的一個局長，連品都夠不上；沒想到因為一個傻笑，他成了天下皆知的名人。楊開拓現在的名氣，比省委書記都大；省委書記在該省聞名，出了該省，沒人知道他是誰；如今全中國人民都知道楊開拓；都知道這個「微笑哥」，把一場災難變成了微笑，把一場悲劇變成了喜劇。按說，把傻笑變成「微笑」，把楊開拓變成「微笑哥」——這樣張冠李戴，已經夠楊開拓倒楣的了，沒想到這只是事情的開始，有人通過楊開拓微笑的照片，又聚焦他手腕上戴的手表，說這款手表是瑞士名牌，價值十五萬元。接著又有人人肉搜索，把楊開拓這幾年出席該縣公務活動的照片都搜索出來；搜索出來不為別的，專門聚焦他手腕上戴的手表；這幾年沒搜出手表，又搜索前幾年楊開拓出席該縣公務活動的照片，卻搜出其他六款不同的世界名表，有的價值二十多萬，有的價值三十多萬，有的價值五十多萬，還有一塊世界頂級的限量款式，價值竟高達一百二十多萬；這七款表的總價值，共二百五十多萬元。接著又晒楊開拓的工資，一個科級幹部，月薪三千一百多元，年工資不足四萬元；如果楊開拓用合法收入購買這七款手表，要不吃不喝工作六十多年。又搜索楊開拓的年齡，他今年四十五歲；就算他一出生就參加工作，也掙不出這七款表錢，還需要在娘肚子裡工作十七八年。於是又給楊開拓起了一個綽號叫「表哥」。楊開拓手腕上的手表，跟彩虹三橋的坍塌，本來八竿子打不著，現在通過互聯網和人肉搜索，竟連在了一起。更冤枉的是，自中央提倡反腐倡廉，楊開拓有好幾年不戴表了，只是那天早上，楊開拓去參加外甥的婚禮，為給姊姊家撐面子，想著是私人場合，不是公務活動，才翻出一塊手表戴上；接著發生了彩虹三橋坍塌事件，楊開拓急著去事故現場，到了事故現場，腦子裡全是事故，早把手腕上的手表給忘了；沒想到楊開拓忘記的地方，正是互聯網和人肉搜索聚焦的地方。楊開拓不禁又罵道：

「互聯網，我×你媽！」

鑒於輿論壓力——由於楊開拓成了「微笑哥」和「表哥」，全國人民都把目光集中到了××市××縣，××市通過媒體，公布了兩項決定：一、成立市縣聯合調查組，徹底調查彩虹三橋坍塌的原因，爭取在最短時間內，給公眾一個負責任的答覆；二、即日起，對××縣公路局局長楊開拓實施雙規，隔離審查，也爭取在最短時間內，對他七款手表的來歷，給大家一個明確的交代。

四

楊開拓被雙規那天，他事先並不知情，正帶領公路局的幹部職工，在彩虹三橋清理事故現場。雖然他成了全國人民知道的「微笑哥」和「表哥」，雖然網上還在熱議那兩件事，但楊開拓身正不怕影子斜，決定不理會這些謠言和捕風捉影的東西。清者自清，謠言止於智者，他不能被網絡暴力給綁架了；你不搭理他們，他們嚼舌頭嚼得自己沒味道了，也就把嘴裡的狗牙吐出來了；狗嘴裡吐不出象牙；你不理會這些漫地而起的濃霧，隨著太陽的升起，它也就慢慢消散了；如果你去解釋，去辯駁，去反擊，就等於火上澆油，烈焰馬上會騰空萬丈，由一件事又會引出另一件事。這時楊開拓多麼盼望中國出現一樁更大的新聞也就是壞事，譬如，地震；譬如，礦難；譬如，中日在釣魚島發生了戰爭；哪怕又出現了毒牛奶或明星出軌或嫖娼的事，都能將「微笑哥」和「表哥」事件遮蔽過去，讓楊開拓趁著另一波烈焰的煙霧逃到角落喘息。但是，恰恰這幾天，中國朗朗乾坤，太平無事；明星也都規規矩矩和道貌岸然。楊開拓在肚子裡罵：

「壞事，該來的時候你不來，不該來的時候你來！」

「壞事，我×你媽！」

無法借助外力遮蔽它們，楊開拓只有用努力工作來彌補它們，或者用努力工作顯得自己若無其事。兩天來，楊開拓兩點一線，在彩虹三橋和縣醫院之間奔跑，兩天兩夜沒有回家，也沒有睡覺。讓楊開拓感到安慰的是，醫院將危重傷員的傷情控制住了，死亡數字沒有繼續攀升；只要不再死人，事故的性質也就不會再跟著升級，楊開拓鬆了一口氣。彩虹三橋這邊，楊開拓除了配合部隊清理事故現場，還跟公路局的工程師和技術員一起，研究和制定該橋的修復方案。這些工程技術人員，也連續兩天蹲在事故現場，考察斷裂的橋梁，用錘子敲打橋墩的裂縫。楊開拓要求他們，五天之內，必須拿出一個修復方案，讓他報到縣裡和市裡；縣裡和市裡的領導一旦批准，公路局馬上施工，爭取一個月之內恢復通車。這天上午，楊開拓又在彩虹三橋現場辦公，手機響了；他看了一下屏幕，是杜縣長的名字。楊開拓的心臟，又「嗵嗵」地跳到一百多下。自從出現彩虹三橋坍塌事件，杜縣長對他張口就罵，他對杜縣長發怵的程度，已經超過小時候害怕他媽——他小的時候，他媽脾氣暴躁，對他張口就罵，抬手就打。但他又不敢不接杜縣長的電話。他拿起電話，準備再次挨杜縣長的罵，誰知電話裡的杜縣長和顏悅色：

「老楊啊，你在哪兒呢？」

楊開拓：

「杜縣長，我在事故現場呢。」

杜縣長：

「聽說你們搞了一個修復方案，咋不讓我看看呢？」

楊開拓一陣興奮，原來他做的工作，杜縣長已經知道了；這不就是好兆頭嗎？大家齊心協力，做些建設性的工作多好，不要把精力都花在議論那些似是而非的事情上。楊開拓：

「這個方案，已經在現場推敲兩天了，覺得還不夠周密，沒敢向您彙報。」

杜縣長：

「省裡市裡對何時恢復通車，也非常關心；你能不能現在到縣政府來一趟，我們之間先議一下。」

楊開拓馬上說：

「縣長，我馬上到。」

放下電話，楊開拓興沖沖拿上修復方案的草圖，坐上車，風馳電掣地往縣城趕。待到了縣城，到了縣政府，進了杜縣長的辦公室，發現辦公室除了有杜縣長，還有兩個他不認識的人。楊開拓以為是省裡或市裡來考察彩虹三橋何時恢復通車的專家，也沒在意，忙將修復方案的草圖，鋪到了杜縣長的辦公桌上；正準備講解，沒想到杜縣長止住他：

「老楊，這個先不忙。」

指著屋裡其他兩個人：

「這是市紀委的兩個同志，問你兩句話。」

說完，轉身出了辦公室。楊開拓楞在那裡，這才知道杜縣長用了調虎離山之計，藉著討論彩虹三橋修復方案，把他騙到了辦公室。市紀委找人談話，能是什麼好話？楊開拓看著杜縣長出去，想說什麼，又不知該說什麼；杜縣長是這屋子裡他唯一認識的人，唯一認識的人出去了，剩下兩個市紀委的陌生人。楊開拓結結巴巴問：

「問我兩句話，啥話？」

兩個市紀委的人，一個人面無表情，另外一個也面無表情；其中一個人說：

「不是兩句話，就一句話。」

楊開拓：

「啥話？」

這人：

「你被雙規了。」

楊開拓的腦袋，「轟」的一聲炸了。雙規，就是隔離審查。紀委隔離審查你，證明你有問題，起碼懷疑你有問題。至於問題是什麼，那是雙規之後和隔離審查之後的事。說是問話，誰知一句也沒問，就是告訴你一個無法改變的結果。楊開拓知道解釋沒用，反抗也沒用；只是結結巴巴地問：

「啥時候開始？」

這人：

「現在就跟我們走。」

楊開拓：

「我啥也沒帶呀，能不能讓我回家拿一下換洗衣服和洗漱用具。」

這人搖頭：

「不用，組織上都給你準備好了。」

楊開拓掏出手機：

「我能不能給我老婆打個電話，說我出差了。」

這人又搖頭：

「不用。組織上會通知她。」

將手伸向楊開拓，示意將手機交給他。楊開拓猶豫一下，知道不交不行，便乖乖地將手機交給了這人。

楊開拓跟著兩人走出杜縣長的辦公室，來到樓下，上了這兩個人的車；楊開拓的車和司機也在樓下，司機也是連續兩天折騰累了，楊開拓看見他在駕駛座上睡著了，他卻不知道楊開拓跟著別人走了。車出了縣政府，出了縣城，開始往山區開。到底要到哪裡去？楊開拓也不敢問。車在爬山。越過這座山，又往一條山溝裡開。山裡比山外晚一個季節，一山坡杏花，正開得燦爛。過了這條山溝，前邊豁然開朗，出現一灣鏡子般的湖，湖水碧波蕩漾；湖的一邊，是一幢小樓。車到小樓前，楊開拓見門前掛著「××市財政系統培訓中心」的牌子，知道雙規的地方到了。組織雙規人，大都在偏僻的賓館或內部招待所。楊開拓打量四周，風景還不錯，起碼比關犯人的監獄強多了。

下車，同來的兩人中有一人打電話；兩分鐘之後，從小樓裡走出來一個人，打量楊開拓；打量之後，讓楊開拓跟他走；同來的兩人轉身上車，車「呼」地開走了；楊開拓明白，那兩人只負責路上押送，接下來的雙規和隔離審查，就是另一撥人的事了。楊開拓跟接他的這人進了小樓，上了電梯，到了五樓。從五樓出電梯，順著走廊走到底，停在一間房門前；這人敲門，推門，對裡邊說：

「人到了。」

屋內有個戴眼鏡的中年人，瘦，正坐在一張桌子後看電腦；聽到聲音，抬頭看了楊開拓一眼，點點頭，示意楊開拓進屋。楊開拓進屋，打量四周，這是間賓館房間，卻被擺成了辦公室模樣。接楊開拓的人轉身走了。戴眼鏡的中年人倒和藹，指著辦公桌對面的椅子：

「楊局長，請坐。」

楊開拓聽這人還喊他的職務，又「請坐」，覺得自己的事情，還沒演變成敵我矛盾，渾身的神經稍微放鬆了一下。待坐下，戴眼鏡的中年人指指牆角的一架攝像機：

「我們談話時拍個視頻，你不介意吧？」

楊開拓正是因為被人在事故現場拍了照片，發到網上，才引起「微笑哥」和「表哥」的軒然大波，他對拍照和攝像有本能的抗拒；但是，他又明白，他正在接受審查，攝像機是組織擺在那兒的，你能抗拒或介意嗎？你抗拒就不拍攝了嗎？你介意就能把機器搬走嗎？介意和不介意的結果是一樣的；於是搖搖頭，表示不介意。戴眼鏡的中年人：

「知道為什麼叫你來嗎？」

楊開拓想了想，回答：

「知道。」

戴眼鏡的中年人：

「為什麼？」

楊開拓：

「前兩天，不該笑的時候，我笑了一下。」

戴眼鏡的中年人倒笑了一下，接著問：

「還有呢？」

楊開拓又想了想，知道脫不過去，接著答：

「還有手表的事。」

戴眼鏡的中年人把桌上的電腦，扭轉一百八十度，將屏幕衝向楊開拓；屏幕上，楊開拓戴過的七塊手表，或被人從網上人肉搜索出的七塊手表，已經整齊地排列在一起；七宗罪集合到一起，楊開拓也覺出了它們的分量。戴眼鏡的中年人：

「說說它們的來歷。」

怎麼解釋這七塊表的來歷，楊開拓在腦子裡也謀劃了兩天；這兩天，他一邊在彩虹三橋和醫院間奔跑，一邊與公路局的工程技術人員研究和制定彩虹三橋的修復方案，一邊在腦子裡謀劃這七塊表的出處，以防組織上詢問；方案一共想出六套，但到底用哪套方案能把手表的出處解釋得更加合理，還沒拿定主意；沒拿定主意的時候，就被組織雙規了，倉促之下，楊開拓有些手足無措；但時間不等人，戴眼鏡的中年人眼睜睜地等著他回答呢。他只好挑出一套方案答：

「這些表都是別人的呀。」

接著忙解釋：

「我姥爺是鎮上的鐘表匠，所以我從小也喜歡手表；這些手表我當然買不起，每次都是臨時借朋友的；戴完，就還給人家了。」

指著其中一款：

「比如前幾天戴的這塊，是因為我外甥結婚，我去撐個場面；我這個外甥不是別人，是我大姊的孩子；我大姊，是我小時候的救命恩人……」

突然覺得，自己說跑題了，便停住不說了。戴眼鏡的中年男人倒沒責怪他，只是將話題拉了回來：

「借誰的？」

七塊手表，分別是借誰的，這是兩天來最讓楊開拓苦惱的地方；能說手表是借別人的，卻想不出這些表的主人；表的主人也想出三十來個，皆是楊開拓平日的朋友，但又一個一個被楊開拓否定了；這三十來個人，要麼像楊開拓一樣，用合法收入買不起這些手表，要麼買得起這些手表，又不敢保證他們的人品，危難關頭，是替楊開拓頂包，還是會落井下石？看戴眼鏡的中年男人等著他回答，楊開拓指著目前的一塊：

「這塊，是借我姨家表弟的。」

戴眼鏡的中年男人：

「你表弟是幹什麼的？」

楊開拓：

「他在非洲承包工程，賺了一些錢，前幾天，專門回國參加我外甥的婚禮。」

戴眼鏡的中年男人：

「你表弟現在在哪兒？」

楊開拓：

「已經回博茨瓦納了。」

用在博茨瓦納當焊工的表弟頂了一塊，戴眼鏡的中年男人也沒深究，指著其他六塊表問：

「其他六塊，又是借誰的？」

其他六塊，楊開拓還沒想出合適的人選。沒想出來，就不能瞎說。楊開拓知道，此情此景，一言不慎，會導致一個漏洞；一個漏洞，會引出多個漏洞，整個堤壩就崩塌了。楊開拓：

「其他六塊，都是幾年前的事了，都是戴過就還，一時想不起來呀。」

戴眼鏡的中年男人也沒逼他，而是笑了一下：

「給楊局長時間，慢慢想。」

接著扭轉電腦，關機；站起，開始穿外衣：

「今天就到這兒吧。」

楊開拓也跟著站起來，有些疑惑：

「那我去哪兒呢？」

戴眼鏡的中年男人拿起桌上的電話，撥了一個號碼；片刻，進來兩個年輕人，穿著夾克，剃著平頭，看上去都很精幹；戴眼鏡的中年男人指著兩個人：

「這是小方和小袁，這幾天由他們照顧你。」

兩人中的小方說：

「楊局長，咱們換個房間。」

楊開拓看看戴眼鏡的中年男人，只好跟小方、小袁出門。穿過走廊，坐電梯，下到二樓，順著走廊走到底，小方推開一個房門，示意楊開拓進去。楊開拓進來，看到這是間賓館的標準間，裡面有一張床，一張桌子，一把椅子。桌子上擺著些文件。小袁指著桌上的文件說：

「楊局長，先從學文件開始吧。」

楊開拓坐下，發現桌上的文件，一份是黨章，一份是「共產黨員條例」，一份是二十年前，楊開拓入黨時填寫的入黨志願書。黨章和條例，楊開拓平時學習時也見過；當年他填寫的入黨志願書，突然出現在他面前，讓他大吃一驚；二十年來早把它忘記了，沒想到在雙規的地方又看到了它；楊開拓一方面佩服紀委，做事肯下功夫；另一方面也有些好奇，放下黨章和「共產黨員條例」，先翻開入黨志願書。志願書第一頁右上角，貼著他當年的照片；照片上的他穿著白襯衫，嘴角掛著微笑，望著前方；二十年前，他是那麼年輕；又看他親手書寫的「入黨志願」，一筆一畫，工工整整，皆是「為廣大人民群眾謀福利，為共產主義奮鬥終生」的誓言。楊開拓明白，組織上讓他看這些話，是讓他對照目前的所作所為，有所反省和懺悔；楊開拓也想反省和懺悔，但他兩天來在事故現場和醫院間來回奔跑，兩天兩夜沒有睡覺，突然一陣睡意襲來；沒進這房間還能支撐，看到這房間有床，楊開拓的腦袋馬上昏昏沉沉，待翻到入黨志願書的第三頁，他開始一栽一栽打瞌睡，志願書在他眼前變成一片模糊。小方用手捅他：

「楊局長，你這態度不對呀，別的被雙規的同志，一看到自己過去的入黨志願書，都開始痛哭流涕，你怎麼反倒打瞌睡了？」

楊開拓清醒過來，不好意思地說：

「我兩天兩夜沒睡覺了。」

小袁：

「楊局長，我們請你到這兒來，可不是讓你睡覺和休養，是讓你交代問題，說清七塊表的來歷。」

楊開拓：

「能不能讓我先睡一覺，睡醒了，我就說清。」

小袁：

「先說清，再睡覺。」

楊開拓：

「我腦子跟一盆糨似的，幾年前的事，哪裡想得起來？」

小袁看小方，小方問楊開拓：

「你要說話不算話呢？」

楊開拓：

「我要說話不算話，貼牆站著，你們永遠別讓我再睡覺。」

小方：

「那好，我們讓楊局長先睡一覺，我們相信楊局長的覺悟。」

楊開拓離開桌子，一頭倒在床上。小方拿起桌上的文件，出去了；小袁拉過椅子，坐在床的對面。楊開拓明白，小袁看著他睡覺，是怕他自殺；便說：

「小袁，你去休息吧，我不會想不開。」

小袁：

「這是紀律。」

楊開拓：

「那你辛苦了。」

轉頭就睡著了。也不知睡了多長時間，猛地醒來，發現屋裡的燈開著，坐在床前的不是小袁，換成了小方。楊開拓猛地坐起，小方：

「楊局長睡醒了？」

楊開拓有一半還在夢裡，點點頭。

小方：

「開始說七塊表的來歷吧。」

楊開拓馬上清醒了。這時又感到為難，因為他仍想不出可以託付的人。便低著頭不說話。這樣僵持了五分鐘，小方：

「看來楊局長說話不算話呀。」

又說：

「那就照楊局長說的，別再睡了，站起來清醒清醒。」

指指床對面的一面牆。楊開拓只好從床上爬起，來到牆前，貼牆站著。這時感到身後倚著的牆壁有些軟，悄悄用手摸了摸，原來牆壁是軟包裝的；可能是怕被雙規的人撞牆自殺吧，楊開拓想。這樣站了兩個鐘頭，小袁進來，小方出去了，小袁坐在椅子上，繼續看著楊開拓。又兩個鐘頭過去，也是站著站著累了，趁著小袁看手機，楊開拓悄悄蹲下來，想偷空歇會兒。誰知剛蹲下，小袁抬頭看他：

「楊局長，你是想起七塊表的來歷了嗎？」

楊開拓又慌忙起來，貼牆站著。又不知過了多長時間，看著窗外天亮了，楊開拓突然覺得肚子餓了。這時想起，自離開彩虹三橋事故現場到現在，折騰一天一夜，忘記吃飯了；或者，小方、小袁忘記讓他吃飯了。不想起吃飯不覺肚子餓，一想起，馬上餓得前心貼後背。肚子一餓，渾身癱軟，他只好對小袁說：

「小袁，能讓我吃口東西嗎？從昨天到現在，我還沒吃飯呢。」

小袁：

「想起表的來歷，就讓你吃飯。」

楊開拓只好餓著肚子，又貼牆站著。楊開拓小時候挨過餓，後來四十多年沒挨過餓，現在終於又知道挨餓的滋味，胃裡似乎有千萬隻蟲子在爬，在咬，在憤怒地吶喊；楊開拓嘆口氣，只好忍著。餓著就容易犯睏，一犯睏身子順著牆壁禿嚕下來；小袁敲了一下桌子，楊開拓猛地一驚，慌忙又站起身子。不知過了多長時間，楊開拓實在堅持不下去，身子像一灘泥一樣癱到地上，再也爬不起來。這時屋門開了，小方進來了。楊開拓說：

「能不能先讓我吃頓飯，吃過飯，我一定把表說清楚。」

小袁拍了一下桌子：

「不可能，昨天睡覺的事，你就騙了我們一次。」

楊開拓：

「這次再不騙你們了。」

小袁：

「先交代，再吃飯，不要心存妄想。」

楊開拓：

「我餓得暈頭轉向，哪裡想得起來？」

小方這時倒攔住小袁：

「允許人犯錯誤，也允許人改正錯誤，我們再相信楊局長一回。」

小袁便出去了。十分鐘後，他端來一大盆米飯，和一大碗熱氣騰騰的紅燒肉：

「楊局長，這回可得說話算話。」

看到吃的，楊開拓的胃馬上復活，胃裡和身體裡千萬隻蟲子也復活了；楊開拓點點頭，端起米飯，就著紅燒肉，兩分鐘工夫，把一大盆米飯和一碗紅燒肉吃進肚子。小袁收起碗盆，小方說：

「楊局長，說表的來歷吧。」

楊開拓又低著頭不說話。不說話不是不想說表的來歷，而是實在想不起可以說的人。小方嘆口氣，小袁也嘆口氣。楊開拓也忙回到牆前，貼牆站著。一個鐘頭過去，楊開拓覺得剛才的紅燒肉鹹了，開始口渴，想喝水。也不知廚房是不是故意把紅燒肉做鹹了。但因為有前兩個回合的不算話，楊開拓不敢再提喝水的事。小方出去了，小袁留下看他。小袁一邊看手機，一邊拿起水瓶喝水。沒人喝水還能忍耐，看到別人喝水，楊開拓渾身所有的細胞都在焦躁。沒吃飯之前覺得餓著難受，現在覺得渴了比餓了還要難受十倍。千萬隻蟲子不但在噬咬他每一根神經和每一個細胞，還在拚命吸吮他身體裡最後一點水分。楊開拓終於忍不住了，說：

「小袁，能不能讓我喝口水，喝過水，我一定交代。」

小袁冷笑一聲：

「我們已經上過兩回當了，絕不會再上當了。」

楊開拓不敢再說話。漸漸，窗外天又黑了。一個小時後，楊開拓覺得自己像一條毛巾，已經被絞出最後一滴水。他覺得自己的頭髮正在變焦，渾身已經變成一捆乾柴，點根火就會燃燒。楊開拓張著嘴，拚命喘氣；突然一陣暈眩，癱坐在地上；小袁敲了一下桌子，楊開拓忙又掙扎起來，貼牆站著。這時推門進來兩個人；楊開拓已渴得頭冒金星，只知道來人不是小方，沒認出他們是誰；接著仔細打量，才認出他們一個是男的，一個是女的。那男的停在門邊，女的見到楊開拓，愣在那裡，足足愣了兩分鐘，突然撲上來，大叫：

「開拓！」

楊開拓從聲音聽出，撲上來這女的，原來是他大姊。大姊撲得太猛，將楊開拓撲倒在地。大姊從地上爬起來，將楊開拓抱到懷裡：

「開拓，你咋變成這樣了？」

楊開拓渴得渾身冒煙，似乎回到他一歲的時候；那年他得了腦膜炎，奄奄一息，他媽把他扔到了草屋裡，讓他自生自滅；當時大姊九歲，跑到草屋，將楊開拓抱到懷裡，餵他水喝。楊開拓在大姊懷裡，似乎回到了當年的情形。楊開拓囁嚅著說：

「姊，我渴。」

楊開拓的大姊，不像楊開拓一歲時，她手裡有一個水碗，能夠馬上餵他水喝，現在轉過頭來，看站在門邊的那個男人；這時楊開拓認出，這個男人，就是在另一間屋裡，問訊過他的那個戴眼鏡的中年人。戴眼鏡的中年人示意一下小袁，小袁從桌上拿起一瓶水，遞給楊開拓的大姊。大姊忙將瓶蓋擰開，餵楊開拓水喝。「咕咚」「咕咚」，一瓶水，轉眼之間就不見了。一瓶水喝下，楊開拓覺得渾身的細胞，都重新綻放了；渾身的神經，都重新舒展了。他喘著氣看大姊：

「姊，好舒服。」

大姊哭了：

「開拓，你就招了吧。招了進監獄，也比待在這黑屋裡強呀。進了監獄，起碼能喝水呀，起碼能見天日呀。你進了監獄，姊每個月都去看你。」

五

戴眼鏡的中年人與楊開拓再次談話之前，不但讓楊開拓喝足了水，還讓他洗了個澡，換了身衣服；乾淨的內衣和外衣，都是組織提供的；換過衣服，又讓廚房給楊開拓做了一碗湯麵；一窩熱麵上，撒著翠綠的蔥花和香菜末；用筷子挑麵，裡面臥著一個雞蛋；這回不鹹，鹹淡合適，還點了點兒醋。楊開拓重新坐在戴眼鏡的中年人的辦公桌前，渾身上下乾乾淨淨，肚子裡不渴不餓。

戴眼鏡的中年人再次把電腦扭轉一百八十度，將屏幕衝向楊開拓；屏幕上，七塊手表又整齊地排列在一起。戴眼鏡的中年人：

「這些表都是誰送給你的？」

楊開拓：

「×××，×××，×××，×××，×××……」

連著說了七個人的名字。戴眼鏡的中年人：

「為什麼送給你？」

楊開拓：

「我給他們批了工程。」

戴眼鏡的中年人：

「都有哪些工程？」

楊開拓：

「××工程，××工程，××工程，××工程，××工程……」

戴眼鏡的中年人：

「除了送表，還送了什麼？」

楊開拓忙搖頭：

「別的就沒有了。」

戴眼鏡的中年人皺皺眉：

「看來楊局長還需要再想兩天。」

站起身，開始穿外衣。楊開拓害怕了，急忙站起，阻住戴眼鏡的中年人：

「我想起來了。」

戴眼鏡的中年人脫下外衣，重新坐下：

「還有什麼？」

楊開拓跟著坐下：

「還有黃金、首飾、名牌衣服、名牌包、購物券……」

戴眼鏡的中年人點點頭，又盯著楊開拓問：

「還有呢？」

楊開拓看戴眼鏡的中年人一眼，猶豫片刻，只好說：

「還有現金。」

戴眼鏡的中年人：

「都有誰？各送了多少？」

楊開拓：

「我得一筆一筆想。」

戴眼鏡的中年人端起茶杯喝了一口茶：

「想吧。」

楊開拓想了五分鐘，又有些猶豫：

「時間長了，我記得不一定準確呀，萬一說錯了，不成冤案了？」

戴眼鏡的中年人：

「不要緊，我們會一筆一筆核對。」

楊開拓只好說：

「張三，×萬元；李四，××萬元；王五，××萬元；趙六，×百萬元……」

說完這些，楊開拓：

「該說的都說了，打死也再沒有別的了。」

戴眼鏡的中年人笑了：

「我相信楊局長，喝口茶。」

楊開拓端起面前的茶杯，喝了一口。戴眼鏡的中年人：

「還有最後一個小問題。」

楊開拓：

「啥問題？」

戴眼鏡的中年人拉開抽屜，從抽屜拿出一個手機；楊開拓馬上認出，這個手機是他本人的，幾天前，在杜縣長辦公室，紀委的兩個人從他手裡沒收了；戴眼鏡的中年人從手機裡調出一條微信，讓楊開拓看。楊開拓看手機屏幕，這微信是一個叫「蘇爽」的人十天前發來的；微信就五個字：

哥 千金 速來

看到這微信，楊開拓楞在那裡。戴眼鏡的中年人：

「這號碼是省城的，什麼意思？」

楊開拓低下頭不說話。戴眼鏡的中年人：

「蘇爽是誰？」

楊開拓低著頭，仍不說話。

戴眼鏡的中年人：

「我本來想著，今天能把事情談清楚，沒想到還得給你時間去想。」

站起，又穿外衣。楊開拓忙阻住他：

「領導，我說。」

戴眼鏡的中年人脫下外衣，又坐下：

「說吧。」

楊開拓又猶豫：

「我不好出口哇。」

戴眼鏡的中年人：

「這裡就我們兩個人，如實說。」

楊開拓：

「您不要誤會，這微信的『千金』，說的不是錢，是『千金小姐』，意思是讓我去省城，這人給我找了個女的。」

戴眼鏡的中年人：

「照你這麼說，這個蘇爽，是個皮條客了？」

楊開拓想了想：

「也可以這麼說。」

戴眼鏡的中年人突然拍了一下桌子，聲色俱厲：

「省城距你們縣四百多公里，還有一半是山路，從你們縣到省城，開車得跑一天，你跑一天，就為了找一個『小姐』，誰信？找小姐，你們縣就沒有嗎？」

楊開拓帶著哭腔：

「我們縣也有小姐，可蘇爽那裡的小姐，跟我們縣的不一樣啊。」

戴眼鏡的中年人：

「哪裡不一樣？漂亮？」

楊開拓囁嚅：

「除了漂亮，還有別的。」

戴眼鏡的中年人：

「還有什麼？」

楊開拓：

「她們不是『小姐』，她們是處女。」

戴眼鏡的中年人楞在那裡；突然拍了一下桌子：

「楊開拓，你腐敗到了什麼程度？嫖娼，小姐都不找，非找處女。」

楊開拓低下頭：

「不是這個意思。」

戴眼鏡的中年人：

「那你啥意思？」

楊開拓：

「我說不出口哇。」

戴眼鏡的中年人厲聲說：

「說！」

楊開拓：

「我從小體質弱，那方面不行，但一聽處女，跟打了雞血一樣；弄一個處女，能行一個月。」

戴眼鏡的中年人楞在那裡：

「你用它來治病了？」

楊開拓：

「也可以這麼說。」

又囁嚅：

「所以，事出有因呀。」

戴眼鏡的中年人倒被他氣笑了；但馬上又嚴肅起來：

「楊局長，事情沒這麼簡單，按說，蘇爽給你找處女，應該你給蘇爽錢，我們調了你的銀行帳戶，六年來，這個蘇爽，卻給你打過十回錢，為什麼？」

楊開拓低頭不說話。沉默半天，囁嚅著說：

「我給她工程。」

戴眼鏡的中年人：

「都給過蘇爽什麼工程？」

楊開拓：

「蘇爽不要工程，她只是從中間牽線，工程給了省××建築公司。」

戴眼鏡的中年人：

「都給過這個公司什麼工程？」

楊開拓想了想：

「××工程，××工程，××工程……」

戴眼鏡的中年人：

「彩虹三橋，是不是也是這家公司承建的？」

楊開拓小聲說：

「先給了他們，他們接著轉包了。」

戴眼鏡的中年人點點頭，收回楊開拓的手機，開始關電腦：

「楊局長，我們今天就談到這兒吧。」

接著站起身，開始穿外衣。這回楊開拓沒站起來：

「領導，我不明白。」

戴眼鏡的中年人一愣，接著脫下外衣，重新坐下：

「啥意思？」

楊開拓：

「這條微信，十天前我已經刪了，咋又出現在手機上？」

戴眼鏡的中年人一笑：

「你說呢？」

楊開拓明白了，銀行帳戶他們能調取，手機所有的信息，他們當然也可以調取。楊開拓：

「領導，我還有一個問題。」

戴眼鏡的中年人：

「啥問題？」

楊開拓：

「我想知道，當初，是誰把我傻笑的照片，傳到網上去的？」

戴眼鏡的中年人：

「群眾唄。當時在事故現場，站了那麼多群眾，現在人人都有手機。」

楊開拓搖搖頭：

「這個問題我想了好幾天，絕不是群眾。」

戴眼鏡的中年人：

「那是誰？」

楊開拓恨恨地說：

「出了事故，死了人，想把我當成替罪羊的人！」

接著大喊：

「說我收受賄賂，我還不知道，他們才他媽是貪官呢！」

戴眼鏡的中年人：

「你有證據，也可以向紀委舉報呀。」

楊開拓帶著哭腔：

「接著我就進監獄了，還到哪裡找證據去？他們毒還毒在這個地方。」

又說：

「再說，我進去了，我老婆孩子還在外邊，我不得替他們想想啊？」

戴眼鏡的中年人又站起來，開始穿外衣：

「楊局長，我們似乎說跑題了，你說呢？」

楊開拓不說話了。

第五章　牛小麗

一

牛小麗在鎮上開了一個小吃店，叫「小麗小吃」。全鎮的人都知道，牛小麗去××省尋找逃跑的宋彩霞，雖然花了一個多月，吃了不少苦，最後還是找到了。牛小麗抓住宋彩霞騙婚的事實，在當地打了一場官司，除了讓宋彩霞賠償騙婚的十萬塊錢，還讓她賠償牛家精神損失費、牛小麗從老家到××省沁汗縣找人的差旅費、誤工補償等兩萬元，加在一起，共十二萬元；宋彩霞家沒錢，當地法院強制執行，賣了宋彩霞娘家的房子；牛小麗拿著十二萬元，返回老家。這一英雄壯舉，在全鎮傳為佳話。牛小麗除了還清鎮上地下錢莊屠小銳的欠款，用剩下的錢，在鎮上開了一家小吃店。七月八號，「小麗小吃」開張，七月十八號，牛小麗與馮錦華結婚，也算雙喜臨門。唯一讓人煩惱的是，牛小麗從××省回來，辛家莊的老辛，開始糾纏她。沒去鎮上開店之前，老辛每天到牛家莊找牛小麗。老辛倒也不打不鬧，只說一句話：

「還我老婆，還我兒子。」

他老婆就是跟牛小麗一起去××省尋找宋彩霞的朱菊花，他兒子就是跟她們一同上路的四歲的小猴。老辛頭一回跟牛小麗要人，牛小麗就跟老辛急了：

「你找你老婆和兒子，我還找他們呢，你老婆把我的盤纏縫到褲襠裡偷走了；在還你老婆和兒子之前，你先還我三千塊錢！」

老辛跺著腳：

「我告你去！」

牛小麗：

「去吧，你這婚姻是非法的，你老婆是拐賣過來的，你收留她，等於非法拘禁，看公安局不把你先抓起來！」

老辛不說話了。停停又說：

「要不這樣，我也學你找宋彩霞，這回我出路費，你跟我再去××省一趟，把我老婆和兒子找回來。」

牛小麗的未婚夫馮錦華：

「你一個大男人，自個兒抬腿就能上路，讓別人領著幹麼？」

老辛指著牛小麗：

「她去××省找宋彩霞，一下找著了，不是有經驗嗎？」

馮錦華：

「我們馬上要到鎮上開小吃店了，沒工夫。」

老辛犯了倔脾氣，蹲到牛小麗家門前：

「我老婆和兒子一天找不著，我就蹲到你家門口一天。」

又說：

「人是從你們手裡丟的，你們就得還我。」

又說：

「上回你們丟的是一個人，這回我可是兩個人。」

牛小麗到鎮上開小吃店，老辛每天又來「小麗小吃」門前蹲著。朱菊花和小猴跑了，老辛會找她鬧，牛小麗在××省就想到了，但老辛每天像上班一樣來門口蹲著，她走哪兒跟哪兒，從村裡跟到鎮上，還是出乎牛小麗意料。馮錦華：

「老辛，過去在牛家莊，你在門口蹲著就算了，如今是做生意，你在門口像狗一樣蹲著，會耽誤我們做生意，知道不知道？」

老辛仰頭看新開的店：

「不蹲也行，三年前買朱菊花，花了七萬塊錢，你們把錢還我。」

牛小麗哭笑不得：

「錢是朱菊花騙走的，咋該我們還你？」

馮錦華上去踢了老辛兩腳：

「再這麼耍賴，我提溜著你的脖子，把你扔到河裡去！」

老辛挨了兩腳，看馮錦華一眼，站起身，往外走出一箭之地，蹲在遠處的空地上。那裡不是「小麗小吃」的門口。牛小麗和馮錦華哭笑不得。馮錦華指著遠處的老辛：

「你能在那裡蹲一年，我就佩服你！」

「小麗小吃」開在牛小麗過去打工的製衣廠大門口左側。製衣廠有四百多工人，兩班倒，人停，機器不停；過去牛小麗在這裡打工時，或午飯，或晚飯，都是匆匆忙忙到製衣廠門口買個煎餅，或是肉夾饃；煎餅和肉夾饃雖然好吃，但都是乾的；吃完之後上工，老想喝水。牛小麗去××省尋找宋彩霞，找了半個月沒找著，接著跟蘇爽去了另一座省城，在省城又待了二十多天；這期間，牛小麗跟蘇爽等人常去省城的江邊吃飯，吃到一種小吃叫「羊腸湯」，味道好不說，就著燒餅，有湯有水，吃下去肚子也舒服；留意了它的做法；從××省回來，牛小麗做了兩件事：一、不再去製衣廠打工；二、在製衣廠門口租了兩間房，開起小吃店，專門賣羊腸湯和燒餅。牛小麗從××省城帶回來十二萬元，把它說成宋彩霞的賠償；名義上還了屠小銳十萬八千八百塊錢，實際上還了他九萬九千二百塊錢；屠小銳的高利貸是三分利，但借錢那天，屠小銳把舌頭伸進了牛小麗的嘴裡，利息變成了兩分；馮錦華和牛小實知道牛小麗開店的本錢是一萬六千塊錢，其實她手裡有兩萬五千六百塊錢。牛小麗定價，一碗羊腸湯兩塊錢，一個燒餅五毛錢，二者加起來，只比一個煎餅或一個肉夾饃多出五毛錢。賣煎餅和肉夾饃的只有一輛推車，買過煎餅和肉夾饃要在風地裡站著吃；「小麗小吃」是個屋子，屋子裡有桌子和凳子，能踏實坐下來。牛小麗又規定，吃羊腸湯，加湯不要錢；一頓飯吃下來，滾燙的湯水管夠，能吃出一身汗。「小麗小吃」開張後，漸漸製衣廠的女工都來吃燒餅和「羊腸湯」，沒人再去吃煎餅和肉夾饃。不但製衣廠的女工來吃，製衣廠大門口右側是鎮上的洗浴中心，許多來洗澡的客人，洗澡之前餓了，或是洗澡之後餓了，都來「小麗小吃」，就著燒餅，吃一碗羊腸湯。不但洗澡的客人來吃，在洗浴中心搓背的師傅、修腳的師傅，或在洗浴中心做那種生意的東北小姐也過來吃。漸漸牛小麗與洗浴中心的老闆熟了，還能給洗浴中心送外賣。生意忙了，漸漸牛小麗就把蹲在門口遠處空地上的老辛給忘了。兩個月後，她偶爾發現，老辛來蹲著的次數和過去不一樣了：過去他每天都來，現在隔三差五來一下午。打問別人，才知並不是老辛改變了主意，不來糾纏牛小麗了，而是老辛開始心疼自己的工夫：他一天不到辛家莊河灘的磚窯上背磚，就沒人給他發工資，老辛又到辛家莊河灘的磚窯背磚去了，偶爾還來鎮上「小麗小吃」遠處的空地上蹲著，表明他並沒有忘記這件事。這天下午，牛小麗從店裡出來上廁所，發現遠處的空地上又蹲著老辛。走近，發現老辛頭上還戴著在磚窯上背磚的土鋼盔，大夏天了，還穿著背磚的棉襖和棉鞋。牛小麗問：

「老辛，大夏天的，還穿著棉襖，不熱呀？」

老辛翻翻白眼，也沒理她。等牛小麗從廁所回來，倒是看到他摘下了土鋼盔，露出臉上一道一道的黑灰；脫下了棉襖，一下又光著膀子，膀子上起了一層白花花的皮。

轉眼夏去秋來，又三個月過去。牛小麗忽然覺得，老辛有一個多月沒來了。牛小麗以為老辛蹲了幾個月沒結果，改變了主意，從此徹底不來了。漸漸也就把他忘了。這天晚上，牛小麗從店裡出來上廁所，發現遠處空地上，蜷著一團黑乎乎的東西。牛小麗以為是一條狗，在等著吃店裡扔出的殘羹剩飯；路過，發現是一個人，躺在那裡睡著了。低頭看，原來是老辛。外邊風大，一陣風吹過，蕩起一陣塵土，刮到了老辛臉上。老辛眼窩裡鼻孔裡都是土。牛小麗彎腰把老辛搖醒了。老辛醒來，看到牛小麗，倒是嚇了一跳。牛小麗問：

「老辛，你吃飯沒？」

老辛揉著眼睛，搖搖頭。

牛小麗轉身回到店裡，拿了一個燒餅，盛了一碗羊腸湯，端來，遞向老辛。老辛看看牛小麗，也接過燒餅和羊腸湯吃。牛小麗問：

「老辛，你咋好長時間沒來了？」

一聞此言，老辛放下羊腸湯，「哇」的一聲哭了，把牛小麗嚇了一跳。老辛邊哭邊說：

「我去了××省一趟。」

牛小麗更被嚇了一跳，忙問：

「找著朱菊花和小猴了嗎？」

老辛搖頭：

「她娘家的地址是假的。」

又說：

「我不死心，又花了半個月工夫，把沁汗縣所有的村頭都跑遍了，全縣十二個鄉鎮，叫朱菊花的有百十來個，沒有一個是我老婆。」

老辛在沁汗縣的經歷，大半年前牛小麗都經歷過。牛小麗：

「一時沒找著，只能再找機會了。」

老辛仰起臉：

「我今天過來，就是想等你打烊之後，問你一句話。」

牛小麗：

「啥話？」

老辛：

「大半年前你去沁汗，是咋找到宋彩霞的？我在沁汗縣，找不著我老婆，去了宋彩霞的村子，誰知她說的地址也是假的。」

牛小麗倒回答不上來了；楞了片刻，說：

「這個假地址，也害我多找了一個多月，後來找到她，也是偶然。」

老辛：

「我在沁汗給你打電話，咋老打不通？」

從另一座省城回來，牛小麗就換了手機號，只不過沒告訴老辛這種人就是了。牛小麗：

「店裡這麼忙，我哪有時間看手機？」

老辛：

「從××省回來，我還是有些不死心呀，你能把宋彩霞娘家的真地址告訴我嗎？她跟我老婆認識，我準備再去××省一趟，找著了宋彩霞，也就找著我老婆和小猴了。」

牛小麗忙說：

「上回我在沁汗，讓宋彩霞家賠償損失，政府把她家的房子拍賣了，她一家人無家可歸，早不知搬到哪兒去了。」

老辛拍著地：

「這麼說，最後一條線索也斷了。」

接著嘆息：

「接著我該咋辦呢？」

牛小麗問：

「老辛，明天你還來這兒蹲著嗎？」

老辛：

「去了一趟××省，我現在身無分文了，明天我得去磚窯上背磚呀。」

這時牛小麗說：

「要不，你到我小吃店打工吧。」

老辛一愣，看牛小麗。牛小麗：

「你來店裡打工，一是天天能盯著我，不用專門來蹲著了，二來在屋裡洗碗擇菜，風吹不著雨打不著，比到窯上背磚強。」

老辛轉著眼珠懷疑：

「你這麼做，不會有啥貓膩吧？」

牛小麗「噗哧」笑了：

「你都身無分文了，從你身上，還能貓膩出個啥呀？也就是看你走投無路，可憐你罷了。」

又說：

「你愛來不來。」

二

「小麗小吃」自開張以來，僱過好幾個幫工。開張之初，牛小麗讓他的哥哥牛小實來幫忙。牛小實知道這是個賺錢的門路，也很高興；但幹了不到兩個月，就撂挑子不幹了。兩人開的是兄妹店，牛小麗負責打燒餅、做羊腸湯，捎帶收錢，牛小實負責端盤子端碗；端盤子端碗不用操心，牛小實倒也喜歡；客人少了，他還趕緊擇菜或掃地；牛小麗在爐子上烤燒餅，他也知道往爐膛裡添煤；牛小麗盛出一碗一碗的羊腸湯，他趕緊往碗裡撒香菜；他受不了的是有的客人戲弄他。牛小實跑了老婆，自己不出頭，讓妹妹替他去把損失找了回來；而且他不只跑了宋彩霞，在此之前，牛小實娶過一個老婆，兩人去城裡打工，老婆也跟人跑了，給他留下一個小女兒；連著跑了兩個老婆，故事便有些傳奇；他的故事有些傳奇，牛小麗千里尋嫂的故事也有些傳奇，兩個傳奇加在一起，一些人來店裡吃羊腸湯，除了吃飯，還為了看他們兄妹二人。但看與看不同，看牛小麗是看她如何能耐，看牛小實是看他如何窩囊。相比較而言，能耐不禁看，窩囊更招人來，藉著吃飯來看牛小實的客人，倒比看牛小麗的多。一開始牛小實沒意識到，客人進店，點飯，牛小實把羊腸湯和燒餅端上，回到後廚幫牛小麗幹活，客人又在前廳喊：

「來點醋。」

或者：

「再來點辣子。」

牛小實便將醋瓶和辣子送上，客人又藉機把牛小實看一遍。次數多了，從客人的眼神裡，牛小實看出了別的含義。牛小實煩了，讓牛小麗多買了十來瓶醋，一個飯桌上放一瓶醋；讓牛小麗多炸了些辣子，一個飯桌上放一碗辣子。沒人要醋和辣子了，但店裡承諾，客人吃羊腸湯可以加湯，加湯不要錢，許多人又借加湯，讓牛小實從後廚跑出來，再看一遍。看到客人加過湯又沒吃完，牛小實便知道客人加湯有別的含義；收拾桌子的時候，將這碗摔打得叮叮噹噹：

「讓爺加湯，加了又不吃，這不是拿爺當猴耍嗎？」

一個月過去，看人的新鮮勁兒過了，大家對看牛小實也就沒興趣了，加湯就是加湯。但牛小實心裡坐下了病，誰再加湯，仍以為人家在耍他。這天中午，在鎮上送快遞的老焦來吃羊腸湯；也是挨家挨戶送了一上午快遞，口乾舌燥，連加了四回湯。老焦加湯沒有別的意思，牛小實以為老焦耍了他四回。看第四碗的湯又剩下半碗，牛小實便嘟囔道：

「餓死鬼托生的，占便宜沒個夠。」

這話被走到門口的老焦聽到了，老焦大怒，回身指著牆上「無量加湯。加湯不加錢」的字幅：

「你們自己寫的，咋說話不算話？」

又說：

「喝口雞巴湯，你咋埋汰人哩？」

牛小實多少天積攢的火氣，噴發出來，指著老焦：

「罵人是吧？再犯渾，我敢修理你信不信？」

老焦冷笑一聲：

「幾天不見，你長本事了，知道啥叫修理嗎？」

抄起桌上一個醋瓶，照牛小實頭上砸去。幸虧牛小實躲得快，醋瓶碎了一地，醋也灑了一地。店裡其他吃飯的客人，忙過來阻攔；牛小麗正在後廚打燒餅，也忙跑出來勸解。雙方又爭執一番。老焦朝地上啐了一口唾沫，指著牛小實：

「這事沒完，改天再修理你個窩囊廢！」

氣哼哼而去。老焦出門，牛小實將牆上「無量加湯。加湯不加錢」的字幅扯下，「嘶啦」「嘶啦」

撕了，接著蹲在地上：

「做一個雞巴生意，要受這些氣，我他媽不幹了。」

這時店裡起了一股焦糊味，牛小麗落在後廚的一爐子燒餅，也糊在那裡。牛小麗看牛小實實在不是做生意的材料，便打發他回牛家莊，給他買了一群羊，讓他到河灘上去放。不再與人打交道，整天跟羊在一起，牛小實倒不再生事。牛小實走了，牛小麗本想讓她的未婚夫、結婚後就是她丈夫的馮錦華過來幫忙，將「小麗小吃」開成一個夫妻店。但馮錦華丟不下他的摩托車修理鋪。馮錦華說，也不是丟不下這鋪，是丟不下手藝。馮錦華說：

「俗話說得好，家有良田千頃，不如薄技在身。」

又說：

「俗話說得好，不把雞蛋放到一個籃子裡；你開你的小吃店，我修我的摩托，萬一一頭有閃失，還有另一個地方托著。」

牛小麗覺得他說得也有道理。但店裡生意越來越忙，單靠一個人，撐不起店面。牛小麗也想過請製衣廠過去的同伴來幫忙，但想著過去是朋友，現在變成老闆和夥計的關係，又怕這新的關係不好處理；越是熟悉的朋友，越容易嫉妒你；店面清冷也許不嫉妒，店面紅火，過去的朋友心裡倒不平衡；牛小麗決定不找這麻煩。過去的同事存在這問題，村裡的親戚鄰居也同樣存在這問題。本來想招一個幫工，幫工沒找著，卻招來許多煩惱。煩惱間，牛小麗只好在店外貼了一個招工啟事。第二天上午，來了十來個應聘的，有女的，也有男的；但牛小麗都不中意，有的一看就窩囊，有的一看就邋遢，有的一看就刁，有的一看就懶。到了下午，又來了一個三十出頭的女人。這女人眉清目秀，渾身上下乾乾淨淨，一看手腳就麻利，說話又文靜；牛小麗暗自喜歡。牛小麗問她是哪裡人，那女人問：

「你不認識我了？」

牛小麗打量這女人，搖搖頭。這女人：

「我叫齊亞芬，過去在這門口賣煎餅，你在製衣廠上班時，還來我攤上吃過煎餅呢。」

牛小麗再仔細打量，似乎想了起來；牛小麗：

「那你咋不賣煎餅了？」

齊亞芬：

「你開了『羊腸湯』，就沒人買我的煎餅了。」

牛小麗明白了，是她把人家的生意擠垮了。正因為這樣，牛小麗擔心齊亞芬記恨自己，便不想聘用她；齊亞芬似乎看出了牛小麗的心思，便說：

「不賣煎餅也好，不用每天張羅出攤了，也不再擔心颳風下雨了。過去天一變，生意就沒法做了。」

又說：

「我喜歡打工，當老闆有風險，打工旱澇保收，只要把自個兒的活兒幹好就行了。」

牛小麗覺得齊亞芬說得有道理。齊亞芬又說：

「我跟馮錦華的姊姊是中學同學，你要不放心，可以跟他們打聽我的為人。」

又說：

「忙了好幾年，本來我想喘口氣，可我離婚三年了，帶一孩子，上個月家裡翻拆房子，手裡的錢花光了。」

牛小麗覺得她說話也實在，便想用她；問：

「如果你過來，一個月要多少錢呀？」

齊亞芬：

「給我兩千行不行？」

一個月兩千塊錢，雖然比製衣廠女工的工資多二百塊錢，但店裡的活計也比製衣繁雜，這要求也不過分。當天晚上，牛小麗向馮錦華打聽齊亞芬的底細，馮錦華說：

「你的店你做主，要我，不用這樣拐著彎認識的人。」

但鎮上的人，哪一個不拐著彎認識？牛小麗決定用齊亞芬。牛小麗給齊亞芬打了個電話，第二天一早，齊亞芬就來上班了。齊亞芬上班之後，牛小麗馬上覺得肩上的擔子卸下許多。齊亞芬過去攤過煎餅，打燒餅與攤煎餅同理，三天之後，也就學會了打燒餅；過去牛小實在的時候，因其手腳笨拙，做不了這些細活，才讓他端盤子端碗；現在齊亞芬打燒餅，牛小麗就剩下煮羊腸湯了；騰下來的工夫，可以端盤子端碗；端盤子端碗，畢竟不花心思。齊亞芬做事情除了學得快，還愛學；會打燒餅之後，又開始跟著牛小麗學做羊腸湯；半個月之後，羊腸湯也煮得有模有樣；一個月後，便開始獨當一面，燒餅和羊腸湯，都由她來張羅，騰出牛小麗，專門收帳和端盤子端碗。漸漸生意更好些，牛小麗又僱了一個老頭叫老孫，來店裡端盤子端碗，兼洗盤子洗碗，牛小麗專門收帳和招呼客人。牛小麗坐在櫃檯後，看著忙亂的夥計和店裡熙熙攘攘的客人，這時才有了做老闆的感覺。但三個月過去，牛小麗發現老孫手腳不乾淨，晚上打烊的時候，愛偷偷往家裡帶冷凍的羊腸，或剩下的燒餅，便辭了老孫。辭老孫的第二天，遇到了睡在店外空地上的老辛。一是看老辛走投無路，有些可憐——朱菊花和小猴跑了雖然跟她沒關係，畢竟也有聯繫，二是看老辛為人也老實，便與老辛商量，僱了老辛。給老辛的工錢，和過去老孫的工錢一樣，一個月一千五百塊錢。老辛上工頭一天，牛小麗觀察，老辛雖然個頭低矮，手腳倒利索，端盤子端碗，洗盤子洗碗，都不在話下；同時也不惜力，客人少的時候，知道趕緊抄起笤帚掃地；不但掃店裡的地，也掃店外的地；不但掃門口，一直掃到他過去蹲著的空地上；論起幹活，倒是比偷東西的老孫強多了。一天幹下來，牛小麗問：

「老辛，累不累呀？」

老辛擦著頭上的汗，不說話。齊亞芬在旁邊說：

「再累，也沒在磚窯上背磚累。」

老辛：

「不是累不累的事，在磚窯上背磚燙得渾身起皮，這裡不起皮。」

大家笑了。辛家莊離鎮上十五里路，從這天起，老辛一大早從辛家莊騎自行車來鎮上，晚上店裡打烊他再騎車趕回去。三天過後，牛小麗看他這樣奔波太辛苦，便叫老辛把鋪蓋捲帶過來，晚上店裡打烊之後，睡到店裡；一是省了老辛來回奔波，二是晚上也幫牛小麗看店；老辛的老婆和孩子跑了，家裡就剩老辛一個人，回到家裡也是冷清。老辛一聽，也樂意這麼做。店裡沒有床，但打烊之後，把兩張桌子拼到一起，鋪上被褥，也一樣睡得安穩。轉眼半個月過去。這天半下午，不是飯點，店裡沒客人，牛小麗和齊亞芬在店裡擇菜，老辛到店外掃地去了，齊亞芬悄悄告訴牛小麗，老辛夜裡並沒有睡到店裡。牛小麗一楞：

「那他睡到哪兒去了？」

齊亞芬指指對面的洗浴中心。

牛小麗：

「你咋知道？」

齊亞芬：

「今天早上，我過來籠火，店裡沒人；我以為老辛去廁所了，誰知過了一會兒，他悄悄從洗浴中心跑了過來，見了我，可不好意思了。」

牛小麗知道，洗浴中心裡有東北小姐，老辛可能到洗浴中心掛小姐了。這天下午，牛小麗在店外碰到洗浴中心的老闆，悄悄打問老辛的事，洗浴中心的老闆說，老辛夜裡來洗浴中心，並不是掛小姐，而是另攬了一份差事：半夜，洗浴中心沒客人洗澡了，浴池放水了，老辛來用毛刷子刷洗澡池子，接著用鐵刷子刷廁所的池子；浴池加廁所，刷下來得倆鐘頭；刷過男部刷女部，一共四個鐘頭；一個鐘頭五塊錢，共給他二十塊錢。牛小麗聽後，一是覺得老辛腦子並不笨，短短半個月，把周邊的環境和人摸熟了，還給自己另謀了一份差事；二是覺得老辛這樣腳踏兩隻船，白天黑夜連軸轉，會耽誤「小麗小吃」這邊的活計。當天晚上打烊，牛小麗讓齊亞芬先走，她有意留下來收拾廚上；邊把剩下的羊腸和蔬菜放進冰箱，邊不經意地對老辛說：

「老辛，聽說你夜裡不住在店裡呀。」

老辛馬上滿臉通紅，結結巴巴地說：

「我到洗浴中心刷池子去了。」

牛小麗見他實話實說，倒是個老實人，便說：

「你黑天白夜幹，不耽誤瞌睡呀？」

老辛：

「我從小覺就少。」

又說：

「我在洗浴中心幹了六七天，你見我白天打過瞌睡沒有？」

牛小麗想了想，倒真沒見他在店裡打過瞌睡，也沒覺得他耽誤幹活；又問：

「你這樣白天黑夜掙錢，還為去××省找朱菊花和小猴呀？」

誰知這時老辛搖搖頭。牛小麗大吃一驚：

「你不找他們了？」

老辛嘆口氣：

「不是不找，找也找不著，白花錢。」

又說：

「從××省回來，這道理我慢慢想明白了，既然跑了，就是出心不回來了；出心躲你的人，找起來就難了。」

牛小麗：

「這就對了，別一棵樹上吊死。」

又說：

「既然不找他們了，就不用這麼拚命了，以後別去洗浴中心刷池子了。」

老辛：

「正因為不找他們，我才得拚命幹呢。」

牛小麗：

「啥意思？」

老辛：

「當初買朱菊花，我花了七萬塊錢，都是借親戚朋友的；前幾年還了三萬多，還剩三萬多，找人又花去三千多，加起來四萬出頭，不是小數。」

又說：

「原想著，找到朱菊花，如果她不回來，就得還我錢；現在人財兩空，這帳不得我自個兒還呀？」

牛小麗心裡一驚，當初牛小麗找不著宋彩霞，跟蘇爽去了另一座省城，為了十萬塊錢，她心裡就是這麼想的。這時老辛瞥了牛小麗一眼：

「你這人不厚道。」

牛小麗：

「啥意思？」

老辛：

「你咋找著宋彩霞的，也不告訴我。」

又說：

「你找著宋彩霞了，讓她賠了你那麼多錢，我這裡卻雞飛蛋打。」

牛小麗無法告訴老辛，她咋找著宋彩霞的；因為她跟老辛一樣，也沒找著人。牛小麗只好說：

「我不告訴你了，偶然。偶然咋學呀？」

老辛不再說話了。半天，嘆了一口氣：

「我這輩子，怕是再也見不著朱菊花和小猴了。」

又說：

「朱菊花沒啥，我就是想小猴。」

牛小麗知道，小猴並不是老辛親生的，是朱菊花從××省帶來的；還記得朱菊花跟她說，老辛夜裡不行；便說：

「小猴也不是你親生的，想他幹麼？」

老辛：

「雖不是親生的，時間長了，有感情了。」

又說：

「過去一到晚上，小猴從被窩裡扒出頭，跟我啥都說，說著說著就睡著了。」

老辛望著窗外漆黑的一片：

「也不知小猴現在睡了沒有？」

說過這些，牛小麗就回家了，老辛收拾完店鋪，又去洗浴中心刷池子。倒是經過這場談話，老辛夜裡再去洗浴中心打工，開始由地下浮到地面；老辛白天談起夜裡到洗浴中心刷池子，有些理直氣壯，讓牛小麗哭笑不得。

說話間春去夏來。夏天，夜裡出來走動的人多了，牛小麗又在「小麗小吃」店外扯上燈泡，放了些桌凳，一直放到老辛過去蹲著的空地上，開起了夜市。一場夜市，羊腸湯能賣出二三百碗，加上賣些啤酒和涼菜，一天的營業額又多出三成。店裡生意正火，牛小麗卻發現齊亞芬有些魂不守舍；這天傍晚煮羊腸湯，竟把一鍋湯煮糊了。牛小麗倒沒跟她急，只是問：

「亞芬，你咋了？」

齊亞芬：

「有件事，我不敢跟你說。」

牛小麗：

「啥事？」

齊亞芬：

「店裡這麼忙，本來我不該說，但我姑媽病了，在縣醫院住院，我想去看看她。」

又說：

「我從小沒了娘，是俺姑媽帶大的。」

牛小麗：

「這有啥不好說的，明天一早，你就去縣醫院看你姑媽。」

齊亞芬高興起來。牛小麗又交代：

「店裡忙，你也看到了，早去早回。」

但三天過去，齊亞芬也沒回來。牛小麗給齊亞芬打電話，齊亞芬在電話裡吞吞吐吐，說不想回來了。牛小麗大吃一驚，覺出齊亞芬她姑媽病得有蹊蹺，便問：

「是不是你聽到啥了？」

齊亞芬：

「沒聽到啥。」

牛小麗：

「是不是我哪裡做得不合適？」

齊亞芬：

「沒啥不合適。」

牛小麗突然想起什麼，問：

「是不是你覺得該漲工資了？」

齊亞芬：

「跟這些都沒關係，我就是不想回去了。」

既然不想回來了，牛小麗也沒轍。走了齊亞芬，牛小麗只好再招一個幫工。新來的幫工是個四十來歲的女人，叫羅大榮。羅大榮比齊亞芬手腳笨些，但幹活還踏實；牛小麗多替羅大榮操一份心，「小麗小吃」白天和夜市的生意倒沒受多大影響。牛小麗只是不明白齊亞芬辭工的原因。但時間一長，也就把齊亞芬忘了。沒想到一個月之後，鎮上製衣廠後門，也開了一個小吃店，叫「亞芬小吃」；店裡也賣羊腸湯和燒餅，牆上也貼著「無量加湯。加湯不加錢」的字幅；晚上，齊亞芬也在店外開夜市；「小麗小吃」當天的客流量，就下去三分之一。牛小麗的腦袋，「轟」的一聲炸了。這時才明白齊亞芬辭職的原因，也才明白齊亞芬來「小麗小吃」打工的用意；這女人表面文靜，原來心如蛇蠍，真是知人知面不知心。因齊亞芬是馮錦華姊姊的同學，當天晚上，牛小麗跟馮錦華急了：

「你到製衣廠後門看看，你姊的同學幹的好事！」

馮錦華也咂嘴：

「真是知人知面不知心。」

又說：

「當初你招她的時候，我就勸你別用她，你不聽。」

接著又勸牛小麗：

「當初齊亞芬在製衣廠門口賣煎餅，已經賣了三四年，不是你一開店，把人家擠走的？現在人家另開一個店，也是一報還一報。」

牛小麗覺得馮錦華說得也有道理，原來齊亞芬潛伏大半年，是報仇來了。但你可以開店，人家也可以開店，齊亞芬開店並不犯法，牛小麗只好喟嘆一聲。第二天半下午，不是飯點兒，店裡沒客人，羅大榮的肩周炎犯了，趁空去鎮上藥店買膏藥；牛小麗一個人在店裡擇菜，老辛悄悄湊上來說：

「我給你說一句話，你可別急。」

牛小麗：

「啥話？」

老辛：

「我發現你丈夫跟齊亞芬的關係不一般。」
牛小麗的腦袋，「轟」的一聲炸了：
「啥意思？」
老辛：
「他倆好唄。」
牛小麗跟老辛急了：
「老辛，你不要胡說，我不知道齊亞芬，但馮錦華天天跟我在一起，我還不知道他？」
老辛：
「這也是知人知面不知心。」
牛小麗：
「老辛，這不是小事，說話要有憑證。」
老辛：
「我親眼所見。」
牛小麗見老辛認真，便也認真起來：
「你在哪裡見到的？」
老辛指指小吃店：
「就在這裡。」
牛小麗環顧四周，啼笑皆非：

「這裡天天人來人往，怎麼可能？」

老辛：

「夜裡沒人。」

牛小麗：

「夜裡你不是在嗎？」

老辛：

「趁我去洗浴中心刷池子的時候。」

牛小麗又想：

「夜裡馮錦華都在家呀。」

老辛往前湊了湊，小聲說：

「上個月陰曆初二，你娘家侄女斑鳩病了，你回牛家莊住過一夜，你還記得嗎？」

牛小麗想了想，上個月是有這麼回事，便點點頭。老辛：

「那天晚上，我又去洗浴中心刷池子；刷到一半，肚子餓了，便回店裡，想拿個燒餅吃；誰知來到店前，聽到店裡哼哼唧唧；我以為來了賊，有些害怕；我個頭矮，力氣小，沒敢進來，只敢趴到門縫往裡瞧；這一瞧，把我嚇了一跳，原來你丈夫和齊亞芬，正在店裡幹那事呢；兩人光著身子，就在這張桌子上……我怕惹事，又悄悄回了洗浴中心；那時齊亞芬還在店裡打工，我就沒敢說；如今她成了白眼狼，我就得把她揭發了。」

牛小麗的腦袋，「轟」的一聲炸了。牛小麗將老辛說的那張桌子，「哐噹」一聲掀翻在地，接著大踏步出門，去鎮上摩托車修理鋪找馮錦華。待出門走了一箭之地，發覺自己的手機落在店裡，又折身回店裡拿手機；進門，卻發現老辛蹲在牆角，正偷偷捂著嘴笑。牛小麗這時明白，老辛哪裡是揭發齊亞芬，分明是揭發馮錦華；同時明白，老辛像開另一個店的齊亞芬一樣，也是報仇來了。牛小麗不佩服別的，就佩服他們兩人的耐心。但牛小麗現在顧不上搭理老辛，又大踏步出門，向摩托車修理鋪走去。

三

牛小麗大踏步從鎮上穿過，來到馮錦華的摩托車修理鋪，馮錦華正蹲在地上，修理一輛摩托車，滿手機油，滿地的零件。牛小麗進店，二話沒說，將店鋪的捲簾門「唰」的一聲拉了下來。馮錦華吃了一驚，從地上站起來：

「幹麼？還不到關門時間呢。」

牛小麗：

「說件機密的事。」

馮錦華支叉著兩隻油手：

「啥事？」

牛小麗搬過一條板凳，坐在捲簾門前，開門見山：

「你跟齊亞芬，是咋回事？」

馮錦華楞在那裡；接著一臉茫然：

「啥意思？我聽不明白。」

但牛小麗發現，馮錦華聽到這消息時，還是從臉上掠過一絲驚慌；由這一絲驚慌，牛小麗斷定，馮錦華跟齊亞芬的事是真的。牛小麗：

「既然聽不明白，我就直說，你們倆睡覺，是從啥時候開始的？」

馮錦華瞪大眼睛：

「我們倆睡覺？齊亞芬跟我姊是同學，比我大五歲。誰跟你說的？」

牛小麗：

「老辛。上個月陰曆初二晚上，你們在店裡睡覺，他看到了。」

馮錦華用棉紗擦著手，就要往外走：

「讓他胡說，我現在就去找老辛，把他扔河裡去！」

這時發現，捲簾門已經放下了，牛小麗在門前坐著。牛小麗指著屋中間一隻凳子：

「坐下。」

馮錦華只好坐下，等牛小麗進一步問話。但牛小麗不問了，就在那裡坐著。牛小麗不問話，馮錦華也不敢主動挑起話頭；兩人就這麼面對面一直乾坐著。兩個鐘頭過去，兩人一句話都沒有。從窗戶往外看，天漸漸黑了，屋裡的光線，也漸漸暗淡下來。馮錦華突然想起什麼，提醒牛小麗：

「天要黑了，店裡該開夜市了。」

牛小麗：

「店我不要了。」

又說：

「你不說清楚，別想走出這屋一步。」
馮錦華急得跺腳：
「我不已經說清楚了，我們倆啥事沒有。」
牛小麗：
「那我們就在這裡坐著。」
於是兩人又坐著。天漸漸徹底黑了，牛小麗將屋裡的燈打開。又過了兩個時辰，馮錦華肚子餓了。他看了看表，已經晚上十點鐘了。馮錦華問牛小麗：
「你肚子就不餓嗎？」
牛小麗：
「餓。」
馮錦華：
「咱們倆出去吃飯好嗎？」
牛小麗：
「把事兒說清楚，馬上去吃飯。」
馮錦華拍著雙手：
「我啥事沒有，能瞎編呀？」
牛小麗：
「那我們就在這兒坐著。」

兩人又坐著。待到了下半夜，馮錦華肚子餓得更厲害了；也怪昨天中午不知道下午的事，昨天中午，他肚子不舒服，只吃了一碗稀湯麵，沒吃乾的；十幾個小時肚子裡沒東西，肚子不舒服倒是順過來了，但早已餓得前心貼後背。馮錦華八歲那年，與同學打架，一磚頭扔過去，將對方的頭砍破了，夜裡不敢回家，怕他爹打他，挨過一回餓，後來十幾年沒挨過餓，現在終於又知道挨餓的滋味。晚上和夜裡還能忍受，到了黎明，腸子裡似乎有千萬隻蟲子在噬咬；接著在爬動，在尋找，在仰著小腦袋憤怒地吶喊。馮錦華看看對面的牛小麗，牛小麗仍面不改色心不跳地看著他，他只好嚥了一口唾沫，繼續乾坐著。漸漸天亮了，漸漸陽光透過窗戶射進來。因摩托車修理鋪的捲簾門關著，大家以為馮錦華今天歇工了，也沒人來叫門。到了中午，馮錦華覺得肚子不餓了，知道是人餓過了勁兒，麻木了，不知道餓了。但接著感到渴。這時想起，他從昨天下午到現在，沒喝一口水。不想起渴只是嘴裡乾燥，一想起渴，渾身所有的細胞都在焦灼。夜裡覺得餓著難受，現在覺得渴了比餓了還要難受十倍。到了下午，馮錦華覺得千萬隻乾渴的蟲子不但在噬咬他每一根神經和每一個細胞，還在拚命吸吮他身體裡最後一點水分；覺得自己像一條毛巾，已經被絞出最後一滴水；覺得自己的頭髮正在變焦，渾身已經變成一捆乾柴，點根火就會燃燒。馮錦華摸了摸自己的嘴唇，早已起了一排大皰。看牛小麗，牛小麗嘴上也起了一排大皰，但她仰著臉，仍面不改色心不跳地看著馮錦華。這時馮錦華嘆口氣：

「不是我自個兒受不了，是看著你可憐，我就給你說了吧。」

牛小麗：

「說吧。」

馮錦華：

「我是跟齊亞芬好來著。」

牛小麗：

「啥時候好的？」

馮錦華：

「五年前。」

牛小麗的腦袋，「轟」的一聲炸了。炸了不是說馮錦華跟齊亞芬好，而是他們開始好的年頭；牛小麗以為他們是剛剛好的，誰知五年前就好上了；五年前，馮錦華在跟牛小麗談戀愛；當時找馮錦華是看中他的人品，誰知馮錦華一邊跟牛小麗談戀愛，一邊跟齊亞芬做那事；還證明，馮錦華跟齊亞芬做那事時，齊亞芬還有丈夫——因為齊亞芬離婚才三年，那時的齊亞芬，也是一邊跟丈夫做那事，一邊跟馮錦華做那事。這對狗男女，牛小麗在肚子裡罵道。牛小麗：

「她比你大五歲，你跟她好的時候，她又有丈夫，你圖她個啥？」

馮錦華想了想：

「她床上會玩。」

牛小麗楞在那裡，齊亞芬白天看著挺文靜呀，誰知床上會玩；牛小麗突然想起，兩人談戀愛時，馮錦華在床上就會玩，一次能玩個把鐘頭，這也是牛小麗想嫁他的原因之一，看來這玩也是齊亞芬教的吧？同時，他們會玩，也證明牛小麗不會玩；牛小麗流了淚：

「既然相中了她會玩，當初你為啥不跟她結婚，還跟我談戀愛？」

馮錦華：

「那時她還沒有離婚。」

牛小麗：

「三年前她離婚了，你為啥不跟她結婚？」

馮錦華：

「她帶一孩子，我只想跟她玩，不想跟她結婚。」

牛小麗：

「我說呢，結婚才一年，一到夜裡，你就不愛搭理我。」

馮錦華忙搖手：

「這倒是兩回事。」

牛小麗突然想起什麼：

「你們辦事，到哪裡辦不成，上個月，為啥跑到我店裡辦？」

馮錦華低下頭，不說話了。牛小麗抄起地上一個摩托車零件，擲向馮錦華。馮錦華躲過零件，小聲說：

「她說，在那兒辦刺激，解恨。」

這麼說，齊亞芬心裡，對牛小麗，不知藏了多少恨，看來不只是對牛小麗的「小麗小吃」擠垮了她煎餅攤的恨，可能在她心裡，還以為牛小麗搶了她的馮錦華呢。牛小麗突然又想起另一件事：

「這麼說，齊亞芬另開一家小吃店，也是你們商量好的？」

馮錦華忙搖手：

「我倒勸她別這麼做，太明顯了，她不聽呢。」

又低聲說：

「有時候，她也挺拗的。」

牛小麗覺得，齊亞芬倒不是拗，是心毒。牛小麗站起身，「唰」的一聲，將捲簾門提上去；一股強烈的陽光，隨即湧了進來，晃得人睜不開眼睛。牛小麗看著馮錦華：

「離婚。」

又說：

「離婚不是說你搞破鞋，而是你跟恨我的人搞破鞋！」

又說：

「離婚不是說你騙我，是你不該五年前騙我；五年前騙我也沒啥，你不該跟我結了婚還騙我！」

接著大踏步走出了摩托車修理舖。

四

在鎮政府辦結婚離婚手續的民政助理叫老古。老古四十多歲，矮個，禿頂。一年前，牛小麗和馮錦華的結婚手續，就是他辦的。牛小麗在鎮上開「小麗小吃」之後，中午，老古常到店裡吃羊腸湯。老古看著牛小麗和馮錦華問：

「為啥離婚呀？」

來離婚之前，馮錦華求牛小麗，不把離婚的真實原因說出去，即不把他和齊亞芬的事說出去，牛小麗答應了；但牛小麗說：

「不說出去，不是怕你們丟人，是怕我丟人，我瞎了眼了。」

馮錦華：

「就是。」

馬上又覺得這話答得不對，便不再說話。牛小麗說：

「不讓說真話，你來編假話，離婚時我不說話。」

馮錦華只好答應了，這時回答老古：

「感情不和。」

老古皺了皺眉：

「人人到我這兒離婚，都說感情不和，這理由太籠統了；原因不具體，讓我無從判斷呀。」

馮錦華看了牛小麗一眼，對老古說：

「那我說個具體的，昨天下午我們開始吵架，一直吵到今天下午，一天一夜，不吃不喝，差點餓死和渴死，看我們倆嘴上的大疱。」

老古看了看馮錦華的嘴唇，又看看牛小麗的嘴唇，這時點點頭：

「這理由成立，快死人了；財產分割好了嗎？」

馮錦華：

「家裡有兩樁生意，我開摩托車修理鋪，她開羊腸湯小吃店；已經商量好了，摩托車鋪歸我，小吃店歸她，摩托車鋪賺的錢歸我，小吃店賺的錢歸她。」

老古又點點頭：

「各幹各的，還有這點好處。」

從抽屜拿出兩張離婚證，正準備填寫，桌上的電話響了；老古接過電話，對牛小麗和馮錦華說：

「稍等一等，領導叫我有事。」

出去了。五分鐘之後，回來了。這時說：

「離婚的事，得等一等了。」

牛小麗這時急了：

「為啥？」

老古：

「你們身上，還有別的事。」

馮錦華一驚：

「我還有啥事？」

老古：

「不是你，是她。」

指了一下牛小麗。牛小麗一楞；馮錦華也一楞：

「她咋了？」

這時進來兩男一女；一個男的是鎮上派出所的小劉，另外一男一女就不認識了。三人見了牛小麗，都鬆了一口氣。小劉：

「找了你們一天，小吃店關門了，摩托車修理鋪也關門了，以為你倆跑了呢。」
指了指其他一男一女，對牛小麗說：
「這是××省城公安局的，過來找你。」
那一男一女倒和藹，那女的端詳牛小麗：
「沒錯，就是她，跟視頻上一樣。」
那男的也端詳牛小麗：
「長得是有點像外國人。」
那女的掏出警官證讓牛小麗看：
「恐怕你得跟我們走一趟了。」
牛小麗有些驚慌：
「為啥？」
那男的：
「你自己在××省城幹的事，你自己還不知道？」
聽這口氣，就知道不是好事。雖然正在離婚，馮錦華倒幫牛小麗說話：
「弄錯了吧？××省城，她去都沒去過呀。」
那男的冷笑：
「讓她說，她去過沒有？」
那女的：

「別想抵賴，蘇爽已經被我們抓住了。」
牛小麗的臉變得煞白，這時阻住那一男一女說：
「別說了，我跟你們走就是了。」
這時轉頭問老古：
「老古，我跟馮錦華離婚了嗎？」
老古攤著手：
「還沒來得及呢。」
牛小麗：
「沒離婚，就還是夫妻。」
轉頭問外地女的：
「跟你們走之前，我能跟我丈夫說句話嗎？」
外地女的看外地男的，外地男的觀察屋裡的窗戶，看到窗戶外邊有鐵護欄，便點點頭；於是外地男女、鎮上派出所的小劉和老古，都出門在外邊等著，屋裡就剩牛小麗和馮錦華兩個人。馮錦華這時被嚇傻了，結結巴巴問：
「你啥時候去的××省城啊？我咋不知道呀，你在那兒都幹啥了？」
牛小麗：
「不問這些了，我問你一句話。」
馮錦華楞楞地問：

「啥話？」

牛小麗：

「我就要跟他們走了，看在夫妻一年的分上，你能幫我捎句話嗎？」

馮錦華：

「啥話？」

牛小麗一把抱住了馮錦華，把嘴對準馮錦華的嘴親吻；馮錦華一楞，接著發現，牛小麗從她口袋掏出一東西，悄悄塞到他手裡。馮錦華感到，這是一張銀行卡。馮錦華突然明白什麼，忙將這卡裝到自己口袋裡。這時馮錦華感到嘴疼，看牛小麗，一嘴的血；接著感到自己嘴上也有血；突然明白，從昨天下午到現在，他們倆嘴唇上都憋出一排大疱，剛才一親吻，大疱破了。牛小麗把血嘴對著馮錦華的耳朵悄聲說：

「去年一年，小吃店賺了九萬塊錢，都在上邊，這兩天我想在製衣廠後門再開個小吃店，與齊亞芬打個擂臺，現在看，不可能了。」

又悄聲說：

「這錢，去牛家莊交給我哥。密碼是斑鳩的生日。兩萬塊錢留給斑鳩上學，七萬塊錢，讓我哥再娶個老婆吧。」

五

牛小麗由兩名外地警察押著，去××省城。不管是從鎮上坐鄉村客車到縣城，由縣城換乘客車到市裡，或跟著兩個警察，換乘出租車，由市裡汽車站到火車站，聽到火車的鳴笛，牛小麗都恍惚回到了一年前。當時由老家去××省尋找宋彩霞，她和朱菊花與小猴，就是這麼趕路的。路途經歷相似，周邊的景物相似，各種聲音也相似，只是身邊的人換了，由朱菊花和小猴換成了兩名外地警察。一方面，牛小麗覺得一年前的經歷就像發生在昨天，另一方面，一年間發生的事情太多了，又恍若隔世。在火車站等車時，兩名外地警察帶她到火車站南側的大排檔吃羊肉湯和燒餅。去年，牛小麗和朱菊花與小猴也在這攤上吃過羊肉湯，但沒要燒餅；三人就著羊肉湯，吃朱菊花帶的大餅。老闆還是去年的老闆，胖，戴一頂白帽子，上嘴唇留著一撮鬍髭。一年過去，羊肉湯漲價了，去年是三塊錢一碗，如今是四塊錢一碗。吃羊肉湯間，牛小麗仰頭，無意中看到對面一家燒雞店門前，貼著一副對聯：生意興隆通四海，財源茂盛達三江，橫聯是：日進斗金；已經是陰曆七月分了，對聯貼了七個月，已經破舊褪色了，有一半已經脫落，在風裡飄。牛小麗突然想起，她在老家鎮上製衣廠門口開的「小麗小吃」，門口也貼著同樣的對聯；昨天中午小店還人來人往，今天已經關張；從昨天到今天，一切也恍若隔世；不由得落下淚來。

六

××省的省城叫××市，在該市公安局預審室，審訊牛小麗的是個女警察；這個女警察，不是從老家到該省路途上押送牛小麗的那個女警察；路途上押送牛小麗的女警察三十來歲，這個女警察四十多歲，是個中年人。審訊之前，這個女警察先讓牛小麗從電腦上看了幾段視頻。視頻中的牛小麗，在與不同的男人做那事；視頻中的牛小麗是光的，不同的男人也是光的；這些男人有高有矮，有胖有瘦，跟牛小麗做那事，時間有長有短，姿勢有前有後，有躺有站；也有做之前抱著牛小麗上下舔的、吸的；也有在床上躺著不動，讓牛小麗替他上下舔的、吸的。視頻看完，中年女警察讓畫面定格，看著牛小麗：

「牛小麗，視頻上這個女的是你嗎？」

牛小麗看看中年女警察，不說話。

中年女警察：

「當時你叫宋彩霞嗎？」

牛小麗看著中年女警察，不說話。

中年女警察：

「知道視頻上的男人都是誰嗎？」

牛小麗不說話。

中年女警察：

「事先知道拍這些視頻的目的嗎？」

牛小麗不說話。中年女警察指指電腦，拍了一下桌子：

「人贓俱在，抵賴是沒有用的！」

這時牛小麗問：

「這些視頻是誰拍的？」

中年女警察一楞，接著急了：

「是我問你，還是你問我？」

牛小麗繼續問：

「這些視頻是誰拍的？」

中年女警察：

「先回答我的問題。」

牛小麗執拗地：

「你不回答我的話，我寧死也不會告訴你。」

中年女警察看牛小麗，看了半天，說：

「好吧，我告訴你，是一個姓傅的房地產開發商拍的。」

牛小麗想了一下，知道這人是誰了。去年她跟蘇爽來到這座省城頭一天，曾經在江邊火鍋店吃過一回火鍋；在吃火鍋的房間，見過這位姓傅的；姓傅的是個中年男人，驢臉，禿頂；蘇爽給牛小麗介紹，他是服裝廠的老闆；後來又告訴她，他是一房地產開發商，身價上百個億，這個省城有許多房子，都是他蓋的；接著姓傅的出錢，蘇爽讓牛小麗假裝處女，跟不同的男人睡覺；牛小麗事先問這些男人是誰，蘇爽說，都是比姓傅的更有權更有錢的人；當時牛小麗答應蘇爽只幹十回；後來牛小麗自己又追加了兩回；牛小麗以為她拿著十二萬元回老家就遠走高飛了，與蘇爽和姓傅的等人永遠不見面了；蘇爽當時也是這麼跟她說的；誰料到姓傅的在做那事的房間裡裝有攝像頭呢？牛小麗至今還記得，那個房間在一套四合院裡；這套四合院叫「乙18號」，位於該省城郊區；如果當時知道有人會把她跟人做那事的過程攝下來，打死牛小麗也不會幹呀。在江邊火鍋店吃火鍋時，房間裡還有兩個姑娘，牛小麗記得一個叫王京紅，一個叫李柏琴；王京紅和李柏琴見到姓傅的，還拿他的驢臉和禿頂開玩笑；姓傅的想反駁，有些口吃，話還沒出口，兩個姑娘下一波狠話又出來了；姓傅的只有招架之勢，沒有還手之力；當時看著這姓傅的為人和善，是個好脾氣，誰知他毒如蛇蠍，背後給牛小麗拍了視頻呢？如果這視頻傳出去，牛小麗在這個世界上還咋活呀？牛小麗：

「這個姓傅的為啥拍我呢？」

中年女警察：

「拍你不是為了你。」

牛小麗：

「那是為啥？」

中年女警察：

「為了要挾視頻上那些男人。」

牛小麗：

「為啥要挾他們？」

中年女警察：

「他們都是有權有勢的人，姓傅的與他們都有權錢交易，擔心他們事後翻臉。」

牛小麗明白了姓傅的拍這些視頻的用途；但姓傅的是否要挾到這些人牛小麗不知道，現在已經要挾到了牛小麗。牛小麗哭笑不得。牛小麗：

「要挾不要挾，是他們之間的事，你們找我幹啥？」

中年女警察看著牛小麗冷笑：

「事情沒那麼簡單。」

牛小麗：
「啥意思？」
中年女警察：
「既然拍攝這些視頻，是以要挾為目的，要挾的罪名是什麼？敲詐勒索；你參與了這些不雅拍攝，就是同案犯，已經構成敲詐勒索罪。」
牛小麗想起王京紅和李柏琴：
「姓傅的手下還有女的，她們也跟人睡覺，她們也犯敲詐勒索罪了嗎？」
中年女警察搖搖頭：
「她們只是賣淫，犯法，但不犯罪。」
牛小麗：
「為什麼？」
中年女警察：
「姓傅的當時沒拍她們。」
牛小麗委屈地：
「為啥單拍我？」
中年女警察：
「因為你總跟當官的睡，還跟省長睡了。」
牛小麗一楞，當時她只知道跟不同的男人睡了覺，這些人有高有矮，有胖有瘦，跟牛小麗做那事，時間有長有短，姿勢有前有後，有躺有站；她也知道這些人有權有勢，誰知道他們都是當官的其中還有省長呢？中年女警察：

「除了省長，還有兩個市長，幾個銀行行長，一個縣的公路局局長——他們都已經被組織雙規，你只要配合我們的調查，有立功表現，就可以從輕處罰。」

牛小麗更是不解：

「我跟那個姓傅的無冤無仇，他為啥單害我，讓我跟這些當官的睡覺呢？」

中年女警察這時一笑：

「可能你長得比別人漂亮吧，可能你長得像個外國人吧。」

牛小麗楞在那裡。中年女警察接著問：

「現在你可以配合我們的調查了嗎？」

牛小麗：

「我還有一個問題。」

中年女警察：

「啥問題？」

牛小麗：

「去年我在這裡叫宋彩霞，你們今年咋找到我的？」

中年女警察：

「去年你在這裡住在哪兒？」

牛小麗：

「賓館。」

中年女警察：

「跟誰住在一起？」

牛小麗：

「蘇爽。」

中年女警察：

「住賓館登記需要什麼？」

牛小麗明白了，是身分證害了她。而蘇爽，已經被公安局抓住了。中年女警察又問：

「蘇爽交代，每次都讓你冒充處女，是真的嗎？」

事到如今，牛小麗只好點點頭。中年女警察：

「你是處女嗎？」

牛小麗搖搖頭。中年女警察：

「嚴格地說，這也叫敲詐。」

接著將電腦轉回，敲了幾下鍵盤，又將電腦轉回來，將屏幕衝向牛小麗。這時，屏幕上出現一個五十多歲男人的正面照。這人白皙的皮膚，梳著背頭，戴著金絲眼鏡。牛小麗認出，這是她在「乙18號」接待的第一個客人。中年女警察指著這人：

「當時，他都跟你說過什麼？」

牛小麗記得，當時跟這人在一起的時候，說話全在床上。兩人說過什麼，一年過去，全模糊了，只記得她說的都是假話，對方全相信了；對方對她說過什麼，牛小麗全忘記了。想了半天，突然想出兩個字，答：

「親人。」

中年女警察愣在那裡。

附錄一

這年九月初，全國各大網站的頭條新聞是，因為一個女人，××省與××省十二名官員同時落馬；十二個官員，跟同一個女人睡過覺；這個女人叫宋彩霞，真名叫牛小麗；因與官員們有染時叫宋彩霞，大家還是習慣於把她叫宋彩霞，倒是把她的真名給忽略了；又因與她有染的官員中，有××省的省長李安邦，二者混合發酵，像原子彈的原子分裂一樣，爆炸的威力，撼動了整個中國；「宋彩霞」三個字，在網上迅速竄紅；把三天之後，三十多個國家首腦要來北京開會的新聞都淹沒了。

這些新聞下面，跟帖有上百萬條。謾罵娼婦者有之，謾罵貪官者有之，謾罵社會黑暗者有之，稱頌宋彩霞的也有之。稱頌者中，流傳甚廣的有一首歌，歌名叫「彩霞之歌」：

彩霞之歌

你從床上走來，
春潮是你的風采；
你向貪官奔去，
輕鬆解下了褲帶；
你用甘甜的乳汁，

哺育了一群公僕；
你那洶湧的波濤，
淹沒了省長的腦袋；
我們讚美彩霞，
反貪如拔青菜；
我們依戀彩霞，
你是難得的人才。
……

微信中，還有一段頌獎詞，也被刷屏：

聖女頌獎詞

她是一個處女，卻睡了十二位官員；她只用一張床單，卻揭開了一齣反腐大幕；她拿到的僅僅是勞動所得，卻讓貪官丟了千萬家財；她不是〇〇七，卻深入虎穴擒敵；她是一個人在戰鬥，身後卻站了千千萬萬站著說話不腰疼的我們。

她是一個聖女，她叫宋彩霞。

還有人用圖解的方式，排列十二名官員與宋彩霞睡覺的先後次序，十二樁公案之間有無聯繫；並得出結論：十二樁公案能連環爆炸，除了感謝宋彩霞，還應該感謝××省××縣彩虹三橋上那車劣質的煙花爆竹。如果煙花爆竹不劣質，怎麼會在彩虹三橋上爆炸？如果那車煙花爆竹不爆炸，哪能引出後來的一切？縣公路局局長——那個轟動一時的「微笑哥」和「表哥」吃了劣質煙花爆竹的虧，李安邦等人吃了「微笑哥」和「表哥」的掛落；小官吃大官的掛落常見，大官吃小官的掛落不常見；長期有上下級關係的人吃掛落常見，素不相識的人吃掛落不常見；這車劣質的煙花爆竹，把不相干炸成了相干。又有人搜索生產這車煙花爆竹的廠家，是××省××縣××鄉一家叫「五彩繽紛煙花爆竹製造有限公司」的廠家，許多人又開始在網上給「五彩繽紛」公司打賞和送錦旗；錦旗上寫得最多的是兩個字：牛×。

但所有這些新聞和跟帖，第二天就被網絡監管屏蔽了。如果不屏蔽，大家看兩天也就失去了興趣；正是因為被屏蔽，它們又被轉移到朋友圈，再一次被瘋傳。

附錄二

在宋彩霞新聞發酵第二天，因涉嫌李安邦案件、逃亡美國的中國商人趙平凡，在紐約接受一家美國電臺的採訪，談及他所知道的李安邦案的真相。他說，李安邦被抓，絕不僅僅是因為貪汙腐敗這麼簡單，更深的原因，他是一場政治鬥爭的犧牲品：李安邦當省長的這個省，是剛剛倒臺的×××的根據地，而李安邦能當省長，是×××提的名，李安邦便被當成了×××的爪牙；實際情況是，李安邦當省長之前，與×××根本不認識，當了省長之後才有接觸，前後也就一年左右；現在城門失火，殃及池魚；這時恰好出現了宋彩霞事件，李安邦便被抓了起來，抓他的理由是貪汙腐敗。趙平凡又說，單論反腐，中國的腐敗已是積重難返，抓起來的是貪官，留下的人就乾淨？接著談及他三十多年來，在中國從事房地產開發的過程中，與從北京到地方眾多官員打交道的種種黑幕；談話中，對許多官員指名道姓，其中有些官員目前還身居高位；同時談及中國官商勾結黑吃黑的亂象，並舉一個例子，前年，一個有「天字號」背景的人，利用國家機器，從他手裡敲詐走一百多億；而這個人的事業目前如日中天，上個月，剛高調收購了幾家歐洲企業……這家電臺把採訪安排在黃金時間——晚上八點至十點，歷時兩個小時。多家美國華人網站，也進行了實況轉播。許多美國華人，都收聽收看了這個節目。有網友聽後留言，這是壞人說壞人，狗咬狗，一嘴毛，一場鬧劇；又有網友說，正因為是壞人說壞人，可信度才大；還有網友說，趙平凡藉宋彩霞事件的發酵出來發聲，絕不僅僅是場鬧劇，或為李安邦鳴不平，或為了爆料這麼簡單，更深的原因，是為了自保：正因為他與李安邦案有牽連，正因為他手裡掌握大量他與許多官員利益交換的證據，他的人身才不安全；現在出來發聲，證明他還活著，接著消失會引人注意；發聲越大越安全；如不及時冒泡，也許有一天，他在這個地球上就神不知鬼不覺地蒸發了；還有網友留言，一位當年叱吒風雲的房地產大老，如今發聲和自保，要蹭一隻雞的熱點，這件事本身有些幽默。

這段錄音，也通過微信傳到國內。但在國內沒有引起任何反響。一是網絡監管刪除及時，僅讓這微信存在了五分鐘；同時，一家狗仔隊，又在這天曝出一中國女明星出軌的醜聞；一般出軌大家習以為常，但這女明星出軌的對象是泰國人妖，一時成為各大網站的頭條。前後夾擊，趙平凡這泡等於白冒了；這幽默等於白幽默了。

第二部分

前言：你認識所有人

一年過去了。

第三部分

正文：洗腳屋

「五一」勞動節前，馬忠誠被任命為××市環保局副局長。聽到這個消息，馬忠誠的高血壓犯了。因為事情太突然了。馬忠誠本是市環保局一個科長，環保局的科室有十一個，科長就有十一個；馬忠誠估算，這輩子，輪八圈，副局長也不該他當；馬忠誠平日與世無爭，當一天和尚撞一天鐘，只等幾年後平安退休。

一

年初一個副局長到站，騰出一個副局長位置，單位打成了一鍋粥。十來個科長相互告狀，人人還是實名舉報；從年初到現在，單位成了紀委的家；剛把一個人一件事搞清楚——沒有一個人屁股上沒屎，另一封舉報信又到了，紀委的人又來了。正因為人人屁股上有屎，不舉報沒屎，一舉報就有屎，馬忠誠沒舉報別人，別人也沒舉報馬忠誠——誰也沒想到馬忠誠會成為競爭對手；一鍋粥煮成了爛粥，鍋外的馬忠誠，最後因禍得福。局長找馬忠誠談話，告訴他這個消息，馬忠誠一句話沒說。沒說並不是不想說，而是消息太突然，高血壓犯了，不知該說什麼；馬忠誠從單位回到家，才攤著手對老婆說：

「我何德何能，能到這個位置？」

馬忠誠老婆：

「你沒德沒能，得感謝那些有德有能的人。」

又說：

「不就是鷸蚌相爭，漁翁得利嗎？老馬，沒啥好嘚瑟的。」

馬忠誠才不再說話，血壓回到正常。但升官不是壞事，全家人都很高興。上高中的兒子提出，五一節到了，等於雙喜臨門，得慶祝一下。怎麼慶祝？上初中的女兒提出：五一黃金周，全家出去旅遊。去哪兒旅遊？一家人七嘴八舌，提出上、中、下三種方案。上，去新馬泰；中，去國內某景點；下，去三十里外黃河邊船上，吃一頓黃河大鯉魚。

馬忠誠老婆的意思，就到附近黃河邊吃頓大鯉魚，省時省力；但兒女都覺得太草率了；馬忠誠老婆改變方針：就算黃河邊太草率，也不能考慮新馬泰，一人七千多，四人三萬出頭，太貴了；國內景點，全家人分頭去過泰山，去過華山，去過九寨溝，去過承德和壩上——這時兒子提出去「自由海神」。「自由海神」是南方××省去年新開發的一個景點，學著美國「自由女神」的模樣，也在海邊豎起一尊婦女塑像，手裡舉個火把；由於是新開發的景點，對遊客有好多優惠措施，倒也成了旅遊熱點。

於是決定去「自由海神」。

二

一家人到了「自由海神」。頭一天，看自由海神像，看海，游泳；馬忠誠老婆不會游泳，在岸上看人。第二天，去世界公園，去海洋館，去遊樂場；在遊樂場，大家坐了翻滾過山車和激流勇進；馬忠誠有高血壓，本不敢坐翻滾過山車，因一家人買的是套票，套票裡含各種遊玩項目，不坐白不坐，在兒女的攛掇下，馬忠誠閉著眼睛坐了。誰知一路翻滾過來，馬忠誠也沒事。馬忠誠：

「奇怪。」

中午，全家在海鮮一條街找了一家餐館，吃皮皮蝦。剝著皮皮蝦，馬忠誠老婆說，「自由海神」，不像說的那麼好，各個景點，建得都有些粗糙；馬忠誠說，粗糙是粗糙，但各個景點打折，卻是真的；

兒女邊吃皮皮蝦，邊籌劃接下來幾天的遊玩項目：洗溫泉、滑草、滑沙、坐熱氣球、潛水、隨漁船出海看海豚，對項目次序的安排，二人產生爭執……正在這時，馬忠誠的手機，「啾」的一聲，進來一條微信。馬忠誠看完微信，楞在那裡：局長讓他速回單位值班；因在節日值班的副局長老梁，家裡出了狀況，他的老娘，今天上午心肌梗塞去世了。全家看了微信，也楞在那裡。老婆：

「掃興。」

馬忠誠嗟嘆：

「還不如不當副局長呢，千里之外，玩都玩不踏實。」

但這是公事，局長發了話，老梁又死了老子娘，於公於私，都不好回絕。大家共同研究，最後決定：事已至此，只能兵分兩路，全家繼續在「自由海神」旅遊，不然路費白花了；馬忠誠一個人趕回去。馬忠誠不由得感嘆：

「官身不由己呀。」

又說：

「自由海神，只能下次再見了。」

三

馬忠誠一個人背著背包，到「自由海神」長途汽車站，坐上大巴，到了該省省城。又打出租車，到了火車站。在售票廳買過票，肚子餓了。出了售票廳，到廣場對面一家飯館，吃了一碗熱乾麵。吃過，坐在廣場花池臺沿上歇息，看來來往往的人。這時一瘦猴過來，對馬忠誠說：

「大哥，去洗個腳吧，解解乏。」
馬忠誠知道是個拉皮條的，便說：
「沒工夫。」
瘦猴：
「聽口音，大哥是外地人。不遠千里來到這裡，找個妹子說說話，解解寂寞。」
馬忠誠搖頭。
瘦猴：
「我們洗腳店就在前邊，不遠。」
馬忠誠搖頭。
瘦猴：
「我們店的妹子都很靚。」
馬忠誠看手機上的時間，離上車還有三個小時。馬忠誠想，待著也是待著，大過節的，雙喜臨門，也該慰勞一下自個兒，便問：
「你們店安全嗎？」
瘦猴：
「絕對安全。」
又說：
「安全不是為了你，是為了我們自個兒。你從這兒就過一回，我們天天靠它吃飯哩。」

馬忠誠覺得瘦猴說得有理，站起身來。

四

瘦猴領馬忠誠來到車站背身。與喧鬧的站前廣場比，這裡一下僻靜許多。瘦猴又領馬忠誠來到一條巷子裡。洗腳屋門旁，轉著一燈柱；店內，一個五十多歲的穿褲襪的婦女，滿面笑容迎上來：

「大哥來了，快坐下喝杯茶。」

說話間，瘦猴出去了。這婦女到飲水機旁，用紙杯沖了一杯茶，遞給馬忠誠：

「大哥，做小保健，還是大保健？」

馬忠誠明白，小保健就是正規按摩，大保健帶特殊服務。馬忠誠吹著紙杯裡的茶末子：

「小的大的，也得先看看人呀。」

這婦女一笑，對裡面喊：

「小翠，快出來，來客人了。」

簾子一挑，出來一個婦女。名字叫「小翠」，望上去，也有五十開外了，搽了一臉粉；一笑，粉從皺紋間掉落。馬忠誠大失所望：

「就她呀？」

接著問：

「能不能換一個？」

穿褲襪的婦女：

「別人，都被叫出去了。」

馬忠誠站起身：

「那就算了。」

穿褲襪的婦女攔住馬忠誠：

「年輕的待會兒就回來，你能等嗎？」

馬忠誠：

「要等多長時間？」

穿褲襪的婦女：

「不長，頂多倆鐘頭。」

馬忠誠看牆上轉動的表，現在離他上火車，還有兩個半鐘頭；等兩個鐘頭，也就剩半個鐘頭；半個鐘頭，就是趕回火車站的時間，哪裡等得？馬忠誠轉身就要出去，穿褲襪的婦女又把他攔住，指著小翠：

「別看年齡大，服務周到哇。」

又說：

「正因為年齡大，經驗才豐富呀。」

又說：

「再說了，她比年輕的便宜。」

馬忠誠又打量小翠，年齡雖大些，但也眉眼清楚；眉宇之間，也透出善良；下邊肚子倒不大，還能看出臀部；臀部，甚至有些渾圓。不仔細看沒發現，仔細一看，竟有些風韻猶存。馬忠誠猶豫：

「比年輕的便宜多少？」

穿褲襪的婦女：

「大的小的？」

馬忠誠：

「我就洗個腳。」

穿褲襪的婦女：

「年輕的五十，她三十。」

五

小翠領馬忠誠到一個房間，打來一木盆熱水，給馬忠誠洗腳。洗腳之前，先泡腳。泡腳時，小翠給馬忠誠按摩腿。先捏小腿，後揉膝關節，接著按大腿；按著按著，手繼續往上走，摸到了大腿根。小翠：

「大哥，做個大的吧。」

馬忠誠：

「說好了，不做。」

小翠：

「大哥，大過節的，做個吧。」

馬忠誠又打量小翠；距離一近，臉上的褶子更明顯了；跟一個五十多歲的婦女做那事，想想她的下邊，得多乾燥哇；馬忠誠的下邊，也毫無反應。小翠似乎看出了馬忠誠的心思，又說：

「你要不想做那個，做個口活吧，我啥都會。」

一聽「口活」，馬忠誠心裡倒一動。下邊乾燥，上邊不乾燥。馬忠誠老婆是個母老虎，兒女也大了，五年前，兩人就沒了接觸。馬忠誠下邊，似乎也有些響動。馬忠誠：

「口活呀，口活多少錢？」

小翠：

「和大活一樣，三百；大哥，你是明白人，口活，比大活還辛苦。」

馬忠誠：

「太貴了，不做。」

小翠：

「多少錢你做？」

馬忠誠：

「一百。」

小翠笑了：

「大哥，你全中國打聽打聽，天下哪有一百的口活？」

又說：

「大哥，我也不跟你爭了，二百。不圖別的，一天了，我還沒開張。」

馬忠誠想了想，不再說話，等於默認了。小翠伸出手：

「大哥，先把鐘費交了。」

馬忠誠：

「事後再說，我還能跑了呀？」

小翠笑了：

「醜話說到前頭，你我都放心。」

馬忠誠拉開背包，掏出錢包，從裡面掏出二百塊錢，遞給小翠。小翠把錢塞到乳罩裡，用毛巾把馬忠誠的腳擦乾：

「大哥稍等，我去準備一下。」

馬忠誠躺到床上歇息。一時三刻，小翠又進來，手托兩杯水和一包濕巾。兩杯水，有一杯冒著熱氣。小翠把東西放到床頭櫃上，開始給馬忠誠脫褲子；接著用濕巾給馬忠誠擦拭。上下擦過，又讓馬忠誠抬屁股，給他擦後邊。擦拭間，馬忠誠下邊有了感覺。小翠從胸罩裡掏出一避孕套，往馬忠誠下邊套。馬忠誠阻住她的手：

「口活，哪有戴套的？」

小翠：

「大哥，我從昨天開始，口腔潰瘍，怕傳染你。」

聽小翠如此說，老馬不敢再勉強。戴上套，小翠端起杯子，吸一口熱水，含住馬忠誠下邊，開始裹著轉動；一時三刻，吐出熱水，又換涼水。一熱一涼，馬忠誠被刺激得渾身顫抖，本來下邊還有些軟，現在徹底堅挺起來。小翠吐掉嘴裡的水，又抬起馬忠誠的臀部，前前後後，舔舐起來。馬忠誠被刺激得神魂顛倒。不愧是五十多歲。也多虧五十多歲。這回來值了。由於好久沒做過這事，待小翠從後邊回到前邊，再一次含住他下邊，急速抽動，馬忠誠一聲吶喊，射了一套。馬忠誠癱軟在床上，還在喘息，門被一腳踹開，呼嚕呼嚕，闖進四條大漢。為首一人喊：

「警察。」

馬忠誠楞在那裡。醒過神來，從床上折起要跑，被四個警察擒住四肢，捺到地上。

六

馬忠誠被四個警察押到洗腳店門口，又被推到一輛麵包車上；同時被推上車的，還有小翠和穿褲襪的婦女。馬忠誠的背包，也被一個警察扔上了車。

十分鐘之後，馬忠誠等人被麵包車拉到一個院子裡。馬忠誠以為是派出所，院子門口，卻掛著「車站聯防大隊」的牌子；又看押解他們的四個人都穿著便服，馬忠誠便知道，這四個人不是警察，而是街道聯防隊員。馬忠誠和兩個婦女被推下車，兩個聯防隊員把兩個婦女押到一間屋子裡，另兩個聯防隊員把馬忠誠押到另一間屋子裡。進屋，一個隊員把馬忠誠推到牆根，開始搜他的身，另一個隊員開始搜馬忠誠的背包。這時又進來一人，矮胖，手裡握著一個茶杯在吹，屋裡的兩個隊員忙衝這人喊「隊長」。隊長打量馬忠誠：

「他怎麼了？」

其中一個隊員說：

「嫖娼。」

馬忠誠忙說：

「我沒有嫖娼。」

另一個隊員把一團報紙扔到桌上，打開，露出裡邊的避孕套：

「這是證據，要不要驗一下DNA呀？」

馬忠誠爭辯：

「我做的是口活，不算嫖娼。」

這個隊員：

「當年克林頓也是口活，美國法院就認定跟下邊一樣。」

搜查馬忠誠背包的隊員，這時在看馬忠誠的證件：

「乖乖，他還不一般哩。」

另一隊員：

「啥意思？」

隊員：

「他是國家幹部，還是個副局長哩。」

隊長拿過證件看。看後，問馬忠誠：

「身為國家幹部，異地嫖娼，知道是什麼後果嗎？」

馬忠誠想起院子門口的牌子：

「你們不是警察，無權拘捕我。」

一個隊員：

「別擔心，我們這兒是第一站；待會兒，就把你送派出所。」

另一個隊員：

「去了派出所，也沒什麼大事兒，也就拘留半個月，通知單位和家屬。」

馬忠誠後背，起了一層冷汗。拘留半個月，等於犯過法，通知單位，單位馬上會把馬忠誠雙開，剛當上的副局長，就成了笑話；通知家屬，馬忠誠的老婆，是個母老虎，知道馬忠誠嫖娼，非把他折騰死不可；就是僥倖不死，也等於一輩子關在另一個拘留所；這些後果還不是最可怕的，比這些後果更可怕的是，馬忠誠的兒子在上高中，女兒在上初中，如果高中初中全知道馬忠誠嫖過娼，兒子女兒，這學今後還上不上了？接著一傳十十傳百，傳得××市全城的人，都知道馬忠誠因嫖娼被雙開，馬忠誠今後還怎麼活？馬忠誠馬上軟了，求隊長：

「隊長，能不能換一種處理方式？」

隊長看馬忠誠：

「什麼方式？」

馬忠誠：

「罰款。」

一隊員：

「別急，到了派出所，除了拘留，也會罰款。」

馬忠誠又求這隊員：

「我的意思，就在這兒罰款，然後把我放了。」

隊長急了：

「我們這是執法，不是兒戲，把他押走！」

兩個隊員，上來便押馬忠誠。馬忠誠又求他們二人：

「大哥，我是初犯呀，給我一個機會。」

又說：

「我也上有老下有小，如果事情鬧出去，我在這世上還咋活呀？除了上吊，還是上吊。」

接著身子墜到地上，雙手抱著桌腿，掙扯著不肯出門。兩個隊員見他這樣，倒停住了手。其中一個對隊長說：

「隊長，看他這樣，倒像初犯，要不給他一個機會？」

另一個說：

「看他這樣，事情鬧出去，說不定他真敢上吊。」

馬忠誠忙呼應：

「我一定上吊。」

一個又說：

「人性執法，現在倒也提倡。」

隊長看著地上的馬忠誠，在那裡思索：

「這事兒還難辦了。」

思索，就等於默認，馬忠誠忙向隊長作揖：

「謝謝隊長，謝謝隊長。」
一隊員踢了馬忠誠一腳：
「如果罰款，你說罰多少呀？」
馬忠誠忙說：
「錢包裡有多少，就罰多少。」
另一個隊員打開馬忠誠的錢包，查錢：
「一共兩千四。」
馬忠誠從地上爬起來，這時腆著臉說：
「不給我留點路費呀？」
隊長把茶杯蹾到桌子上：
「你以為這是做買賣呢？把他送派出所！」
馬忠誠忙又說：
「不留也行，不留也行。」
一隊員責備馬忠誠：
「你也是。」
又指指錢包裡的卡：
「這不還有卡呢嗎？」
馬忠誠接過錢包，要過證件，背起背包，趕緊往門外跑。到了門口，突然停住，又看隊長和兩個隊員。一個隊員說：

「咋了？後悔了，還是想去派出所？」

馬忠誠指指桌上報紙裡的避孕套：

「這個，能讓我帶走嗎？」

另一個隊員拍了一下桌子：

「留下，這是證據，防止你反咬一口。」

馬忠誠著臉：

「留下就留下。」

轉身跑出屋子。

七

馬忠誠重回車站，坐在花池邊喘息。剛剛經歷的事，像做了一場夢。整個過程太危險了。險些就要上吊。還好，一切又有驚無險；丟了兩千多塊錢，撿回個平安，也算破財免災。掂量事情的結果，聯防大隊幾個人也算仁義，也就罰他兩千四百塊錢，沒有繼續敲詐他；如果讓他拿卡去取款機再取個一萬兩萬，他不也得照辦嗎？能因為一兩萬塊錢，丟了自己的飯碗和臉面嗎？

喘息過後，馬忠誠拿出身上的火車票，上面的車次早開走了。馬忠誠從背包裡掏出錢包，從錢包裡掏出銀行卡，先去ATM機取了一千塊錢，重去售票廳換票。補了誤車的差價，拿到新的火車票，離開車還有三個多鐘頭。馬忠誠無處可去，也驚魂未定，仍回廣場花池前歇息。這時又想，一起被抓的兩個五十多歲的婦女，一個叫小翠，一個穿著褲襪，也不知現在怎麼樣了；也許跟他一樣，要麼被罰了款，要麼已經被轉送派出所。同是天涯淪落人，相逢之前不相識。說起來，是她們害了馬忠誠，也是馬忠誠害了她們。如果馬忠誠不去洗腳屋，兩個婦女也不會被抓。感慨之下，不由得起身，開始往車站後身走，欲再去兩個婦女的洗腳屋，探個究竟。洗腳屋是不敢再進了，遠處張望一下不行嗎？洗腳屋裡能抓人，在街上走路，不至於被抓吧？想著走著，待轉到車站後身，轉到那條巷子口，從巷子口往裡看，馬忠誠大吃一驚，那家洗腳屋門旁的燈柱仍在轉動，店裡透出燈光——原來這店還開著。剛被查過，咋還開著呢？剛被查過，咋還敢開呢？馬忠誠意識到其中必有蹊蹺。馬忠誠欲進店裡問個明白，但剛在那裡被抓過，心有餘悸，只敢在巷子口遠遠張望。張望間，當初引馬忠誠來洗腳屋的瘦猴從店裡出來，沿著巷子往外走。馬忠誠忙躲在牆角，待瘦猴來到大街上，馬忠誠便從後邊跟上他。跟到一街心公園樹叢間，看左右無人，馬忠誠上去拍瘦猴的肩膀：

「兄弟，有事找你。」

瘦猴轉身打量馬忠誠，先是吃驚，後是鎮定：

「你誰呀？我不認識你。」

馬忠誠捉住他的胳膊：

「別裝。」

瘦猴掙著身子：

「放開，要劫道呀？我可喊人了。」

馬忠誠：

「不劫道，給你一百塊錢。」

瘦猴掙著身子：

「放開。」

馬忠誠：

「二百。」

瘦猴：

「放開。」

馬忠誠：

「三百。」

瘦猴身子不動了：

「你想幹麼？」

馬忠誠：

「就告訴我一句話，當初你在車站喊我去洗腳屋，是不是設好的圈套？」

瘦猴打量馬忠誠：

「把錢給我。」

馬忠誠從背包裡掏出錢包，查出三百塊錢，遞給瘦猴。瘦猴把錢掖到褲腰裡：

「大哥，被你看出來了，我們是釣魚。」

馬忠誠：

「跟聯防大隊勾著？」

瘦猴翻了馬忠誠一眼：

「不跟他們勾著，魚不是白釣嗎？這叫釣魚執法。你一進洗腳屋，這邊就告訴了聯防大隊。」

馬忠誠點點頭，一切都明白了。他嫖娼被抓不是他不小心，而是中了別人的圈套。如此說來，跟小翠做那事，口活之前，小翠讓馬忠誠戴套，也是釣魚的一部分，好留下證據，讓人執法；小翠說她有口腔潰瘍，也是假話。嫖娼一次二百或三百，釣魚執法，罰款兩千四，中間差著多少錢？小翠、那個穿褲襪女人，還有幾個車站聯防隊員，加上這個瘦猴，竟聯手幹這種傷天害理的事，真是無法無天。但馬忠誠在這裡人生地不熟，避孕套還在別人手裡，雖然知道是個圈套，也只好啞巴吃黃連，有苦難言，馬忠誠感嘆：

「你們這麼做，也太缺德了。」

又說：

「你們洗腳屋可惡就不說了，聯防大隊是政府執法部門，也跟你們串通幹這種事，不是明顯的以權謀私嗎？」

瘦猴撇撇嘴：

「他們也得搞創收呀。上頭給他們定的也有指標。不搞創收，他們每月的補貼和獎金從哪裡來？每個月，他們給我們定的也有指標。」

馬忠誠：

「這錢你們怎麼分呀？」

瘦猴：

「我們就領個釣魚費，每人一百塊錢，剩下的，都讓他們拿走了。」

馬忠誠算了一下，罰他兩千四，洗腳屋三個釣魚的人領走三百，剩下兩千一百塊錢，都歸了聯防大隊。馬忠誠：

「給你們這麼少，你們也幹？」

瘦猴：

「這一片治安歸他們管，不幹，洗腳屋還幹不幹了？」

馬忠誠明白了，跺了一下腳：

「從頭至尾，真夠黑的。」

看馬忠誠在那裡發恨，這時瘦猴倒安慰他：

「別看你今天破了點財，其實你沒吃虧。」

馬忠誠一愣：

「啥意思？」

瘦猴：

「知道給你服務的是誰嗎？」

馬忠誠：

「不就是一個五十多歲的老娘兒們嘛。」

瘦猴：

「知道她叫啥嗎？」

馬忠誠：

「她不叫小翠嗎？」

瘦猴：

「那是她在洗腳店的名字，她的真名叫康淑萍。」

馬忠誠有些蒙：

「康淑萍是誰？」

瘦猴：

「知道去年轟動全國的案子嗎？一個省的省長，叫李安邦，貪汙腐化，被判了無期，這是他老婆。」

馬忠誠的腦袋，「嗡」的一聲炸了。去年轟動全國的李安邦案，他倒一直在關注；馬忠誠是國家幹部，對上層官員的醜聞也感興趣；但他只知道李安邦去年被判了無期，咋想到能在這裡見到他老婆，並跟她做了那事呢？馬忠誠嘴裡有些打磕絆：

「她，她咋在這兒呢？」

瘦猴：

「她的兒子，因為車禍案，去年也被判了刑，關在附近的少管所，這裡離他們老家太遠，她便留在這兒，一月一次，等著探視她兒子。」

馬忠誠：

「就是探視兒子，也不至於當雞呀。」

瘦猴：

「你說得輕巧，身在外地，吃喝拉撒，不得錢呀？」

馬忠誠：

「就是需要錢，不能幹點別的呀？」

瘦猴：

「能。到餐館洗碗，一個月兩千；只看他兒子還好，李安邦被關在秦城，她一月一次，還得跑北京。」

又說：

「再說，兒子在少管所想減刑，想幹點好活，不得找人打點呀？這都不是小數。」

又說：

「幹這行，畢竟來錢快些。」

馬忠誠點點頭，明白了康淑萍的處境，但說：

「就是需要錢，也不能害人呀。」

瘦猴：

「你沒到那個地步。這大姊也可憐，年歲大了，客人都不找她；掙不著錢，半夜拿小本算帳，算著算著還哭呢。」

又說：

「這事只有店裡幾個人知道，你給我錢，我才給你說實話，跟省長夫人打了一炮，你滿足了吧？」

說完，瘦猴走了。馬忠誠一個人在那裡楞神。世事滄桑啊，馬忠誠搖頭。不知道她是康淑萍，覺得她跟著釣魚執法有些可惡，知道康淑萍目前的處境，對她的可惡有了另一番感慨；不知道她是康淑萍，覺得被罰兩千四百塊錢有些冤枉，知道她是康淑萍，等於花兩千四百塊錢，讓省長的女人給自己做了口活，說起來也值當。否則，一個市環保局的副局長，也就是副處級，一輩子見不著省長，更甭說跟省長夫人有這麼深的接觸。如今他跟省長，也算在一個地方集合過。正因為平日見不著這麼大的官，如今弄了他老婆，才解恨。早知道她是李安邦的老婆，就連她下邊也弄了，等於一魚兩吃。突然又想起，去年的新聞報導中，李安邦落馬，跟一個叫宋彩霞的女子有關係；宋彩霞也是一個雞，跟李安邦睡過覺；那一覺，對破案起了關鍵作用；馬忠誠與宋彩霞素不相識，但在今天這件事上，等於宋彩霞也幫了他的忙：那一覺，幫了這一覺的忙。馬忠誠從來沒想到，一些素不相識的人，背後還有這麼多關聯。事到如今，只有李安邦和他兒子蒙在鼓裡，不知道世界上有一個馬忠誠，抄了李安邦的後路。康淑萍在少管所見到兒子，肯定不會跟他說她真實的工作；康淑萍跑到幾千里之外的秦城監獄，也不會跟李安邦說洗腳屋的事。接著又想，抄李安邦後路的，可不只馬忠誠一個人；康淑萍在洗腳屋，天天接客，天長日久，會有多少人抄李安邦的後路？宋彩霞不僅幫了馬忠誠的忙，還幫了那麼多人的忙。想到這裡，馬忠誠後背起了一層冷汗。事情有些髒，馬忠誠看看自己下邊，感嘆。去年轟動全國的大案，最後落腳到洗腳屋；一隻雞，使省長的老婆也成了雞，事情也有些荒唐；馬忠誠又感嘆。聯防大隊幾個人，又拿嫖娼當魚釣，是荒唐套荒唐。啥叫荒唐？事情荒唐不叫荒唐，把荒唐當工作做才叫荒唐；把荒唐當工作做也不叫荒唐，聯防隊員把釣魚執法的錢拿回家，他老婆又拿這錢去過日子才叫荒唐。你也荒唐，我也荒唐，大家共同靠荒唐過日子，荒唐可不就成了正常？不過話又說回來，也多虧荒唐，他才躲過了今天這一關。如果今天這些人不是釣魚執法，而是秉公執法，他現在在哪裡？恐怕已經進了拘留所，接著就是身敗名裂和家破人亡了。這麼說起來，今天能虎口脫險，最應該感謝的，是聯防隊員他老婆；他老婆和他們家的日子，先給了康淑萍活路，又給了馬忠誠活路，無非兩個活路不一樣罷了。

「這叫什麼事兒呢？」

馬忠誠又感嘆。

八

馬忠誠重回車站，又坐在廣場花池前歇息。楞神間，老婆來了電話：

「坐上車了嗎？」

馬忠誠趕忙打住思緒，穩定情緒說：

「剛買到票。五一黃金周，前幾趟車都滿員。咋了？」

老婆：

「我媽剛來電話，腰間盤突出又犯了，你回到家，先帶她看趟中醫。」

馬忠誠：

「知道了。」

老婆：

「到家之後，每天往魚缸裡撒點食，花兒該澆也澆澆，別犯懶。」

馬忠誠：

「知道了。」

放下手機，馬忠誠又慶幸這電話來得是時候；如果早一個多鐘頭來，馬忠誠還在聯防大隊，這電話被聯防大隊的人接了，也就露餡了。荒唐之下，一切又屬於有驚無險。馬忠誠吐了一下舌頭：

「慚愧。」

這時一個胖子過來，看著馬忠誠：

「大哥，去洗個腳吧，解解乏。」

馬忠誠搖頭。

胖子：

「我們洗腳店就在前邊，不遠。」

馬忠誠搖頭。

胖子：

「我們店的妹子都很靚。」

馬忠誠搖頭。

胖子：

「大哥，大過節的，你咋就不聽勸呢？」

馬忠誠：

「我說一句話，你就不勸了。」

胖子：

「啥話？」

馬忠誠：

「在老家，我也是開洗腳屋的。」

胖子一楞，笑了：

「原來是同行。」

又說：

「大哥，啥也不說了，祝你一路平安。」

二〇一七年，北京

劉震雲作品集 8

吃瓜時代的兒女們

作者	劉震雲
責任編輯	蔡佩錦
創辦人	蔡文甫
發行人	蔡澤玉
出版發行	九歌出版社有限公司 臺北市105八德路3段12巷57弄40號 電話／02-25776564・傳真／02-25789205 郵政劃撥／0112295-1
九歌文學網	www.chiuko.com.tw
印刷	晨捷印製股份有限公司
法律顧問	龍躍天律師・蕭雄淋律師・董安丹律師
初版	2018年 4月
定價	360元

書號	0111008
ISBN	978-986-450-184-7

（缺頁、破損或裝訂錯誤，請寄回本公司更換）

國家圖書館出版品預行編目資料

吃瓜時代的兒女們 / 劉震雲著. -- 初版.--
臺北市：九歌, 2018.4
320面 ；14.8×21公分. --（劉震雲作品集；8）

ISBN 978-986-450-184-7（平裝）

857.7 107003705